藏东纪行

白玛娜珍 著

西藏人民出版社

2022 年西藏自治区文艺创作扶持项目

图书在版编目 (CIP) 数据

藏东纪行 / 白玛娜珍著 . —— 拉萨 : 西藏人民出版社，2023.7

ISBN 978-7-223-07375-2

Ⅰ . ①藏… Ⅱ . ①白… Ⅲ . ①纪实文学—中国—当代 Ⅳ . ① I25

中国国家版本馆 CIP 数据核字 (2023) 第 069227 号

藏东纪行

作　　者	白玛娜珍
责任编辑	张慧霞
封面设计	旦真那杰
版式设计	周正权
责任印制	廖　青
出版发行	西藏人民出版社（拉萨市林廓北路 20 号）
印　　刷	西藏新华印刷有限公司
开　　本	787mm×960mm　1/16
印　　张	15.75
字　　数	200 千
版　　次	2023 年 12 月第 1 版
印　　次	2023 年 12 月第 1 次印刷
印　　数	01-1,000
书　　号	ISBN 978-7-223-07375-2
定　　价	50.00 元

版权所有　翻印必究

白玛娜珍：藏族，国家一级作家，北京大学访问学者。著有长篇小说《复活的度母》《拉萨红尘》；散文集《西藏的月光》《生命的颜色》《拉萨的雨》《再见日喀则》；诗集《在心灵的天际》《金汁》；少儿故事图书《高原上的小星星》《马鹿》。曾获得"西藏十年文学成就奖""中华精短散文优秀奖""第五届珠穆朗玛文学艺术长篇小说类铜奖"；2016年电影剧本《寻找格萨尔》获得中国宣传部文艺局、中国新闻出版广电总局电影局"优秀剧本孵化立项"；2018年剧本《寻找格萨尔》荣获第27届中国金鸡百花电影节"耳东影业"杯少数民族影视题材剧本创意奖；2019年《高原上的小星星》获得中国"冰心儿童图书奖"。

序

一

  2014年5月，我随西藏文联驻村工作组穿越工布地区抵达昌都八宿县，再出发到林卡乡，离开笔直的318国道，拐入险峻山路，行驶一百多公里，终于来到了连昌都当地许多人都不曾知晓的、藏东大山深处的自然村落尼巴村。

  那时这个村庄只有21户居民，不通电、不通邮、不通卫星信号、不通公路的小山村却有着极为美丽的自然环境和温润的小气候。村里的乡亲——妇女、儿童、老人……在我驻村的日子里给予我了许多的温暖和帮助，使我倍感来自土地、家族及大山的生命力。我感到非常珍贵的是与他们有过朝夕相处的生活和亲密关系，并一直延续到今天；他们曾敞开心扉，接纳我的融入，把他们的生活、家庭和隐秘的故事全部告诉了我；更让我感到荣幸的是，我终能以我的笔为他们写作、为他们纪行。

  尼巴村日出日落太阳虽短，但和乡亲渊长的情谊却一直滋养着我的心。遗憾的是，在这个如今已全部搬迁、消失的村庄里拍摄的上百幅珍贵的图片，因书的篇幅所限，不能再现给读者了。

  在此，谨以此书《短太阳》里的文字纪念我驻村的时日，致敬尼巴村的乡亲们。

二

2015年3月，我从昌都市再乘车直奔芒康县的盐井，开始了我在昌都地区全面的采风和写作。

选择盐井为第一站是因为昌都地区三月间还很寒冷，大雪纷飞中，许多地方道路不通。盐井却例外，那里气候温润，温泉汩汩。当然，我的计划还是有误。到了盐井才得知，从成都飞到香格里拉，再乘车一百多公里到盐井更为方便，距离也更近。

但后面我采风的线路就更为混乱了。几乎无法计划，只能根据车辆、路况和时机前往一个个县镇和村庄。通常是返回昌都市再出发，再返回昌都市再出发。其间还因为兼有驻村工作，又几次返回八宿县，去到尼巴村，又绕道叶巴村，沿着怒江徒步到左贡县的东坝乡，再前往昌都市，之后再去到新的县镇和乡村。

所以这本书里，没法给读者提供一个行走昌都地区的可靠的路线。所有的故事，在藏东那铜墙铁壁般绵延的山脉中，只是围绕着一个个令我难忘的人、村庄和自然以及古迹展开的。

当时，因为前往洛隆和边坝县的道路正在维修，这两个县我没能到达外，我先后抵达了昌都市和芒康、江达、类乌齐、八宿、左贡、丁青等县的乡镇和个别村庄。

一路行驰，藏东直到五月之前，很多地方还很冷。道路崎岖，有时一天要在山路上颠簸八个多小时才能抵达目的地。一次，司机带我们从丁青遥远的草原回到县城已经天黑了，我已疲惫不堪，因连日乘车，我的双腿已经浮肿了。但司机不肯在类乌齐留宿，执意要赶回昌都市。那一夜，大雪纷飞，我们行驰在悬崖峭壁上，还不时要缓慢地、万分惊险地与夜行的大型货车错车，那样的夜晚生死似乎已交给神和命运，令我以后多次从梦中惊醒时，还以为身处那个绝望的黑夜……

但不得不佩服在藏东峡谷、山脉飞驰的司机们。康巴人的胆量和机智令他们在那些绝境中大显身手。还有我采访过的人们、饱览的湖泊、江河以及崇山峻岭中的生灵……都让我感到，藏东像一个神居住的高地，除非长着大鹏鸟的翅膀，才能够翱翔；就如这片土地传说为大鹏鸟的故乡一般，我便给藏东纪行下篇写了《鹏域》之名以表致敬。

在此，特别要感谢昌都市委宣传部部长仁青、八宿县委宣传部部长廖花，以及昌都市各级宣传部门的同志，感谢你们给予我的所有支持和帮助。

白玛娜珍

2023年11月于拉萨

目 录

上篇 短太阳

送酥油 3
离家出走的女人 8
月夜中的潮水 13
爱巢 20
代理村长 29
"冒牌"行医 37
短太阳 44
人畜分开 50
飞驰在山崖上的尼巴少年 59
求医 65
英俊少年 69
徒步尼巴村 79
核桃阿妈啦 90
苹果 99
尼巴村的少男少女 104

下篇 鹏域

燃情岁月
　　——嘎玛沟铜佛打制传人贡嘎平措的故事……………115
乘着大鹏鸟的翅膀
　　——回归西藏古象雄文明宝地孜珠寺………………123
水光线影佛子行……………………………………………134
鲁姆达措……………………………………………………140
幻听贡觉二重奏……………………………………………151
绝尘之境
　　——漫游然乌湖和来古冰川………………………164
梦中的山野
　　——再见丹玛摩崖石刻……………………………172
生命的礼赞
　　——邂逅野生马鹿群………………………………176
月光之坛
　　——记昌都市日通藏药厂…………………………183
生命的原乡
　　——随记卡若遗址和玉龙铜矿……………………190
秘门
　　——雍仲苯教唐卡绘画大师罗布玉加的故事………198
寻找呼图克图
　　——类乌齐寺札记…………………………………206
桃花盐………………………………………………………215
天主教村庄——上盐井……………………………………226
皮鞭下的雕刻
　　——记昌都江达县波罗乡冲桑村木刻大师朗加……233

上篇　短太阳

送 酥 油

下午走去下村时，村长夫人斯朗大婶背着她的小孙儿，一眼看见了我们。她在二层小平台上朝我们挥手呼喊，要我们去她家坐。她的召唤和她盘在头上的红辫穗一样火热而醒目。如果我们不去，她半空中的手臂会像地里被太阳晒蔫了的叶子一般垂下去。村里每个人都这么热情，所以在村里行走时，我们就压低草帽像蘑菇一样悄悄移动，不敢朝上看村民的房屋和窗口。

"亚姆……亚姆！"斯朗大婶的问候声可谓回荡云霄，我们答应着便改变方向，爬上她家的独木梯子。

斯朗大婶离开打酥油的木桶要去给我们拿核桃，还以一长串铿锵有力的康巴话邀我们进屋喝茶。

"谢谢啦，我可以先拍点打酥油的照片吗？"我拿出相机说。

斯朗大婶连连点头，很是配合地握起木桶里的木柄，提起来上下有节奏地打起酥油，她背上的小孙儿也一上一下地望着镜头笑。

打酥油的木桶直径大约三十厘米，木桶里洁白的乳汁在斯朗大婶双手的上下抽动中，泛动着浓醇的白沫。我接过手试了试，朝上提起时可以用力，打按下去时需使暗劲，双臂柔韧有余地将满桶的乳汁上下回旋，耳畔便回响着连续的白月如潮的妙音。

这样抽打搅拌两个多小时后，木桶里的酥油就会从牛奶中涌出来，好像白浪中升起的白溶溶的白珊瑚……

斯朗大婶掬起一捧牛奶，口中念念有词，挥洒乳汁以感恩一切赐予。天边的彩霞这时漫过山尖的野花，朝村子里的农舍袭来，把斯朗大婶抛洒酥乳汁的身形渲染得格外绚烂。

斯朗大婶个头不高，走起路来有点瘸，但这丝毫不影响她的活力，我常常看到她穿的那件黑氆氇藏袍的裙裾挂着泥和牛粪，脚上穿着破了窟窿的胶鞋，从下面峡谷中的农舍走来半山腰的农舍，有时一天她走亲串户来回好几趟，总是背着她心爱的小孙儿，一路笑呵呵的，并不在乎笑容会显露她过早脱落的门牙。

第二天一早，天刚蒙蒙亮，楼下就响起斯朗大婶洪亮的叫喊声。我迎出去时，她背着她的小孙儿，有些费力地一手撑着膝盖，一手抱着个钵，一瘸一瘸爬上我们的楼梯，从铝钵里掬出一坨乳香四溢的酥油。而我越推辞，她就越用力地伸递过来，镶嵌在眉骨中的那双黑眼睛里，闪着汗水的光，望着我有些急切地说："昨天才打出来，非常新鲜……"说话时，挂满她胸前的人造绿松石发出见证者般哗啦啦的碰撞声，她背上的小孙儿咿咿呀呀朝我伸出小手，不知是要我抱，还是想要抱回奶奶的酥油……

饱含乳汁的酥油，柔软而湿润，我惊喜地双手捧过，咽着口水，抠了一小块含在口中。当酥油在我的舌尖慢慢融化，我立刻感受到了鲜花盛开的山野的气息。

小吴给斯朗大婶倒了一杯我们从拉萨买来的印度咖啡，又在她空了的钵里回送了一盒糖果。村里人来我们这里坐时，我们都是冲咖啡请他们喝。虽然略苦，但有些奶味和油脂，村里人觉得喝着很暖和。如果招待绿茶或花茶，清汤寡水那苦寒的滋味肯定会误以为是树根或草叶。

斯朗大婶坐下来大口喝咖啡时，我切下一大块酥油拌在糌粑里吃过碗，立刻感到浑身发热，就像充满了斯朗大婶热切的笑容。

遗憾的是我没有搅拌机，没办法将上好的酥油与熬好的热茶搅拌（通常是用熬熟的砖茶拌糌粑，但我更喜欢温暖的红茶，香气浓郁，听说还不会钙流失），加少许的盐，喝滚烫滚烫的酥油茶，暖到心窝。

几天后，我需要去八宿县一趟，联系一支医疗队为村里多病的妇女出诊。我最初来尼巴村住，是想了解这里的风俗民情，饱享这里的美丽风光，但村里总有人生病，尤其是连日在烈日下割青稞之后，来我们住处要止痛药、青霉素等的妇女就没有间断过，其中朗杰卓玛旧病复发，几乎昏倒在我们门前……事不宜迟，匆忙出发前，我特意把斯朗大婶送的酥油泡在冷水里（村里不通电，白天屋顶上蓄积起来的太阳能只能点亮五瓦的节能灯泡，连一个小小吹风机都承受不住，更别说使用冰箱了）。

八天后我带着医疗队回来时，来不及放下行李，就去橱柜上面看我的酥油。我嗅到一股馊味，醇正香浓的酥油坏了！

酥油对尼巴村人而言，如同金子一般珍贵。这里地处山区，大山上岩层重叠，只有八九月份，山上生命力顽强的矮灌木、矮蒿草才会从岩石缝里缓慢地发芽，此时人们把牦牛赶上山吃草，平常牦牛都在家圈养着，有长达半年多的时间牲畜唯一的饲草只有青稞秆。进入五月，梯田田埂上开始有星星点点的野草冒出头来，妇女们天不亮就得去梯田里割野草，晚上太阳落山前，还得去割一次，背回来喂牛。而到地里一趟，最近的来回也需要一个多小时，一路全是山坡砾石路。每天下地背饲草，上山放牧，村里多数妇女和斯朗大婶一样，鞋子磨出了窟窿，还湿漉漉盛满了露水、雨水和泥水，所以，饲养牦牛很辛劳，每家只养得起两到三头，挤奶提炼的酥油也就只够自己家吃三到四个月。这点酥油，也是全家补充动物蛋白的唯一来源。

工作组几个小伙子去山上打电话时（村里只有爬到山上才有电话信号），我满怀愧疚地把斯朗大婶送的酥油熬开，然后反复过滤，只剩下干净的油脂，这样也许就不会再变质了。这时村里的晋美大叔朝我屋里走来。他年近六十，瘦瘦高高的。听村里人说，因为嗜酒，全家搬到新房后，除了白天在一起喝茶吃饭，晚上他喝醉了，就得一个人回那所破烂的旧房子住。

"亚姆!"晋美大叔的两道浓眉在额前连成了一条丛林,欢声笑语时,丛林就上下涌动。

"亚姆!"我回应着,但心里猜想他这回是来借酒还是借烟呢?尼巴村离县城路途遥远,雨雪天还时常有泥石流和塌方阻断道路,所以有钱也难以买到一盒烟或者一瓶啤酒。

晋美大叔灵敏的目光越过我的头顶,在我的橱柜里左右搜索,突然叹口气对我说:"唉,我昨晚摔了一跤!"这回,晋美大叔没那么神气了,扶着腰望着我苦笑着。他的皮肤紧绷绷的,富有光泽,没有我想象的酗酒后满面的晦暗皱纹,只是双眼有些充血。

"让我看看您摔到哪里了?"我放下手里刚滤好的酥油碗说。虽说是腰痛,晋美大叔的腰还是挺得又直又硬,扶着腰的大手五指很长,但骨节粗大。

之前我曾向村里人解释过多次,说我是写作的人,不懂医,但村里人还是喜欢把我当成医生,身体哪里不舒服都要来找我诉苦。幸好我们工作组有足够的常用药品。

晋美大叔撩起衣服,我仔细察看了一下,腰部有擦伤的痕迹,估计是喝醉了摔的。我去拿膏药回来时,晋美大叔已把滤好酥油的碗端在了手里。

"这个膏药给您贴上吧?"我问道。

"不用了,我自己回家贴。"晋美大叔说着,并没有要放下碗的意思。为了避免尴尬,我试探着问道:"这碗熬好的酥油送给您吧?"

"亚,亚!"晋美大叔一手接过膏药,一手端着盛着酥油的碗,耸耸他丛林般的眉毛和大山般的鼻子,很坦然地笑道。

"记得把碗还给我。"望着晋美大叔远去的背影,我有些糊涂,不大明白斯朗大婶送我的酥油怎么转眼就去晋美大叔家里了……

过后几天，晋美大叔有时摇摇晃晃醉醺醺地路过我们的屋子，有时背着孙子在我们屋前的树下和其他人说笑，但没有一次是来还碗的。我只好放弃那份期待。当然主要原因还是那之后，村民们陆续来送酥油的热情令我难以招架。特别是斯朗大婶，每次见到我，就会笑着嗓音洪亮地问："酥油吃完了吧！我再送一些来。"

"不不。"我慌忙摇摆双手："还有，还有很多……"

据说一百头牦牛奶提炼出的酥油才是上好的，但尼巴村全村牦牛加起来也不到五十头。除去不会说话的婴儿，包括孩子在内，差不多每个人都问过我是否需要酥油。我的心里美滋滋的。我猜最先是斯朗大婶与大家分享了送给我酥油的喜悦，之后几乎全村人都想要送我酥油，我便感觉自己得到的酥油比一百头牦牛奶提炼的酥油更浓醇，但再不能让村民送来的酥油变质了。

我们屋后有一株参天的百年核桃树，树下汩汩流淌着一条小溪，是村民从山上引流下来灌溉农田的。溪流清澈见底，冰凉刺骨。我端着村民送的满大盆酥油，叫上小吴来到溪边。我需要借小吴的一双大手来帮我在溪水里揉捏酥油，据说这是让酥油保鲜的最好办法之一。

小吴咧着嘴把冰水舀到铁盆里，一双大手一遍一遍地捏着酥油，洁白的乳汁像一尾尾小鱼，缓缓地从酥油里游了出来，绽开成一朵朵光色斑斓的酥油花。这样反复揉捏了几遍后，溪水变成了乳白色，只剩下奶脂，即黄澄澄的酥油，在冰水里闪耀出金子般的光芒。

"这样分离出乳汁，酥油就不会坏了。"我惊喜地对小吴说。同时，我脑子里闪过一个更好的办法：我们也去送酥油！例如今天桑吉家送来酥油，我们就转送给群培家或者晋美大叔家，我们留下一坨酥油就够了，这样酥油不但不会变质，送出去时，我们也能饱享馈赠他人的喜悦。

离家出走的女人

我们从上村挨家挨户走到下村，勘查每家计划修建牲畜棚的地点。走到扎顿家门口时，没见斯朗大婶背着孙子招呼我们，我们就直接爬上她家的独木梯子。只见斯朗半趴在二层平台的一个木墩子上，一脸痛苦状，小牛犊在一旁舔她的手。

"您怎么了？"我忙问。

"我的胃很疼！"她痛苦地说道。

"扎顿呢？"

"他们都去地里干活了。"

"哦，我一会儿回去给你拿药来，你快回屋躺着吧！"我说。我不知道这边妇女生病了是不是像我们一样钻到暖被窝里躺着休息，也许习惯不同，她们可能就和衣半趴着或坐着，除非起不来了。

安慰了斯朗大婶一阵，我们又去到她家隔壁的顿珠家，顿珠家正在盖房子，我们提出不要再把牲畜关在一层，顿珠指了指院外的场地，答应在那儿修牲口棚。

再往下走就是茜珍家。她家就一间三十平米左右的草屋，牲口圈养在底层。自从她家儿子昂桑去了拉萨学习唐卡，家里就剩下了失明的老母亲、哑巴女儿和生病的她。

"茜珍在吗？"我们朝屋里喊道。她的哑巴女儿多吉走了出来。她怕生人，这是第一次和我们打照面。

"你妈妈呢？"我满脸笑容地低声问道，怕吓跑了她。我仔细打量眼前的少女，心想，她长得真不错啊！如果不是哑巴，她的身材容貌真可以去做模特儿。

多吉一脸焦急地比画着，发出含混的字音。这时她的奶奶扶着墙出来告诉我们："茜珍病重。"

我忙进屋看，只见茜珍半趴在床上，喉咙里不停发出痉挛声。见我们进来，她转过头强颜笑道："我喘不过气，这里很痛。"她指着肝区。她是抑郁症，在医院检查后确诊的，所以她喉咙里发出痉挛声，这个细节是她的一个特征。我有些吓坏了，马上对她们说："我去联系医院，你们准备一下，我这两天就带你去看病。"

这之前我答应带村里好几个妇女去看病，也帮她们给八宿县医院写了信，但一直没能兑现。现在茜珍病重，我感到很是内疚，没再继续走访，而是立即爬上山，给昌都卫生院邵晶局长打电话求救。

邵晶局长答应了我的请求，于是这天，我要带茜珍母女去昌都看病的消息立刻传遍了整个村子。

这天村里送孩子上学回来的小伙子们，把我们从内地募集的部分药品用摩托车驮回了村里。其中很大一部分是妇科用药。想到带茜珍母女去看病，要离开尼巴村一段时间了，我们决定通知村里妇女中午就来开会，给她们讲解卫生常识。

妇女们陆续到齐了，天空却飘起雨丝，我们便从草地上搬进了屋里。

我和叶巴村的文书措姆开始给妇女们讲解个人卫生。一边讲，一边示范。妇女们似乎没听说过还要冲洗私处，都在笑。我就加重语气很夸张地说："全世界妇女都是这样做的。"村里的女人们还是很迷茫。小吴有些急了，本不该他管的事，他突然站到女人们中间说："尿急尿疼，腰疼，月经不正常，下腹疼都是妇科病症引起的……"措姆刚翻译完，妇女们就点起头来，纷纷表示自己有这些症状，要我发给她们药和洗液。

"每次最好让自己的男人也洗。"我的话音刚落,妇女们又笑了起来。

为了打破这尴尬的场面,我忙问斯朗的儿媳妇:"你婆婆没来呀?她胃疼好些了吗?"

斯朗的儿媳妇镶着金牙,牙齿上的金光在她的笑声中闪动着,她指了指不远处一个很漂亮的女孩说:"那是我婆婆的女儿。"

曾听说斯朗有个女儿嫁到普龙去了,这还是第一次见。

妇女会散后,斯朗背着孙女出现在我们面前,不过这次她背的是女儿的女儿。

"我回我父亲家了。"她对我们说道。她父亲家就在上村离我们不远处。

"我带给您的胃药拿到了吧?"我问道。斯朗支支吾吾的,我猜想她昨天应该就离开家了,根本没拿到胃药。

"我腿常年疼着,胯骨也疼,胃也疼,头也疼,全身都是病,我想去看病,你能和扎顿说一下吗?"斯朗大婶面带愁容地说道。

"那让扎顿和儿子带您去县里看病呀?"我说。扎顿不会骑摩托车,但他的大儿子会骑,带斯朗去看病应该没问题。

"我帮你们联系好县医院院长郎加,你们去吧。"

见我没听懂,斯朗一下子哭了起来:"他们不带我去看病,你可以去和扎顿说一下吗?他不让我和你们去看病,我很痛,全身都是病。"

"不要哭,我下次有机会带您去看病好吗?"

"我丈夫说你们要带村里最贫困的母女去,他不让我找你们的麻烦,可是他们也不管我的病。"斯朗大婶像个孩子一样哭着说。

我听明白了,为了跟我们去看病,她不顾丈夫阻拦,离家出走了,还把已出嫁的女儿从普龙叫来了尼巴村助威,可惜女儿秀气而腼腆,除了安慰,是不会跟着她一起怄气的。

"这次车上坐不下,以后我想办法好吗?您还是先回家吧!"我想说的是，都老夫老妻了，还玩离家出走回娘家呀？当然我没说出口，但脸上却忍不住笑了。

斯朗的情绪平静些了，挤出点笑容说："嗯，我过两天回家去。其实扎顿嘴巴辣，心却和羊毛一般柔软。"说着，她突然恳求我说："你去和他说说，人畜分开的建设费先拿给我看病好吗？"

我愣了一下，想了想，答应她去见她丈夫谈谈。这时，从窗户里，我望见了贡吉。她站在我窗户对面的那棵大树下，眼神凄婉而绝望地望着我们。她是尼巴村的孤身女人，有五十多岁了，患有严重的头疼症。上个月收青稞时因头疼半夜来找我，她蜷缩在我的床上瘦小得像个孩子，疼得浑身发抖，不停呻吟着呼喊早已过世的母亲。看着她的样子，我的眼泪止不住往下流，当时就想一定要带她去看病，可是如今，我别无选择，茜珍孤儿寡母，又病得那么重，我只能先带她去医院。

这天下午，我还是去了扎顿家。

他和儿子儿媳正在吃晚餐，儿子是很老实的农人，见我们来，憨厚地笑着，儿媳妇也腼腆地朝我们微笑致意："请坐请坐。"说完，扎顿站起来给我们打起了酥油茶。我看了看他们的晚餐，是奶渣面糊糊。心里暗暗祈祷扎顿千万别劝我吃，我咽不下，虽自觉惭愧，但和村民同吃同住我的确做不到。

扎顿似乎明白了我的心思，见我推辞说吃过了，也没多劝，只给我们倒上了热气腾腾的酥油茶。

"我见到斯朗大婶了。"我喝了口热腾腾的酥油茶，不知从何说起。"她说想和我们去看病，但这次车里的确坐不下，而且还要徒步十多公里，斯朗大婶的腿有病肯定也走不动。"

"哈哈哈……"扎顿对我笑道："别理她，她是疯子。"

扎顿这样说自己的妻子，我有些不好意思。

但见两个年轻人没表现出吃惊，也没有不同意的表情，只是对我默默地笑笑。

"斯朗大婶说希望把人畜分开的钱先垫给她看病，这样恐怕不妥。"

"她真是个疯子！"扎顿生气了，严肃地说："你们带茜珍母女去看病，这是我们全村应该感激的事情，人畜分开也是为我们好，我们一定会认真对待，你们放心去吧，我会每家每户去看，全村不出一个半月就能建完。"

"好的，那我先回去了。"我松了口气。

"明天我派村里最好的摩托车手送你们到叶巴，之后你们徒步到东巴为好，千万不要再坐摩托车。"说着，扎顿露出了慈父般的笑容。

我们回到上村，斯朗背着外孙女还在等我们。

"见到扎顿了吗？"她急切地问。这位离家出走的女人看来不出两天，已经开始想念丈夫了。

第二天一早，村民们都赶来送我们。贡吉远远地在路边站着，眼神哀婉。我想过去给她承诺，等村里牲畜房建完后一定带她去看病，却没有勇气。

月夜中的潮水

①

那天晚上，窗外的垂柳在微风中轻轻摇曳，秋桑带着她的大女儿来看我。我和杨沐从尼巴村刚出来，住在八宿县的一家招待所里，因为还有一些事情要办，我们住了三个晚上。那晚，房间里只有我，但秋桑和她高个子的大女儿一来，小小的屋子一下就满了。秋桑的大女儿在拉萨读书，我的一位朋友一直在资助她，秋桑是专门过来要我转达谢意的。秋桑一共有三个女儿一个儿子，自从她的丈夫和公公相继过世，她在她那位勇敢的母亲巴桑的帮助下，带着婆婆和所有的孩子搬到了拉萨。她们住在拉萨八廓街一条巷子里的一个大杂院，全家13口人都住在底层两间不到20平米的房间里，长条卡垫矮床一张连着一张，摆满了屋里所有的空间，既用来白天坐，又用来晚上睡觉，床的中间摆放的藏式矮桌子既是茶几又是餐桌和孩子们写作业的书桌。不过书桌有限，有的孩子就趴在自己的床上写作业。房子里没有卫生间和自来水，厨房就只是一个灶台，摆在屋子外面两间房子之间的过道上。秋桑和母亲巴桑靠卖批发来的香草维持生活，另外再卖一点从尼巴村收来的干果和核桃。秋桑的母亲巴桑据说曾是东坝乡一个大户人家的女儿，嫁到叶巴村后，八十年代初随丈夫来到拉萨朝佛，就在拉萨买下了这两间小屋子，定居拉萨了。巴桑身上具备了康巴妇女的美丽和胆识，虽然目不识丁，却能靠着批发小商品和买卖家乡特产在拉萨生活,但她骑着三轮车四处兜售杂货时,出了车祸,被汽车撞了,从此右腿落下了残疾,但为了救济远在尼巴村和叶巴的儿女们,每天仍然开着电动三轮车在拉萨到处摆地摊。后来,大儿子一家和女儿秋桑一家也都搬到了拉萨,可怜的女儿秋桑和年迈的婆婆才有了安身之所……

很久没有见到秋桑了。那次进村,在村口她家的土楼上,又望见了炊烟。那是秋桑最小的弟弟丹真因为要照顾秋桑公公的弟弟,还住在那里。秋桑一大家人无条件互相帮助的故事,一直被邻村人传颂。而关于秋桑丈夫的故事,在他身上发生的事,在村里也有多个版本流传着。

"你以前给我们的妇女洗液还有吗?"那晚,在八宿县小招待所里,秋桑悄悄问我。秋桑是从拉萨过来准备去尼巴村收核桃的。她的气色看上去很不错,双眼明亮,脸上盈满了笑容。

"啊?还有很多,都在我们驻村办里放着呢!"我有些诧异地说。记得当时,我的朋友给尼巴村妇女寄来了好几大箱的牙具和洗液。为了教大家正确使用,我还专门托驻村的几个同事从八宿县买来了小塑料盆和消毒绷带。一天下午大约三点,我召集了全村妇女,她们背着孩子陆续到齐了。她们在我们驻村办公室里围坐一圈,像听话的小学生一样,满怀期待地齐刷刷把目光聚到我身上。

我心里有点紧张,小心地拧开洗液瓶盖,把洗液倒入瓶盖说明用量,之后再把瓶盖里的洗液倒入小塑料盆里。我一边演示一边讲解,妇女们凝神屏息地看着……

"大家一周最少洗一次,月经后一定要洗,这样才能预防妇科疾病……"我的声音仿佛在三米多高的屋子里飘浮着,听上去是那么的单薄和稚嫩。

女人们开始交头接耳。

"全世界妇女都要洗的,真的!"这大话一出口我自己都被吓了一跳，"特别是月经以后以及和丈夫同房前后，应该用洗液清洁……"话音刚落，女人们发出一阵哄笑。白玛和德吉等几个未婚的少女则羞红了脸。

"笑什么？不洗才好笑呢！"措姆大声用尼巴方言说道："我们每天都要洗！"

"那你们是不是每天都要和丈夫同房呀……"扎顿家的媳妇起哄道。

"哈，我还没结婚哈！"措姆没好气地说。

妇女们的目光突然看向我。我红着脸赶忙说："现在我也还是单身哈！"并转移话题道："大家洗之前一定要把手先洗干净，然后在小盆子里倒满温水……"我一边示范着，一边讲解道："再倒这么一瓶盖药液就可以了。洗完后不要用毛巾擦，用这个棉纱绷带，一元一卷，县城药店里有卖的，一卷可以用很多次，擦干净后要把棉纱绷带扔掉，不要重复使用，盆子要专用，用完洗干净放在太阳下面消毒……"

女人们很开心地听着，不时有人起哄说几句俏皮话，但开始发药液时，大家都很积极。

这时小吴不合时宜地出现了，他拿了几盒妇科消炎药要我给大家翻译，可当着一个男人面，我怎么好意思说给妇女们呢？

"赶走"小吴，我又重新讲述了几遍洗液的重要性。妇女们听了一阵，主动要起洗液了。"我要三瓶……我要五瓶……"她们围着措姆争先说着。

"大家先等等！"我突然意识到事情不妙，请妇女们先坐下来，说道："大家听好了，这个千万要放到小孩子够不到的地方，而且你们一次要那么多干什么？用完了可以再来领。"

"哈，你不是说男人也要洗吗？"那个最没羞的桑姆笑道。其他女人见我尴尬的样子，都非常开心。

"好吧，那你们就多领一些哈……"我也笑了。

那天下午，妇女们三三两两抱着洗液，背着孩子开心地散了。但那以后，几箱洗液就堆放起来，再没人来领。所以每次回八宿县，我都会带些洗液送给县里的人。

②

"妇科洗液？"那天，当听到秋桑重提起妇科洗液，我疑惑地问。

秋桑目光柔和地看着我，微笑着，缓缓地说："那次，你发给我洗液后，我把它藏到了底层仓库里。家里人很多，大家同处一室，我一直没办法用它。直到一天晚上，月亮在窗外又圆又大，河水在远处湍急地流淌。我趁着家里人都睡着了，悄悄起来，去河水里用了洗液清洗身子，感到从未有过的清凉，心里还升起一种难言的甜蜜。望着圆圆的月亮，我忍不住流下了眼泪……后来我经常悄悄半夜去河边洗……"

听着听着，我不由地握住她粗糙的手，想象皎月下，湍急的河水中，一个女人独自在河水里洗浴的情景，感动得鼻子发酸。

秋桑亲切地握住我的手，突然说："现在，说一下你自己吧，孩子的父亲，你为什么要和他离婚？"

我愣了片刻，发现她满含善意的笑容里，闪烁着一丝狡黠。

"嗯，很简单，他背叛了我们婚姻的誓言，所以，我们就离婚了！"

"是你要离婚的吧？你的心真狠，你为什么不原谅他呢？"她竟然站在男人一方质问我，我有些诧异。

"他不是小孩，也不是我的儿子，我原谅他有意义吗？"我说。

秋桑的眼睛变得朦胧起来，我想她是很难理解的。所以我也露出狡黠的笑容对她说："关于你丈夫的传说可是很多啊，我还是想听你说说……"

"那是我难产的那年……"秋桑叹了口气，有些凄凉地微微低下头，向我讲述了她的故事。

原来，秋桑的丈夫更登是尼巴村一户人家最小的儿子，长得浓眉大眼，很受父母宠爱，又因为他上面的几个哥哥先后夭折和病逝，家里只剩下他一个孩子，父母因此更加溺爱他，随他喝酒或懒于外出劳作等。在他娶了叶巴村聪慧美丽的秋桑后，秋桑便和更登以及他的父母和舅舅，在尼巴村开始了一个新的大家庭的生活。秋桑也是家中唯一的女孩，所以她的几个哥哥和弟弟总是处处帮着妹妹，使得更登和秋桑一家的生活一直没有太大的困难。但当秋桑生第三个女儿时，她疼了三天三夜，她便让丈夫更登去寺院供灯求佛。

更登骑着马赶到了距离县城不远处的一个小村庄，寺院就在村子的半山腰。他上山为难产中的妻子祈佛供完灯下到村里时，碰到了几个朋友，就一起去村里的小酒馆里喝酒。这个村子虽小，但因距离县城不远，竟有了饭馆和那种卖啤酒的茶馆，并且年轻女孩多有外出打工的经历，大都已脱去藏袍，穿上了牛仔裤，还涂了口红，当起了服务员或者小老板。

这天，更登和几个朋友来到德吉开的茶馆里喝酒打牌。茶馆里的黑白小电视机刷刷地响着，信号时断时续。更登和朋友们没过几个小时就喝完了两箱啤酒，此时天色已黑，赶不回尼巴村了，几个朋友便建议大家一起借宿小茶馆。德吉便关了店门，给几位大哥抱来被子，准备安顿好他们后回家睡觉，但禁不住几个大哥的劝，她也坐下来一起玩了几圈扑克牌，喝了几瓶啤酒。在她醉意朦胧，想要告辞时……

第二天天不亮德吉就跑去县城报案，几个男人先后被捕入狱。

在法律意识淡薄的村庄，这件事引来了轩然大波，妇女们议论纷纷，似乎恍然得知法律可以这样强大地保护自己。

而秋桑，当她终于生下第三个女儿，更登就在那时被绳之以法。这个被村里人称赞的大家庭，一夜间因为更登的入狱，又成为了另一个榜样：国家律法疏而不漏。在偏远的村寨，妇女儿童都将在法律的保护之下。

尼巴村里，还没有人进过监狱。但人们知道并非因为没有罪恶发生。

从此，当人们经过村口秋桑的房子，当人们议论更登等的恶行时，少了许多的愤恨，多个版本的谣传里，多的是对国家法律和正义的敬佩。

"哎，之前他是个勤劳温和的好丈夫……现在要被关四年啊……"秋桑的眼睛红红的，她一脸迷茫，对丈夫所犯的罪行，似乎还没有法律层面的深刻的认识。

"那是很严重的罪行啊！对妇女身心的伤害可以致命啊！"我忽然意识到，驻村期间自己所疏忽的是对村民的普法教育。

"非常恶劣的！终身监禁也不为过！"我不由气愤地脱口而出。

秋桑吃惊地望着我，眼睛里的泪水在打转。

"后来怎样了？你没想过离婚吗？"我忙转移话题。

我知道，关乎妇女的权益、妇女的尊严，在这个只有依靠男人才能生活的偏僻山村，何其艰难。

秋桑摇摇头："我怎么能让孩子们失去父亲，而且公公婆婆年迈多病，需要我照顾，我怎么能抛下老人……"秋桑神情凝重地说着，泪水沿着她过早粗老的刻满皱纹的脸颊流下来。我忙递给她纸巾，心，也被她的话语深深地震动了。是爱，还是恨？但现在她的丈夫已得到法律的制裁，也许，就该放下了。

而秋桑，她无疑是尼巴村最善良和坚强的儿媳妇之一：她一直照顾着公公婆婆和丈夫的舅舅三位老人，同时还要抚养三个女儿，她的贤惠和坚韧，也重新得到了远近村民的尊重。当她家里盖房子或者秋收，除了她的哥哥弟弟外，村民们也会赶来帮忙。记得，那年我进尼巴村时，她家正在村口的河边盖新房。那是一条湛蓝的河水，从长满松柏的山上流下来，她从那仙境般的风景里捧着刚摘下的红红的石榴向我走来，她的身后，众多的村民在载歌载舞地打砖垒墙，看到那般祥和喜悦的场景，我欣喜地紧握秋桑久别的双手。

18

后来，再次见到秋桑是我离开尼巴村一年后再返回时，她的丈夫出狱了，几年的牢狱中，据说他痛悔不已，因而再回返村庄，他像变了一个人，循规蹈矩，和秋桑勤恳生活，还生下了一个可爱的男孩……

　　在他们的小儿子不满两岁时，更登因病去世。更登的老父亲也相继去世。秋桑成了四个孩子的单亲妈妈，不久，她移居拉萨的父母，把她连同她的婆婆和四个孩子全都接到了拉萨……

爱　巢

①

　　村里鹅黄色的野花漫山遍野绽放在藤枝上，奇妙的是，那不知名的小小的野花从山坡、岩石、村民院子的矮墙上一簇簇一丛丛瀑布般垂下来，散发出浓郁的茉莉花的馨香，使夏日的村庄格外让人迷醉。尤其是太阳最好的正午，阳光照亮了每一朵花瓣，花香袭人，我就觉得昏然欲睡。但这时，我的房间却成了村里女人们的茶园或客厅，有事没事都要到我房间来聊天。村里许多秘密都是在我请她们喝过苦咖啡后，她们"吐"出来的。所以每家每户一些隐私的故事，我都知道。那是一段非常温暖的日子，我和她们亲密无间，她们也就问出了我的许多事。虽然我自以为严守，但还是败给高情商的女神们了。我有几个孩子，我的婚姻、父母兄妹和我的工作等等她们都了如指掌。

　　"阿佳，你需要捎什么吗？我丈夫明天一早要去县城。"这天中午，我吃过午餐，正准备美美地午睡一觉，德珍背着孩子进来了，她后面还跟着好几个妇女。

　　"谢谢啦，我暂时不需要什么。"我说。刚来驻村时，因为和村民不熟，几乎吃不上牛肉和蔬菜，后来凡有村民骑摩托车去县里，都会通知我，从热水袋、香皂到新鲜食品，我只要写个单子，他们都会如数帮我买回来，我再也不用担心没交通工具而缺衣少食了。

"给……等十月就可以送给你葡萄酒了。"德珍身后的桑姆一脸抱歉地说,递给我一大可乐瓶装的自家酿的青稞白酒。

"啊?不要不要,谢谢啦!"我连连摆手,"你们看我架子上那么多白酒还没动,我又不是酒鬼,你们怎么总是给我送酒呀?"我笑道。

"这个季节只能送你白酒。"桑姆为难地说。

"我什么都不需要,不要总拿东西来送我呀!"我打了个哈欠。想到丰收的季节村民像比赛一样从早到晚接连不断地送来各种吃的,比如一盆核桃、一筐苹果什么的,并熟练地倒进一个大编织口袋里,等到口袋装满,他们会帮我再准备第二个口袋,不同的口袋分装苹果干、梨干、杏干、核桃等等,我的房间很快被这些礼物占满了一大半。那段时间,我不能午睡了,我怎么能把热情的她们拒之门外呢?想着,我又接连打了几个哈欠。

桑姆和德珍互相望了眼,明白似的点点头出去了,出门前背着孩子的德珍回转身又补充了一句:"你睡吧,我们在你楼下等你……"

我颓然跌坐。村里的女人们,当她们在割草喂牛、忙地里活儿的空档,通常是她们简单吃过午茶和糌粑的时间,在我几次恳请她们批准我午休后,那个时间她们不再来拜访我了,她们并不理解我为什么在太阳最好的时候要睡觉,她们改成集体坐在我的楼下,边晒太阳边小声闲聊,等我醒来。

花香如摇篮里的催眠曲,我却难以入睡。她们的各种窃窃私语从楼下倒流进了我的耳朵。

"他们工作组那几个小伙子为什么每天下午打那个带羽毛的球?"

我听到有人问。然后回答各种各样:"那是他们的游戏。"

"听说那种游戏可以把人变强壮……"

"哇……好笑……"

为了不影响我休息,她们的笑声不大,我却笑醒了:"强壮?"我一骨碌爬起来，我明白她们怎么想，只有上山伐木、夯土造房、种地收割……劳动才会使人变得强壮，同时创造出价值。那不是游戏。

我推开窗朝下喊道："我要到下村去看顿珠家盖房子，有摩托车路过帮我喊一下哈！"

等我梳洗好，还是没有摩托车的声音。

"他们今天很忙，有些在山上伐木。"楼下一个妇女喊道："你去看他们拉木料再从那里坐摩托车去顿珠家吧！"

这个主意不错。我戴上草帽，背好双肩包，跟着桑姆去了后山。

②

穿过上村的五户人家，就临近后山了。后山前面有一片平坦而广阔的灌木丛，野蔷薇一丛丛开着黄色花朵，有两米多高，而在溪流穿过的茂密的植物里，长得最多的是鬼臼果，是红色的。还有许多不知名的野果子野花，可谓一个天然植物园。植物园的尽头就是长满柏树的大山了。一条湍急的河流从山上的柏树林里奔涌而下，村民在山上砍伐下的树木顺着河水一根根漂下来。

那时对村民砍伐树木国家已有严格的法律规定了。不允许伐木买卖，各家盖房子可以申请少量砍伐。

松木笔直，松香和着百花百果的芬芳，在阳光下自由地飞扬着。

一匹匹骡子等在河畔。从这里到下村是大下坡，所有木头都靠骡子拉下去。一头骡子后面拖着一根长木，一路小跑下坡。跑慢几步，就会被惯性滑下来的木头撞伤脚后跟。我吃惊地看到拖木头的骡子虽然跑得并不艰难，但有的骡子被木头撞伤了，腿上在流血。这偏远的山村，当然没兽医可以医治它们，只能靠它们自愈。

怀着这样的叹息，我搭上一个小伙子的摩托车，跟着拖木头的骡子，拐来拐去来到了下村。

顿珠家的房子已经打好地基要修第一层了。一位戴草帽的中年男人正在楼上的绳索之间度量。据说他就是闻名遐迩的建筑工程师昂旺次仁，来自叶巴村。我上到初建的地基上，看到昂旺次仁并没有度量尺，而是用他的步子、手臂来衡量计算着。立起的一根根原木柱子上，交叉拴着一根根绳子，那就是框架了，墙的厚度和垂直线已经规划好了。村里每家都会派一个工来帮忙，那时是六月，不是农忙季节，参加劳动的人很多。

"要盖这么大的房子呀！建筑面积有300多平了吧？"我问昂旺次仁。

"建筑面积？"昂旺次仁摇摇头笑了："我们不这么计算，我们算要立多少根梁柱。梁柱越多，房子越大。"昂旺次仁个子不高，笑呵呵的样子看上去敦实可靠。他左右试拉绷好的绳子，然后迈开步子，来回走几步后，简单在本子上记了什么。

"那没尺子怎么计算呀？"我想不明白。

昂旺次仁乐呵呵地望着我说："小姑娘，人自己身上什么都是齐全的呀！"说着，他伸开双臂给我做示范。

"请叫我白玛，我年纪已够大了。"我的脸有点发烫，我那时已有四十多岁了，被昂旺次仁叫作"小姑娘"，感觉特别扭。而昂旺次仁看上去也不过四十多岁。

"姑娘"，他在姑娘前面去掉"小"，放下手臂认真地说："我看到的你像是小姑娘，当然这和你的年龄没关系，我相信我看到的……"

昂旺次仁似乎喜欢说教，还有点固执，我不想就这个问题和他讨论。

"你继续说呀，多大面积立一个梁柱？"我转移话题道。

"这样，"昂旺次仁在盖起的地基层上伸开双臂，"伸开两次双臂，两次中间需要立一个梁柱。"昂旺次仁比画的时候我才发现他的手臂有点短，我偷偷地笑了。

"如果修高楼大厦可就危险了。"我说。

"住高楼大厦像装进了叠层鸟笼,我见过的,我们不喜欢!"

他也许从电视里见过吧?那种令生命窒息的水泥森林,以及彻夜不眠野兽般咆哮着的汽车和专横的高架桥……

四五个淌着水的装满湿土的袋子摔上墙了,三五个小伙子跳上来,把泥土倒在墙上,举起圆圆的石头开始夯墙。

我嘘了口气,点头对昂旺次仁说:"是啊,我也不喜欢!"阳光明媚,花香和着盖房子运来的湿湿的泥土味,令我庆幸自己没住在那样的楼群中。

昂旺次仁点着头乐呵呵地望着我,似乎为他自己的见解颇感得意,然后满意地转身和房东商量去了。我也转身去看夯墙的小伙子们。说是小伙子,其实他们年龄也不过十六七岁吧!这些少年因为家里需要劳动力或者什么别的原因都退学了,他们是村里骑摩托车跑山道运输、采购的主力,也是盖房子、上山采药的主力。

"我试一下吧?"

米玛笑了,但还是把他手里沉甸甸的圆石小心捧给了我。几个少年都停下了手里的活望着我笑,背泥土的妇女们也从下面望着我笑。我的脸涨红了,双臂再用力也无法将圆石举过头顶,最后只好认输。

"阿佳白玛快下来吧,那是男人干的活!"背泥土的女人们笑道。米玛弯腰捧起我扔下的圆石,一下一下很轻松地夯着新倒上墙的泥土,其他几位少年也在我惊羡的目光中,姿态优美富有节奏地用石头一下一下夯着墙,工程师昂旺次仁紧随他们左右,监督着墙的厚度和直度。

我从地基矮墙上跳下来,去到山脚下,看妇女们挖土和搬运。她们真是聪明啊!用管子把一条溪水直接引到这边山脚的土包上,再把浸湿的坡土挖出来,省去了掺水搅拌的工序。土坡的泥淡青泛白,有黏性,经过夯打,坚硬无比。我曾随奇正的雷菊芳大姐去工布地区时,在一个山脚下她让我尝过这种土，有点豌豆粉的味道，雷姐告诉我说，这种土叫"观音土"。我们周围的山都是观音土，当暴雨之夜电闪雷鸣，常能听到贯穿在村子里的小山坡轰隆隆塌碎下来的声音，但我不担心，村民和我们的驻地夯打过的墙有一米多厚，还夹杂着石子儿和青石粒。它们是大山怀抱中最牢固的巢。

　　七八月时顿珠家的房子已修到第二层了。但二层还没垒完墙也没有盖顶，全家人却已搬进一层住下了，燃起的炉火炊烟袅袅，有滋有味的生活已然开始。我永远不会忘记那一幕：一大早，我戴上草帽，背好双肩包，坐着米玛的摩托车去他家，应他的恳求，准备和他父母再谈谈他去拉萨学画唐卡的事。阳光好极了，照在米玛一头微微卷曲浓密的黑发上，让我觉得这个19岁的少年有一种古希腊的男性美。一路大下坡，沿着纵长的村子中央的山坡绕几个大弯，我们很快到下村了。米玛停好摩托车，推开他家里崭新的厚重的原木单扇门，只见院子里，耀眼的阳光倾洒在一个娟秀的女子身上，她席地而坐，把一只竹编的簸箕举过头顶，正在筛荞麦皮。就在米玛推开门，满身朝阳、笑容灿烂地大步走进小院的一瞬，那个被阳光雕饰的女子，投向米玛的目光粒疾速且锐利，转瞬即逝之间，炙热得令我惊颤……

　　我明白了，为什么米玛的父母不让他去拉萨：这么大的房子三代人住在一起，米玛得撑起家里的第二根梁柱。

　　我借口看新房的进度，避开米玛焦灼的目光，上到了二层。从二层望去，小村庄掩映在核桃树和山花中，甘凉的空气里飘着浓浓的茉莉花的芳香。

　　"好安详的村庄啊！"我暗自心想。虽然生活里缺少很多物质层面的东西，但生活在这里的人们并不缺少亲情和爱。

　　"下来喝杯热茶吧？"米玛的妈妈从楼下叫我。

　　"不了……"我忙答道。我不想下楼去再说什么。

"白玛……"扎顿家住的不远,他看见我了,邀请我去他家喝茶。

我有了借口躲避顿珠家的问题,因为我也感到迷茫。村庄里的生活有时让我觉得:去拉萨学唐卡能得到一技之长。先不说谈何容易,最关键的是,人生最珍贵的是什么……

我告辞出来,来到扎顿家。像是一种蝴蝶效应,自从顿珠家开始盖新房,村里好几家也陆续动工了,有的是重建,有的是维修。筑巢的热情如村里花的波澜,在这个夏季格外热烈。

"你看怎么样?明年你再来,就可以住我家了。"扎顿满意地望着已挖好的地基说,仿佛已见空中楼阁。但事实上村里人自己修房子,也就是在农闲季节才有人手。修修停停,时间长的话差不多需要一两年才能完工。

"你们家才四口人,修那么大干什么呀?"我问他。他是村长,他答应过要带头实施人畜分开,但又计划修两层,难道一层又要用来饲养牲口吗?

扎顿笑容满面地耐心说道:"我们家的旧房子将用来养牲口,人畜分开的补助我们家已经领了,所以承诺了就会做到的,你放心。"

"然后呢?"我问。

"这里距离县城远,我想在一层办个托儿所,教村里的孩子们学习藏文……"

我不由使劲点头,他家在下村,位置也在中间,如果能办托儿所,那可是再好不过了。

回去的路上,该是午餐时间了,村民的屋顶炊烟缭绕,我仿佛看到,简单的食物各自一份,一家人在厨房长条矮桌前,每人一碟、一碗、一茶、一勺,默默吃完自己的份额,四代同餐,十几个人,静悄悄的,话语不多,却温暖四溢……

③

我的巨大的土楼却空空荡荡，凉风习习。每晚只有邻居家的两姐妹过来陪我住。从一楼上到二楼，我的身影在屋顶倾泻下来的斑驳的阳光中孤单地移动着，踩在木楼梯上的回音，听上去也那么空洞。

"阿佳白玛啦！"正当我自怜自艾中，上村里挨我们驻地最近的扎顿在楼下叫我。

"什么事啊？"怕他听不清，我推开窗户问。全村只有我们工作组的窗户有玻璃隔着，其他人家窗户都是空的，冬天就钉上塑料或布。

"你下来一下可以吗？我家也想盖房子了。"

"啊？"我吃了一惊。扎顿家三代同堂，住在一栋很小的藤编泥糊的房子里。雨季那个小楼漏雨很厉害，在风雨中摇摇晃晃可谓危房！

"我很犹豫。"扎顿在木堆上坐下来，一脸困惑地对我说。他就是我在少儿纪实故事书《高原上的小星星》里写的"尼巴公主"的父亲。他个子不高，四十出头，据说是家中的老小，上面有三个姐姐，一个姐姐早逝了，还有一个是扎顿的妻子，另一个嫁到本村的诺布家了。原本兴旺的家庭，因为就他一个儿子，缺少劳动力，现在已变成村里的贫困户。

"我领到了政府给的三万多元的扶贫建房款，我想盖房子，又想搬到白玛镇去……"扎顿说着，把询问的目光投向我。

"这……"我不知道说什么好。那时尼巴公主已经去县里读书了。"搬到县城也好，可以照顾读书的三个孩子。"我说。那年他家的大女儿扎措和村里另外两个女孩一起，我已带她们去县里的一个民族服装厂学习缝纫，现在家里实际上只有他16岁左右的大儿子和妻子、老父亲。

"可是……"扎顿咧嘴笑了，两道深深的皱纹像沟壑，把他两个脸颊分成了两半："核桃树、果蔬和那么多庄稼就没人照管了……"

我顺着他的目光望去，他家的梯田呈半弧形，金黄的麦穗在微风中波澜起伏。丰收的季节就要到来了，他家今年的收成应该不错。而那几亩地，在祖辈的开垦和扎顿夫妻的辛勤耕耘下，每年已足够他们一家人果腹，但如果搬去县城，他们靠什么生活呢……

"在村里盖房也好，但不要再盖那么大了，那真是很浪费……"话到嘴边我没好说出来。扎顿家有三个儿子，其中两个儿子都出去读书了，这意味着他们不会再回到传统的农耕生活。他们大学毕业后将考公务员或去企业应聘，留在这个或其他县城工作。扎措和尼巴公主也一样。尼巴村的家，将成为她们的故乡。

我拿出纸和笔，试着帮扎顿画了一幅草图：在大山的怀抱中，有一栋"观音土"夯起的朝阳的小楼，楼上两间卧室，楼下一个客厅、厨房，建筑面积不过90个平方左右，房子的前后是草地、核桃林……

我和扎顿开心地笑时，一滴雨正好落到草图上，打湿了画在小楼远处的牲口房，房子后面我画了一条公路，通往村里的小学、医院和外面的世界……

"观音土"也称高岭土，又名膨土岩、斑脱石、甘土、皂土、陶土、白泥。观音土富含硅、锌、镁、铝等矿物质，是黏土矿物，其化学成分相当稳定，被誉为"万能石"。

代理村长

我们驻村时，罐头、大米都是单位配给的，蔬菜是我们从县里带回来的。那时用的是太阳能，根本不可能带动冰箱。五月的尼巴村温度已经上来了，存不住鲜肉，所以只好吃猪肉罐头。吃了午餐，我因为一早和志愿者小吴去村里四处逛了逛，脸晒得发红，就贴了一张面膜，正在这时，扎顿坐着他大儿子的摩托车来我们驻地了。

扎顿四十多岁，好像除他以外村里他这个年纪的男人都会骑摩托车。他们父子俩踩着木楼梯咚咚咚地上到我们二楼，直接进到了我的房间，我来不及揭下脸上的面膜，只好尴尬地把他们带到隔壁房间去坐。我转身回房洗脸，听到扎顿用带点康巴口音的拉萨藏语自我介绍说："我是村长，叫扎顿，欢迎来到我们村……"我吃了一惊，据说这一带几个偏僻闭塞的山村，村民说的一种方言类似加绒语，连昌都本地人都听不懂，没想到扎顿说拉萨藏语的口齿那么清晰。但前一批工作组的同事说过：尼巴村的男人都不大愿意女人干涉"正事"，大男子主义思想很普遍。所以我没着急过去听。等我洗好脸，慢吞吞走到隔壁时，看到几个小伙子在打牌，偶尔回头很不情愿地对在一旁叨叨的扎顿笑笑。扎顿的大儿子平措则一脸茫然地望着牌桌。见我进来，尴尬中的扎顿对我笑道："你很像前一批驻村的卓嘎……"

"哦哦……"我答应着，发觉小伙子们根本不想听扎顿说话。我便对扎顿说："您到我的房间来坐吧，我正想了解一下尼巴村的近况。"

29

扎顿和平措起身来到了我的"卧室"：比小伙子们的房间还要大，差不多有30个平方，沿着墙的四周，是一圈木板搭的一米来宽的矮床榻。之所以选择这间房子住，是因为有一个大火炉，方便烧水和取暖。

"请坐！"我说。除了我睡的床上铺了褥子，其他矮床上只有薄薄的一层化纤卡垫，坐上去应该很硬，但也没办法，那已是当时全村最好的卧室了，并且我把地上的软虫和屋顶的蜘蛛网都清理干净了，虽然不断有软虫从地板缝里爬出来，起码地上没那么多尘土了。

"请喝茶。"我给扎顿和平措泡了两杯速溶咖啡，扎顿在介绍尼巴村每一户的基本情况时，皱着眉头喝了几口就放下了杯子。平措则吐着舌头一脸苦相地对他父亲笑道："哇！好像药汁一样难喝……"

"村里现在有21户人家，村长搬到县里住了。"扎顿滔滔不绝地讲述着，并不理会儿子的话。我一边记着笔记，一边悄悄地打量着扎顿：为了来工作组，他像是特意换了干净的浅蓝色衬衣，咖啡色藏袍也很干净，头上的红缨子像是新的，头发乌黑，五官端正，只是微笑时，两个门牙上面有很大一块牙结石……

介绍完尼巴村情况，扎顿建议我跟他们去附近的几户人家里看看。

我叫上在楼下开垦菜地的小吴，沿着碎石渣铺就的小路，先后去到了核桃树掩映下的五户人家里，先是"尼巴公主"家：泥巴和藤条糊的房子，一层圈牲口，二层窗户上，两姐妹见有人来，趴在窗户上露出了灿烂的笑容。

"哇，好漂亮的两个女孩！"我朝楼上看，不禁惊叹。扎顿和平措已穿过院子进屋了，我和小吴跟在他们后面。一楼通向二楼的楼梯是我生平第一次见到：只是在一根直木上简单刨出了一级级能搁下半个脚掌的台阶。我好奇地爬上去，"尼巴公主"的父母已热情地捧出了核桃。后面两家的房子比尼巴公主家里好得多，土木结构，楼梯也很宽，也都是大家庭，四代同堂充满了生机。见扎顿带我们来，又是端茶又是请我们吃核桃，能看出他们对扎顿很尊重，扎顿在他们面前侃侃而谈，也显得很是自如和自信。但当我们转了一圈回到工作组，工作组的小伙子告诉我说，扎顿根本不是村长，他什么职务都没有，他的父亲是密咒师，所以扎顿只是村里大人中唯一认得藏文的人……

他的父亲在有生之年，教会了他的大儿子识字读书和念经，二儿子也因天资聪敏，成为邻近几个村庄最有名的木匠和木雕师。两弟兄五官端正一表人才。但听说他们关系并不太好，扎顿继承父业，除了村里大小事他愿意出面管理调和外，还能为村民念经祈福。弟弟丹增很会经营自己的家业。记得第一次走访丹增家，发现除了我们工作组的房子外，全村只有他家的房子是木雕加彩绘，一楼还建了一个小卖部，也是村里唯一的小商店，院子里摆着台球桌，村里的小伙子闲了都要到他家来消费，打打台球，买点东西喝。他家的日子应该也是全村最富裕的。当然全村除了一个酗酒的人，没人喝酒，年轻人也不喝，也不敢公开抽烟，村里谁家盖房子或需要劳动力全村人互相帮忙——这个则是扎顿的功劳。扎顿家因缺少劳动力和不善于经商，生活虽相对贫困，但扎顿在村里的威信却无人可以替代。

"那他为什么要自称'村长'呢？"我还是有些纳闷。接下来的时间里，无论是组织村民开会还是给村民分衣服等大小事，都是由扎顿代表村民们来和我们商量。后来时间一长，我们也就顺其自然地叫他村长了。

"你能去昌都市学习种植蔬菜吗？"那年，我从八宿县扶贫办争取到在尼巴村修建蔬菜温室大棚的经费，还得到了一个培训农民种植蔬菜技术的名额，为期三个月，在昌都市。但全村成年人中只有扎顿识字，也就只能请他去了。

"这……我们家准备盖房子啊！"扎顿为难地说。的确，扎顿家、尼巴公主家、单亲妈妈茜珍、独身女人贡吉家都还住着篱笆和泥巴糊的房子，冬天灌风，夏天漏雨，他们四户都是因家里缺少劳动力，才至今没能力盖新房。而扎顿有高血压和心脏病，不能干重体力活，妻子年迈多病，小儿子又在昌都读高中，家里只有大儿子和儿媳两个劳动力，干什么都比不过村里其他大户人家。

"现在农忙季节恐怕没人能帮你家盖房子，不如趁这个时间去学蔬菜种植技术，等你回来了，温室也盖好了，你家的房子也可以动工了……"

扎顿微笑地看着我。经由一年多的交往，我和扎顿就村里的事合作过很多次了，没感觉他对女干部有歧视。

"再说，只有你识字，你又是村长……"我笑道。

扎顿的笑容更夸张了一些，似乎对我最后两句话很满意。

"好吧，也好，我正想去昌都市拔牙……"扎顿捂着右脸，皱了皱眉说道。

"那我介绍昌都市卫生局局长邵晶帮你安排医院看牙吧！"我赶紧说。自从我驻村，我同事的哥哥邵晶都快变成尼巴村卫生局局长了，村里一遇到病情，我就向他求救。

"哦，那太感谢了！"扎顿高兴地点着头，"我明天就出发去昌都市蔬菜种植技术培训班报到！你放心！"说着，健谈的扎顿又开始侃侃谈论村里的一些事情，并引经据典地发挥着他的口才。我坚持站了半个多小时，始终微笑点头，但后来望着他的瞳孔都开始变小了，累得终于顶不住，便找了个借口跑回了自己的宿舍。

那年夏末，当三个蔬菜大棚完工，扎顿也终于回来了。他来到我们驻地，从怀里掏出一个红本子给我看，那是他参加培训的结业证书，我惊喜地捧在手里时，扎顿又拿出第二个红本子给我看，颇为骄傲地笑道："我考了全班第一名！"

我忙打开看，第二个红本子果然是他获得优秀奖的证书。我欣喜地望着他，心里有些愧疚。这次学习，耽误了他家里的许多农活，也没有任何经费可以补贴他，往返车费食宿都是他自费的。这对全年没有任何经济收入的尼巴村民而言，不能算是一笔小钱。

"邵晶局长啦给我安排了很好的医生，免费治好了我的牙齿，解决了我的一大痛苦！"扎顿微笑着说，似乎猜透了我的心思想安慰我。

"嗯，那么你真的会种菜了？"我看到他微笑时一口整齐洁白的牙齿，心里也高兴起来，只是遗憾他门牙上的那一大块牙结石还在，很是有损形象，但我也不好说。

"学校还给我们发了各种种子，有西红柿、黄瓜、小白菜……我都会种！"说着，扎顿把放在地上的口袋打开给我看，果然满满地装着各种蔬菜种子。

"能吃上新鲜蔬菜了，而且是村民自己种的！"那一整天我都开心地想着，毕竟尼巴村民祖祖辈辈只会种青稞和荞麦，只会饲养牛、骡子和马，不可想象那么娇贵、鲜嫩的蔬菜能经由尼巴村民粗糙的双手从这片满是石头的山地里长出来。

第二天一大早，扎顿就带领各家各户进到蔬菜大棚里，我也跟进去看他如何教大家。

"现在工作组给我们修了三个温室大棚，我们冬天也能有蔬菜吃了！我来教大家种，大家在自己家分到的菜地上种植，学得好就收获得多，也就能吃到多的新鲜蔬菜……"扎顿集合21户派来的代表，根据每家距离蔬菜大棚的远近和每户人口，带着大家在三个温室大棚里来回走了一趟，差不多用了两个多小时分配好了各家的菜地后，他开始实地讲课了。他把左胳膊上的藏袍袖子脱下来，动作沉稳地系在腰上，在三个大棚最大的一间里一边示范、一边解说，并撒下了第一捧蔬菜种子……那一刻永远留在了我的记忆里，并且平生第一次对土地产生了崇敬之心。也是从那时开始，在我的心中真正认可了扎顿为村长。其实，从一开始，这个项目就是扎顿代表村民们来申请的。那是初春的一个下午，扎顿照例坐着他大儿子的摩托车上来了。

远远看到他们，志愿者小吴笑道："哇，村长又要来讲历史了……"扎顿大步走进我隔壁的房间，很自然地坐到了那张大办公桌前，他在等着我，我忙拿了个笔记本过去，工作组的小伙子都回县城了，我自然就成了"头"，凡事扎顿都找我商量。

"我们村春季和冬季很难吃到蔬菜，如果大雪封山，村里小伙子不能骑摩托车去县里，那整整一个冬天都没有蔬菜吃了，所以，我代表村民希望工作组能帮我们建蔬菜大棚……"

扎顿话音刚落，我不由吃惊地望向他，"这么偏僻的村民还懂得蔬菜大棚？"我心想，"但这笔经费去什么地方才能申请到啊？"

扎顿还在继续解释尼巴村的温润气候如何适合种植蔬菜等等，我的脑子却是一片空白。

"尼巴村民究竟怎么来到这里的呀？"小吴看出我的困惑，他顺利地打开了扎顿的话匣子。

"或许是远古战乱时期逃到这里的吧？看村里的核桃和桑葚，应该有上百年的树龄了，还有一些松柏应该有千年了……"扎顿停了停，神色肃穆地眺望窗外的远山说："山上有些松柏上还有子弹留下的痕迹，甚至在古树里有人曾找到过子弹壳……"

"啊？"我又吃了一惊！这个偏远的山谷狭沟，难道曾经还是战场？我诧异地望着扎顿略显沧桑的脸庞，想象他的曾祖父或许曾头系红缨子，在山谷丛林中厮杀……

之后的一个月，带着扎顿给我们的沉甸甸的任务，我回到八宿县开始为尼巴村温室大棚的项目奔忙，写了厚厚一沓项目申请书，递交给不同部门。那也是我用写诗歌和小说的笔，第一次写项目报告，应该很不专业，但运气却不错：刚好八宿县扶贫办有此类项目经费，刚好那年没其他村庄与我们竞争，仿佛天上掉下来的馅饼，尼巴村修建温室大棚的项目资金批下来了，凡是参加温室大棚建设的村民还能从中得到劳务费！

带着这个喜讯，我和小吴以及一位想要去村里田园考察的留学英国的人类学研究生小李，我们从八宿县乘车到东坝村，然后徒步四个多小时到达叶巴村，再坐摩托车到了尼巴村。

我闻到了青椒的香味。

从地势明显平缓的村口经过上村和下村，尼巴村田地里一片片小青椒长得油亮亮的，已经有拇指大小了。一到收获的秋季，他们总会不间断地给我们送来果实，除了香甜的小苹果、梨子、核桃外，送的最多的就是青椒。满屋子的青椒吃不完，我就用醋、用盐腌起来。那些日子，我早餐吃腌青椒，午餐吃炒青椒，晚餐吃青椒面条……吃得我胃发烧，嘴唇起泡……还有难言之隐。全村村民也天天顿顿吃青椒，不知他们感觉如何！想着，我不由扑哧笑出了声，小李就问我："白玛老师回到尼巴村那么高兴呀？"

"你看地里的青椒长得好好，到时给你带回去吧，你要多少都可以……"说着我又忍不住笑，因为再也不用吃青椒了，我们此行除了已获得了专项经费，也和县里的工程队签好了施工合同。

回到村驻地没几天，修建温室大棚和太阳能澡堂（西藏文联批准把年度扶贫经费用来给村民修建太阳能澡堂）的民工也都到齐了，大家住在我们的土楼里，热闹极了，所以小李写论文查资料没安静的地方，竟然爬到了楼后面的核桃树上。

我带小李去拜访了全村最著名的人物——扎顿村长，因为她要写一篇关于传播媒介在西藏的发展史的论文。

"您最初使用什么来获得外界的信息呢？"小李问。扎顿家的两只小黑猫眼睛比钻石还亮，公然在桌子上走来走去。

"我听收音机，除了听西藏广播电台的新闻联播，我每天还听西藏广播电台的格萨尔史诗节目……"

我这时才得知扎顿还有一腔诗歌的情怀。后来当我随作家采风队徒步再次来到尼巴村时，我把央视文化十分钟节目的记者也带到了扎顿的家。扎顿捧出了一本《格萨尔》史诗。据说那是在很久以前，尼巴村到县城的交通工具只有骑马和步行。步行要走一个多星期才能到达，扎顿那次是骑马去八宿县白玛镇的。他骑了三天的马，翻越雪山和丛林，来到白玛镇唯一的一家藏文书店，买到了他梦寐以求的《格萨尔》史诗。那天，他以十分标准的拉萨藏语，姿态优雅地为大家朗读着，炉火在静静地燃烧，他的妻子摇着转经筒，满怀崇敬地痴痴地看着她的丈夫——尼巴村村长、蔬菜种植"专家"扎顿……

"冒牌"行医

①

五月,初到尼巴村,只见烂漫的山花像顽童的小手,争先召唤着我,蝴蝶牵着轻盈的白色绸裙,在青稞地里曼妙起舞;重重山峦与天光交映着,幻化出一派仿佛触手可及的神话远景。我们驻村地的住处是土夯墙楼房,伫立在尼巴村梯田的最高处,从坡下向上看高耸入云,暗影迷离但很久没人住的屋子里到处是尘土,满地爬满了形状各异的虫子,老鼠在房梁上跑来跑去,像极了那部法国电影里女作家去往乡村写作借住的废弃古宅,弥漫着一种诡异的气息……这一切,带给了我无限的想象。

一个月光之夜,当我正在流淌的诗歌里漫步时,山风掀起扉页,暴风雨骤然来临,山巅上,雷驰电鸣像地狱的烈火在燃烧,远处的一个山坡顷刻间在雷电中轰然倒塌了。就在这时,贡吉——住在下村的那个孤身女人浑身湿淋淋地跑来向我们求救。只见她浑身颤抖,呼吸急促,我慌忙上前扶她躺在我的小矮床上。她发出阵阵痛苦的呻吟:"阿妈……阿妈救我……"可是她的阿妈和阿爸早就去世了。当年还没来得及为女儿订一门亲、送女儿出嫁,就去世了,剩下她孤身一人在这偏僻的尼巴村近五十年。这夜,她躺在我的床上,蜷缩着像个无助的孤儿。

"怎么办?怎么办?"我束手无策。记得前天,我们还曾去看望过她,她换上新衣,要我们拍照,满脸的笑容纯如处子。

"也许她是中暑了!"小吴举着一只装着咖啡色液体的小塑料瓶说,"藿香正气水能解暑……"

"她会不会是高血压?或者低血糖?"

贡吉捂着头还在呼唤阿妈,我的泪水也流了下来,可是我不是医生,该怎么帮她啊!我扶她起来,给她喂水,让她服下了一片安定。雷雨渐渐变小时,贡吉轻声呻吟着渐渐睡着了。

过了两天,我惦记着贡吉的病情,小吴便建议我们去她的青稞地帮她拔青稞。

尼巴村处在深山峡谷的底部,海拔比其他地方略低,青稞成熟的季节也较早,六月就可以收割青稞了,青稞收割完,又开始种荞麦。但尼巴村的耕地都是层层梯田。这天,我们顶着烈日上坡下坎地走了近一个小时,我已累得大汗淋漓,才走到了贡吉的两块窄小的梯田。

"贡吉……"远远的,只见半山腰上,摇曳的麦芒像金色的燕子在阳光下跳跃;贡吉裹着红头巾,正弯腰在地里拔青稞。

听见我喊她,贡吉直起身回头朝我们招手。

"你的头痛好些了吗?你不能晒太阳的。"我说。我当然知道,这几天得赶快收青稞,雨季就要来了,而这些收成就是她一年唯一的口粮。

"我好些了,只是时不时还会疼……"贡吉有些凄凉地说,显得有些憔悴而疲惫。"你们怎么来了?去我家喝茶吧?"她指着山下她的那所泥糊藤编的小屋子说。

"不,不了……"我忙摆手。她的家我们去过。她家的矮木床、床上的卡垫、被褥等据说都是我们单位工作队慰问困难户时买给她的。

"她把两块梯田照顾得真好呀!"小吴已经挽起衣袖劳动了:"看,这些青稞秆多粗壮,麦粒多饱满!"

我也学着从地里拔青稞,但使劲一拔,拔得全身都是土。小吴和贡吉都在笑我。我干脆跪在地上拔,拔了一阵,太阳晒得我头晕目眩,远远落在了他俩的后面。

这里的农耕就是如此。播种耕地都是靠骡子拉木犁，收青稞也很奇怪，不用镰刀割，都是用双手从地里连根拔。乡亲们的勤劳也是我在西藏其他农区少见的。他们天天清理地里的杂草，每天引水浇灌麦地，家家囤积着牲畜的肥料。而西藏很多农区的田地几乎是"放养"，听天由命少有人天天照料；秋天时农人们总是一边收割，一边喝着青稞酒载歌载舞。但在尼巴村，在后来驻村一年多的时间里，我从未从青稞地里听到过丰收的歌。只见乡亲们满身满脸黑土，顶着烈日默默拔青稞，拔完后立刻在地里播撒第二季荞麦种子。

那天，帮贡吉拔完青稞回到驻地，我和尼巴乡亲们一样，满身满脸都是黑土。我烧水冲澡时，心里就感慨：尼巴村民真是辛苦啊！

可让我为难的是，几乎天天有乡亲上门找我看病，我再三解释自己不懂医，乡亲们就会对我说出药名：青霉素、去痛片。

②

我开始变得愁眉不展，我们该怎么办？终于，我从村里听到很不确切的传闻说，尼巴村原来有两名"村医"，其中一名叫拉加。

我整夜眺望着尼巴村漫天的星星，等待拉加披星戴月从山岭伐木归来。

拉加回村了。他腼腆地微笑着，带我们去他家看林卡乡卫生局发给他的血压器、听诊器和一个急救药箱。他有些吞吞吐吐地说："这些，我不会用，我只参加过林卡乡卫生局举办的为期十天的培训。"

"那你总会发药吧？"我心情复杂。

"现在的药上写的是国家通用语言文字，我小学四年级就辍学了，我只懂藏文，再说……"拉加红着脸说道。

"那另外那名村医呢?"我不死心地追问。

"他去工布江达了……他也只有小学文化水平,认不得药品上的说明书,也只参加过十天培训,我们一样。"拉加挠着头,一脸无奈地回答道。

我的希望落空了。我颓丧地回来,钻到一张快要散架的桌子下拉出前面工作队留下的一个装有药品的纸箱,只有一些去痛片和感冒药。很多也已过期。小吴皱着眉沉默了半晌,背起包坚定地说:走,上山去找信号打电话。

打电话在尼巴村对我们而言已成为另外的意思,即去求救。

处在狭长山谷中的尼巴村,东南面山腰上有一块半悬空的岩石,那就是全村打电话的"信号石",只有那里才有手机信号。要爬两个多小时才能到半山腰的那块岩石上,对着电话"喊叫",如此高空、高难度的"作业",每次都令我目眩胆战。这天,我们在山路上快速攀爬,也用去了一小时四十多分钟,举起手机朝着普龙村的方向,拨通了通往山外的电话。电波在重叠的大山的缝隙中,穿过天边的晚霞,远远地送来朋友的声音:好的,我们马上帮你们募集药品给你们寄去……

小吴的那部老掉牙的黑色古董手机功不可没,山西太原市的朋友将给我们尼巴村捐赠大批药品。

没过多久,在大雨瓢泼的雨季,尼巴村的小伙子们冒着泥石流、塌方等危险,从林卡乡用摩托车拉回了一箱又一箱药。我们急切地打开药箱,药品品种齐全,还有好多妇科洗液。我立刻组织全村妇女开展妇科知识讲座。

接下来,我和小吴还做了件更加冒险的事:建设小药房。

那是十月雨季以后,山路通车了。停放在林卡乡的药品和衣物终于全部拉来了尼巴村。仝村像过午一样喜庆,集中到我们驻地的坝了上开始分发衣服。先把冬衣、夏装、童装全部区分开,再按23户件件分好。扎顿也来了,他让我回避一下。原来,村民每户派代表各自选来木头块、树皮、石子儿、草根等各式各样作为自己领取衣服的记号，要我一样样分别放到 21 堆衣服上。

这样分衣服的方法很公平，每家几乎装满了一大麻袋，很满意地背回去了。我和小吴留下拉加和他哥哥帮忙，我们要建药房。

锯木头、钉隔墙，小吴是甘肃人，他样样都在行。他熬开面粉做好满满两大盆糨糊，在隔墙上糊好了报纸，又和拉加两兄弟一起拉锯、刨板做起了药架，之后铺地板、钉门窗……两天后，尼巴村有史以来第一间药房兼卫生室落成了。

我尽自己最大能力，努力把全部药的藏语意思翻译给拉加听，他吃力地用藏文记录着，写到白胶布上，再贴到每瓶、每盒药品上。当拉加硬着头皮用他很是差劲的藏文逐一登记药品时，村里的晋美大叔系着崭新的红缨子，拿着一瓶白酒，摇摇晃晃进到了新落成的卫生室。

"唉呀，你别喝了。我正在给你和贡吉争取去林卡乡养老院呢，你这样喝酒，养老院不要你的……"我着急地对他说。

"拉加当医生了？"晋美大叔根本不听，而是嘲讽本已很头痛的拉加。"来，先喝一口，再给我打一针，我腰痛……哈哈哈……"晋美大叔醉醺醺地取笑拉加，挽起袖子还扭腰。

"别闹了，您喝醉了吧！"我生气地劝他："快回家吧，我们不打针！"话刚出口，我很是心虚。我们不是医生，不会打针，也没资格发药，却建起了卫生室，这冒牌行医真是严重啊！

但小小的药房兼卫生室好温馨，连我养的小黑猫也抢着跑过来，我们中午在这里吃午餐，阳光好极了。这时乡亲们也听说村里有了药房，高兴得轮番来参观，扎顿仔细检查药品上拉加写的藏文，逐一修改起来。

"拉加行吗？再给扎顿一把药房的钥匙，我们走后，还是让他们俩一起给村民发药吧？"我担忧地说。

"放心，我们明年请志愿者来，请有医护资格的志愿者来尼巴村给乡亲们治病！"

望着沉浸在幻想中的小吴，我没勇气对他挑明。尼巴村地处偏僻，志愿者即使来了，也不过短期，往后漫长的岁月里，尼巴村和邻近上千人的村民，有人生病了，该怎么办……

③

天气渐渐变冷，每天上午十一点多太阳才从山尖升起，下午三点半就落山了。尼巴村被大山的阴影笼罩着，短短的太阳令我们即将离别的日子变得格外仓促。而从白天到晚上，来我们"卫生室"看病拿药的乡亲仍不间断。这天，住在上村的扎顿卷起衣袖让我看，只见他手臂上粗大的静脉突起，说是一次生病赶到八宿县在一家私人诊所输了液后，就得上这病了，现在一干活疼痛就加重，一直连到心脏疼。

"难道是静脉炎？"我暗自猜测，不知该给他什么药吃。他们一家老少七口，他可是主要劳动力啊，病倒了可怎么办？正在焦急中，下村村口的秋桑也赶上来了，说是多要些青霉素，怕我们走后就没有了。当然，我只给她了一板，并反复叮嘱不要滥用抗生素。她答应着，把药贴身揣进怀里，高兴得像得到了什么宝贝似的。这时，色巴村、普龙村的村民也骑着摩托车载着病人远道来找我们看病领药。看来，我们的小药房和卫生室以及"冒牌"医生的名号已远近闻名了。

这晚，当我在尼巴村的最后一晚来临，我仔细收拾着每一样东西，再次走进我们建起的小药房，小心察看留下的药品中，是否有漏写了藏文的药品。

但离开尼巴村却并不容易！第二天一早，车子刚开到下村，就被涌上来的乡亲们包围了。茜珍哭了，拉姆戴着口罩，露在外面的一双眼睛里也含满了泪水，大嘴姐急得语无伦次，还想向我们要药……我们的车里被乡亲们塞进来更多的荞麦酒、核桃、苹果，后备箱、后座、前座下面全满了，还有乡亲骑着摩托车追上来。就在这时，我望见了贡吉。她站在我们车对面的那株核桃树下，眼神凄婉而绝望地望着我。

　　我的心一阵痛，泪水涌满双眼。我与贡吉默默地两相遥望着，在心里对她说，虽然冒牌行医的我，无法为她医好病，但这些决不会成为我忘记和逃避的理由。

短 太 阳

①

再回林卡乡尼巴村，已是深秋。每天大山挡着，太阳越来越短，我们上村几乎早上十一点太阳才从山巅升起来，下午不到四点就藏到山背后去了。这时村里秋收已过，每家每户都有吃不完的核桃、苹果、梨子，有几户还种有类似黑加仑的葡萄，非常甜，酿出来的葡萄酒是我的最爱。那一段时光真是美极了，短短的太阳中，乡亲们每天都会给我们送来各种丰收的果实，我们的日子突然变得富足起来。一边喝着酸甜醉人的葡萄酒，一边忙着到楼顶晒核桃，再把吃不完的苹果和梨子切成片晒干，把辣椒串起来晒，还有雪莲花、贝母。扎措、达娃、白珍三个女孩会来帮我。这天，她们从村里的不同方向来到我这里。

"白玛姐姐，下个月我们可以和你一起去县里吗？"白珍在她们三人中最大，有18岁了吧！她长着漂亮的鹅蛋脸，个子高挑，一双眼睛又黑又亮，皮肤也十分白皙。

"嗯，但要征得你们父母同意。"有女孩子帮忙，两大麻袋苹果很快就切好了。我们来到顶楼，太阳好极了，刚把苹果片晾在纸板上，成群的蜜蜂就嗡嗡地扑上去了。

"我爷爷已经同意了。"达娃说。我点点头。我知道。那时她爷爷还在世，是她和小格桑的庇护神。因为达娃的母亲去世早，她父亲又娶来的继母连生了几个孩子，所以只盼着达娃快些远嫁。村里的女孩通常16岁就可以出嫁。不过她爷爷心地仁慈，很高兴我能把达娃送到县里去学习裁缝。

"姐姐，这些梨子晒干后会变成黑色，感冒咳嗽时吃了很好。"扎措说。她是尼巴公主的姐姐，个子不高，聪明伶俐，笑容十分甜美。

"谢谢你们来帮忙啊！"我开心地笑道，"你们吃了午餐再回家吧！"工作组还剩很多罐头，可以给女孩们烧一大锅好吃的。

三个女孩却笑着摇头，她们得赶回去帮家里煮饭、去田间割草喂牛。总之，每个家里的家务活都很多。

"姐姐，我明天再来，给您采野果子和山花来。"女孩们的笑容里有压抑不住的兴奋。她们很聪明。村里几个少年先后随我去拉萨学习后，她们也梦想能走出山村。八宿县民族服装厂的厂长洛松群培听我讲了这个情况后，热情地表示愿意接收这三个女孩进厂学习。

②

太阳很短，简单吃过午餐，我没午休，就出门了。还有一个月就要结束驻村生活，我们希望每天都能分享和乡亲们在一起的时光。

太阳已经偏西了，去下村的路上十分凉爽。我直接朝扎顿家走去，因为今年秋天，全村人大都在帮扎顿家盖新房。

走到工地时，看到地基上已经夯起了土墙。男人们抱起圆圆的鹅卵石，在刚倒入的湿土上用力地砸，然后用削成尖的木头一下一下夯。"工程师"仍是从叶巴村请来的，但不是顿珠家请的那位，是一位戴着眼镜、很有知识分子气质的有点瘦削的中年人，他冲拍照的我笑了笑，用眼神丈量着墙头，检查用木头和绳子勒起的房子的"框架"。妇女们把一股溪水引到了不远处的山上，用来浇灌观音土，再一麻袋一麻袋地挖了运到工地上。打湿的观音土经过夯打，像水泥一般坚硬和结实。工地的一边，几位村里的木匠正在锯木头和雕刻门窗，精湛的手艺如果去拉萨，也一定能挣到钱的。

"多久能盖好呢？"天空湛蓝，扎顿端来了一盆洗好的苹果。

"明年，或者更快些。冬季结冰了要停工，还有春耕和秋收要停工，雨下得太大也要停工。"

我咬了一口苹果，又甜又脆，但听扎顿这么说，吃惊得忘了咽下去："盖一栋房子那么久呀？"

扎顿微笑着，似乎并不理解我的焦急。好在不远处顿珠家的房子还真的只用了一年时间，就封顶了。短太阳的余晖中，远远可以望见他家的三个儿子在顶楼上夯土。尼巴村的小伙子们似乎浑身都是劲，盖房子不在话下。我走到顿珠家楼下，举起相机给顶楼上的三个美男子拍了照。

"进家里喝茶吧？"赤列的妈妈扎西次吉见我在门口，热情地邀我。

"下个月盖完房子可以让我小儿子跟你们一起去拉萨学唐卡吗？"她边倒茶边问。

"小儿子？二儿子米玛不去吗？"他们家儿媳妇在一旁朝火炉里添柴，羞涩地朝我笑笑，算是打招呼了。

"家里决定还是让小儿子去。"

"那两个都去吧？"我说。

扎西大姐笑容勉强地支支吾吾起来。还是在几个月前，米玛来我们处玩，还会说简单的几句普通话，那时就告诉我们，他曾外出打工学画藏柜和壁画，有绘画基础，也很喜欢画画，希望我们能送他去拉萨学画唐卡。扎西大姐和丈夫当时去山上放牧了，米玛说等父母回来，他就想随我们去拉萨学画唐卡。他们家的问题有点复杂，当时我只能承诺他，只要父母不反对，我们一定帮助他去拉萨学习。

这天回到上村天已黑了，刚吃过晚餐，就听到一阵摩托车响，米玛来了。

"我想去学画画，你们能再帮我和家里说说吗？"他噌噌噌大步跨上楼，来到我们的办公室，看得出很是沮丧。

"我给你妈妈说了，你们兄弟一起去都可以的。"

米玛沉默不语。

"当然，你有绘画基础，更应该去的。"我补充道："我会跟你家人再商量的。"

米玛又坐了一会，犹豫不决，但还是没太多说话就告辞了。

第二天一早，米玛骑着摩托车又载着他妈妈来到楼下。扎西大姐拿来了赤列的户口。为了证明给米玛看，我再次对扎西大姐说："去拉萨学习唐卡，一定要有绘画基础，我看米玛很合适，您就让他去吧！"

扎西大姐还是支支吾吾。米玛生气地小声对她说道："骗子！骗子！说好是我去的！"

望着争执着离去的母子，我心里已明白他们不可能让两个儿子都去拉萨学唐卡，家里需要米玛。但我们就要离开尼巴村了，短短的太阳令每天都变得十分仓促，加上每天有几批乡亲来看我，赤列和米玛究竟谁跟我们去拉萨的事，也只好听天由命了。

记得那是2014年深秋，我在尼巴村驻村的最后一晚。半年的时间过得飞快。我仔细收拾着每一样东西，心里满是留恋。那天，从白天到晚上送别的乡亲没断过。拉姆又背来一麻袋荞麦皮要我们带上，"长牙大哥"（我悄悄给他起的绰号，因他长着一对长长的门牙）提了两桶自酿的荞麦酒非要送给我们，扎顿送来核桃和写给我们单位的感谢信，来告别的乡亲们每个人都给我们献了哈达。

"不要再献哈达了，不要再送东西了，我还会再来的！"我感到乡亲们的热情有点无法招架了，但双手连摇也抵挡不住一条又一条哈达。

扎西大姐和米玛、赤列也来了。米玛英俊的脸蛋上没有笑容，他不和弟弟赤列说话，阴沉着脸也不理母亲。我明白，村里从小一起长大的昂桑、洛松早去拉萨了，他们在等他。就连扎措、达娃、白珍三个女孩随后也要和我们在八宿县汇合开始求学，我知道米玛的焦急；辍学的伙伴们有了新的人生选择，在读的青少年也基本得到了爱心人士一对一助学支持，米玛的青春不甘于维系传统，虽然在我看来，他的美和英俊，完全来自传统生活的赋予。

晚上人都散了，他们母子三人还没回家，还在等着我。我请他们坐下，小心地询问结果。扎西大姐边说边抹眼泪："家里决定还是让赤列去。"

"你喜欢画画吗？"我问赤列。那时赤列只有十四五岁，瘦瘦的，说话都不敢抬头。

"嗯！"他嗯了一声，把头埋得更深了。似乎对哥哥米玛很是歉疚。

"我为什么不能去？"米玛瞪着母亲问。他们母子三人争执了很久，我和同事一再调和，扎西大姐眼泪更多了，但还是不同意米玛去。夜深时，他们才怏怏离去。

第二天一早，上村的乡亲都来帮我们搬东西，又往我们车里塞了好多核桃和苹果。赤列也来了。

"米玛呢？家里真的不让他去吗？"我问他。

"哥哥他昨晚半夜骑摩托车跑到八宿县去了……"赤列摸着头惶惑地说。

八宿县离这里有一百多公里，悬崖峭壁，山石陡坡，米玛在那么黑的夜一个人骑摩托……我心里直发颤，万一他出什么事可怎么办呀？这个康巴小伙子真是疯狂啊！

但顾不上多想，我们要出发了，我的衣服包里装满了尼巴村那种有茉莉花香的花种子，来年开春，我想种在拉萨的家里。

离别却并不容易，车子刚开到下村，等在路两旁的乡亲们就涌了上来。女人们大多口罩遮面，掩饰着伤感。男人们要我们打开车门，朝我们车里继续塞东西。更多的荞麦酒、葡萄酒、核桃、苹果塞满了后备箱、后座、前座下面。隔壁的普隆村和叶巴村也有乡亲骑着摩托车赶来送别。

茜珍挤到副驾驶座前，含着泪紧紧握住我的手，以表达她的感情。

"两个孩子都去读书了，安心在村里照顾好老母亲和你自己吧，有空去拉萨看儿子，也欢迎到我家来……"她的女儿在昌都特殊语言学校就读，儿子在拉萨耶木塘唐卡学校就读，她的心该是自由和轻松了。想着，望着这个苦命的女人，我的眼睛也湿了。

"阿佳白玛！"大嘴姐挤了过来，从茜珍手中强拽过我的双手握着说："先去我家喝杯热茶再走吧！"她有点语无伦次。"我们全家等着你。"说着，两行泪顺着她的脸颊流下来。

"啊？喝茶？"我不由破涕为笑。一边擦眼泪，一边下了车。我想一时半会儿是走不成了，我忙回到送别的乡亲们中间，依次握每一位乡亲的双手，送给他们不同的叮嘱，以证明我的确把每一户都挂念在心。如此一番，村民才不情愿地让开一条路，车子终于再次发动。车窗外，女人们的眼神变得茫然起来，男人们也茫然，而这一别，何时再见，我也只有茫然……

短短的太阳很快落到了山背后，我们渐行渐远，尼巴村消失在暗下去的大山中。

人畜分开

①

2014年5月29日，我从未忘记，那是我随西藏文联驻村工作组出发，去往尼巴村的日子。

我不知等待我的驻村生活会是什么，但我充满了好奇心和幻想。

我们工作组从拉萨出发，穿过工布地区，抵达西藏昌都八宿县，再途经林卡乡，驶进了去往尼巴村的山路。

之前的路上骑行和自驾进藏的车与人没有间断过，但离开318国道，当我们拐进大山，除了几个牵着骡子和骑摩托车进山的村民，再也见不到一个旅游者的身影。山路狭窄陡峭，急转弯一个紧接着一个，我们的越野车差不多跑了6个多小时，终于先后抵达普隆、尼巴、叶巴三个驻村点。

近一个月后，我从尼巴村返回八宿县城洗澡和购买日用品，县里有信号，我把尼巴村所见图文发到了我的新浪博客。

我发了进尼巴村路上的图片和我的所见：

图1：路非常险，是砂石路，急转弯一个接着一个，如下雨就会有塌方和泥石流，进不去村庄也出不来。

图2：尼巴村建在峡谷底部，耕地很少，一百多人平均只有半亩多地，只能够种些青稞和小麦。

图3：尼巴村海拔在两千多米，气候温润，也能长出果树。但要到秋后才有吃的，所以这个季节孩子们很开心啊。

图4：尼巴村很美，但因人畜共居，居住环境差。

图5：我在村里发现了一条湍急、美丽的河。去河畔上坡下坡砂石路很远，我们用驻村楼里的一个两轮运土的手推车，装上毯子、被褥等，运到河边去彻底清洗、晾晒。雪融水刺骨地痛，但我很开心……

接着我又发了第二篇图文，在没有信号的尼巴村我们如何爬上山，在上那块唯一的"信号石"上打电话，以及没热水洗澡的孩子、村民藤编泥糊的房子……

一位江苏苏南常熟的博友读了我的博文，联系了我。他叫陈然。他曾从川藏线到过西藏，还曾读过我的散文集《西藏的月光》和诗集《金汁》。

陈然是我驻村时第一个想要帮助尼巴村的朋友。我有点如坠梦里。因我除了源自职业习惯的记录，当时心里并没有怎样帮助村民改善现状的计划。

陈然和我商量着。回到尼巴村又没了信号，我们的通话断断续续，我们想：人畜分开可以改善村民居住环境，减少感染寄生虫的危险……

人畜分开在西藏农区大部分都已做到了，不是不可能。但我一个文人，从没尝试过。我和工作组的同事、志愿者小吴，在走访村民时一家一家看，和村民们商量需要什么。村民们听懂了，一致点头，这也是为他们好。

也就在这个时间，陈然在他的朋友圈开始了行动。

至今不敢想象，隔着千山万水，一个苏南水乡，一个雪域深山里，那个时候尼巴村和陌生的常熟竟生出近乎咫尺的感觉。

②

村民们知道我的朋友要募集一笔资金帮助他们人畜分开，都很高兴，我们一家一家去考察时，有的人家还带我们去看了可以搬迁的空地，显得对此事很理解很有信心。村民们说，8月底，等送孩子们上学回来，就可以动工。这期间，陈然在朋友圈里认真地募集着这笔经费。

我接到了中国诗歌节在绵阳召开的邀请。去绵阳，要从昌都起飞，我的朋友邵晶之前也答应帮助尼巴村民安排在昌都市就医，我便带着茜珍和她的女儿多吉，出发去了昌都。

多吉和村里的另一个孩子布琼终于顺利就读了昌都市特殊语言学校。只是中国诗歌节的几天，据说在绵阳举行是因那里曾是苏东坡的故乡。短短几天，我感到倒不过时差和空间，心里只想着为尼巴村民多收集些宾馆里的牙具。我向诗歌节上认识的朋友们要了满满一大箱。诗人们很疑惑地把每天的份数存下来给我，他们脸上的迷茫，倒是有几分诗意……再回到八宿县时，陈然寄来了一批毛毯，刚好一些送孩子出来上学的村民到了，就请他们来我住的招待所，一户一户分给了住校的孩子们。第一期帮扶尼巴村人畜分开的集资款3万元那时也终于汇到了西藏昌都八宿县农行。我去八宿县小小的农行取款，截图发给陈然，再把厚厚的一沓人民币用塑料袋包好，小心揣进我的贴身内衣口袋。

我心里沉甸甸的，我着急回村。西藏人民广播电台我曾经的同事、八宿县委宣传部部长廖花帮我安排了车。另外志愿者小吴、公务员措姆，也到了八宿县，要一起回。但从林卡乡到尼巴村的山路雨季有塌方，汽车过不去，我们只好绕道东坝乡。

东坝乡，仿佛怒江边上的一座绿岛，空气湿润，散发着果香，峡谷中满是梨树、石榴树、葡萄架和苹果树。尼巴村来接我们的小伙子们这时也风尘仆仆到了。

三个小伙是村卫生员拉加、大嘴大姐斯朗旺姆的儿子、嘎松措姆的帅丈夫。嘎松措姆丈夫脸晒得很黑显得很憔悴，我问他怎么了，他说是去丁青挖药材刚回来。

绑好我们的行李，三个小伙子先走了，我们开始沿着怒江旁的羊肠小道步行，我们摘了梨子边走边吃，梨子还有点涩，不过有很多水分很解渴。但不远处小伙子们又停了下来，要我们上车，说是要下雨了。而羊肠小道上，一边是不断落石的大山，一边是沉缓的怒江，江水被连日的大雨变成了泥浆的颜色，水面上有数不尽的漩涡，像怪兽之眼，仿佛在等待着吞噬一切。

"你们先骑回去吧！"小吴故作镇定地说，"我们走到叶巴村先住下，明后天天晴了你们再来接我们。"

"对对！"我忙点头强装镇定。我背着包，双腿发软的样子一定很滑稽，三个小伙子像看出了我们的担心害怕，笑起来："不要怕，村里的老人、小孩都是坐我们摩托车进出的。"

"村长扎顿说我们还是步行为好。"我忙否认。小吴和措姆也假装严肃地点头。

小伙子们狐疑地点点头，但并没有马上骑走，他们相互看了看，小声商量着。我们捡了几个石头朝怒江里扔去。

天啊！石头扔出去像无力的树叶，落到江里既没有我们想象的回声，连影子都没有，立刻就在汹涌的怒江里消失得无影无踪。我看到小吴的脸色变得和怒江水很接近。

"现在全村的摩托每天都要赶到八宿县送孩子们上学。"小伙子们为难地说，似乎没发现我们假装潇洒掷石后，被山崖下的怒江吓破了胆。

我们面面相觑，小伙子们送孩子们上学办理相关入学事宜等来回也得十天半月，我们等不了啊！

小吴硬着头皮爬上了前面小伙子的摩托车，摩托车在他跨上去的那一刻突然变得很小，还两边虚弱地摇晃了起来。我也无奈地跨上了拉加的摩托车，措姆上了大嘴姐儿子的车。

路窄得只站得下一个人，不到半米宽吧，而且拐来拐去，稍不慎就会掉下怒江。

"你们不怕吗？"我紧紧抓着拉加，声音颤抖地问他。

"有点怕。有一次我在这条路上摔下去昏迷了很久，也没人发现我，幸好没掉到怒江里。"拉加是村里的卫生员，上过几年小学，是一个文质彬彬的小伙子。听他这么说，我更害怕了，就要求下车。刚好前面小吴手里的雨伞掉下去了，再前面我们绑在摩托车上的廖花送我们的一桶清油也飞进了怒江。

小吴连连赞叹小伙子们是尼巴村的勇士。

十多公里羊肠小道，我们坐一段摩托，吓得不行了又下来走一段，再坐一段，就这样终于过了怒江。

此时，天空下起了大雨，但通往叶巴的山路宽多了，山上即使不时有石头掉下来我也不再害怕，我睁大眼，在雨雾迷茫的大山里飞驰着，雨水像含着天上的金属，打在脸上有些痛，但我特别高兴。我已人到中年，竟然还喜欢冒险，而如此冒险飞行，去一个偏远的村庄做一件人畜分开的事情，我想我的儿子他们那一代以后是不会经历了，我感到既骄傲又喜悦。

快到尼巴村时，望着峡谷中被大雨笼罩的村庄，我突然哭了。真的没想到自己会这么激动，会这么想念尼巴村。

③

回到尼巴村的第二天一早，漫天的雨。村头，小伙子们给孩子们套上雨衣，就要出发了。

担心也没有用啊，送孩子们去一百公里外的八宿县读书，摩托车是唯一的交通工具。尤其在雨季，塌方和泥石流中，只有摩托车能出去。

我们默默祈祷小伙子们和孩子们一路平安。

走了一大批孩子和小伙子，尼巴村更安静了。村长扎顿说，等送孩子们的年轻人回来，人畜分开工程就可以动工了。

然而，四五天过去了，小伙子们还没回来。有人带回消息说，今年新入学的孩子不让在县里读书，要回林卡乡里读书。焦急的村民陆续来找我们，要我们帮忙。那几天，我们天天去爬山给县里的朋友廖花和扎西次仁副县长打电话，但听说县里早就下了红头文件，林卡乡所属村的孩子必须在乡里就读。

看来毫无办法了。也许这样的决定是有道理的。我下山回来，沮丧地想。只是为什么不事先通知我们呢？

但让人欣慰的是，小小的尼巴村，一百多人，每家每户都在竭尽全力送学龄孩子读书。村里已有一个大学生，一批初中生，众多的小学生，等这些孩子成长起来，尼巴村也一定会大有改变。

我们不能再等了。我们和村长商量，马上集中村里现有村民召开人畜分开动员会。开会的大多是每个家庭的儿媳妇。她们听得很认真，很恭敬地听村长扎顿讲解人畜分开的目的和必要性，她们点着头，但也忐忑地揪着地上的草。因为，男人们没回来，她们无力修建牲口棚。

不过我们还是可以开始工作的。我们要一家一家去勘查村民们打算新建的牲口棚的地址。

这天一早，大嘴姐旺姆（村里人给她的绰号）背着孙子，脚刚踏上我们的楼梯，就咧着嘴笑道："我们家的牲口棚开始施工了，你们能来看看吗？"

旺姆的家在村头，很远，还得过一条河才能到。一想到那条湍急河流上的独木桥，我的双腿就发软。

"好的，我们下午就去！"小吴一点不怕。他在村里帮每家拔青稞，还自己开垦菜地、劈柴，无所不能。私下里，我和措姆都叫他尼巴村的"巨人"。

中午，我和措姆吃过小吴蒸的大花卷，就跟着他去旺姆家勘查了。我们这些从小在城市里长大的人，来到尼巴村，既不会劈柴也不会烧柴火炉子，当然也不会垦荒种菜。如果没有从小在农村长大的小吴帮着劈柴、生火、蒸馒头，我们的生活可想而知。所以，即使道路遥远而惊险，我和措姆还是背着背包，乖乖跟着小吴出发了。

旺姆见我们赶来了，老远就向我们喊道："那里，你们看，我们已经动工了吧！"

我们三个人望望那个破棚子，又看看两眼闪亮亮的旺姆，一时说不出话来。很明显，旺姆误会了。她以为随便搭个棚子，就可以领到人畜分开建设费。

"哎，搞人畜分开不是为了分钱，是为了……"我们三人着急地抢着说。旺姆的身后百年核桃树伸展着巨大的枝丫，茂密的核桃树叶上滴着潮湿的雨点。

措姆是昌都本地人，她在叶巴村做文书。她以标准的昌都方言给旺姆再次详细讲解了一遍。

"孩子他爸今年大年初三走了……"旺姆突然哭着说："他从屋顶上不小心掉下来死了，现在家里只有大儿子一个劳动力。"

"不要哭，不要着急嘛……"我劝道。她家的遭遇我们也非常同情，我接着说道："你们家就要在原址重新盖新房了对吧？那么不要把一层用来圈牲口了，到时在房子后面或者旁边顺便修个宽敞的牲口棚嘛！"

"对对，不要哭了，到时等她儿子送孩子读书回村，告诉她，算我一份劳力……"小吴比画着说。

"啊？你要在尼巴村住几年啊？还要帮旺姆盖房子？"我和措姆吃惊地望着他。

旺姆不等我们翻译，像是全都听懂了，她释然地望着小吴咧开嘴破涕为笑，满意地连连点头。瞧着旺姆开心的样子，难道？我和措姆回来的路上一直在逗小吴，劝他留下在村里当上门女婿。

过河回到村庄，白玛爷爷拄着拐杖等候着我们。原来，他儿子昨天回村了，在其他几个小伙子的帮助下，他们已开始把过去的旧仓库重新修缮，要改建成牲口棚。

白玛爷爷要我们上去看。我们爬上仓库的顶上，小伙子们已把那些缝隙用旧木板盖好了，木板下面压着一层从白马镇买回来的塑料薄膜，屋顶盖得很严实，以前放农耕用具的仓库里还有点阳光，牲口棚盖好后，能容下五六头牛和骡马，空间够大了，而且牲口棚距离白玛爷爷家有100多米远，牲口转移到这里，人畜分开，居住环境也会变得更加美好。

"我家的人畜分开补贴能发吗？"白玛爷爷乐呵呵地笑道。很多村民这时都围了过来，大家看着我。好在那笔款我贴身揣着的。我忙点头，叫过白玛爷爷的大儿子，点好预付款，请他收下，并签字、画押、拍照。

在村民的一阵唏嘘声中，我感觉实践了自己的诺言似的，对白玛爷爷的儿子说："等牲口棚全部修好，牲口全部移过来了，我再把剩余款发给你家。"

白玛爷爷高兴地邀请我们去他家喝茶，其他几位村民也热情地拉我们回家。

"我家的牲口棚也已经修好了！"村里最富有的木匠丹增，背着他的孙子挤过来对我们说。

那天我们去了三户人家，丹增很聪明，他家的牲口早就分开圈在后院里，前院开的有小卖部，院子里放着台球桌，这是全村男人唯一的娱乐场所。

"我把以前的牲口棚扩大了，里面想买水泥铺地面，这样好打扫卫生，再把房顶用铁皮重新盖好，以前的塑料漏雨。"丹增带我们到他家后院，打开牲口棚门对我们说。我朝里面望了望，有三头牦牛，一头毛驴，一头骡子，还有一匹白色的马。这在全村算是很多牲口了。因村子处于峡谷底部,没草场放养,村民每家只能养几头牲口,每天去地里割草喂养,冬天喂秋天收下来的麦秆。

"水泥拿来铺牲口棚地面可真够奢侈的!"措姆小声嘟囔道。是呀,我想,他家修牲口棚应该用不了太多钱,但当初没想到。所以当着大家的面,我还是从怀里掏出预付款给了他。

丹增满意地接过钞票,低头在我的本子上画押签字时,其他村民有点着急了。酒鬼晋美大叔蹲在丹增家的小卖部外面喝酒晒太阳,他的一个弟弟凑过去和他商量起来:"要不你搬回来住吧,这样你的那栋房子修一修,我们把牲口移过去。"

措姆贴着我的耳朵悄悄翻译给我听。我们暗暗吃惊:到底是人畜分开还是建牲口棚费的魅力?他们兄弟难道要和好了不成?

接下来一直到我驻村暂告段落的11月底,晋美大叔真的搬回了两兄弟家,他的那栋破烂的危房,经过修整,也用作了牲口棚。至此,尼巴村有15户顺利完成了人畜分开。人畜分开的任务总算是完成了。

飞驰在山崖上的尼巴少年

①

处在狭长山谷中的尼巴村,东南面山腰上有一块半悬空的岩石,那就是全村的"电话石",只有那里才有手机信号。中午太阳很烈,从村民踩出来的一条小道向上攀爬,没任何植物遮挡,我感觉骨头都要被太阳点着了。所以这天,我专门等到太阳快落山时,才去爬山打电话。我找了根木棍做拐杖,不但能给力,还能充当"开路先锋",拨开荆棘,打掉布满毒刺的荨麻叶茎等。当然,我很不愿去打电话。要爬一个多小时才到半山腰的岩石上,对着电话"喊叫",如此高空、高难度"作业",每次都令我目眩胆战。但这天不一样,我在山路上快速攀爬,只用了40多分钟就到了"信号石",举起手机朝着普隆村的方向,拨通了唐卡画师赤列的电话。电波在重叠的大山的缝隙中,穿过天边的晚霞,远远地送来赤列啦洪亮的问候:"亚姆!"

他是勉唐派尊巴喇嘛次夏的徒弟,著名的唐卡画师,他在拉萨开创有新勉唐派耶木唐卡产业园,多年来无偿收了很多前来拜师的贫困青少年、孤儿和残疾青少年……听到他的声音,我欣喜地连声答道:"亚姆亚姆"。

悬在半山腰的"信号石",不愧是尼巴村的希望之石啊!村里个别有手机的村民,要想向外拨通一次电话,也只有爬到那大山之上的"信

59

号石",以各种姿势举着手机找寻信号、呼叫远方,尼巴村才不至于被世界遗忘。我们也一样,这天的电话,关系到尼巴少年昂桑的命运,他是否能实现梦想、走出大山,去拉萨学习唐卡绘画……

②

尼巴村处在一条弯曲狭长又陡峭的山谷坡地,有22户人家,居住分散。村委会坐落在尼巴村的最高坡上,有五户村民挨着村委会,其余户都分散居住在村委会以下的峡谷坡地。这天一早,打扫好了村委会,力大无比的小吴还在村委会我们工作组驻地楼下一处早已废弃的露天牛圈里,刨挖乱石,开垦出了菜地,撒下了我们来时从县城买的蔬菜种子。这时县医疗队的医护人员到了,我们忙在村委会前的露天场地上支起桌子,医护人员开始给陆陆续续聚拢来的村民免费诊断、无偿发药,一时间村委会前热闹得像在过节。就在这天,我第一次见到了昂桑。他扶着母亲从山坡上走下来,茜珍用一只手遮着半个脸,昂桑腼腆地低着头。

"真是一个英俊少年!"我偷偷看了一眼陪母亲就诊、拿药的昂桑,对小吴说。小吴也赞叹道:"看上去是一个很不错的少年!"

经过西医和藏医医生轮番看过,告诉我们茜珍胆囊和胃、肝都得去县医院好好检查,还可能是贫血,需要营养和休息。少年的头埋得更低了。

县里来的医生建议茜珍住院治疗,但茜珍低声说,要等青稞收完种上了荞麦才有时间去。

七月,骄阳燃烧着青稞金黄的光焰,小吴和我一早就赶往茜珍家的农田里帮她收青稞。

茜珍家有三亩地,就在离村委会不远的那儿块窄小的梯田里。我们走到时,昂桑和他的母亲茜珍已经拔完了差不多两亩地的青稞,茜珍坐在地里捆扎儿子切完了穗的青稞秆。汗水夹杂着地里的泥渍,从茜珍额头上淌下来。尽管她已经很是疲惫，但看到我们还是微笑着与我们打招呼。

"你身体好些了吗？"我学着帮她捆扎青稞秆，小吴已在地里拔起青稞了。四棱的青稞，胡须似的麦芒一根根尖利如长针，不小心就会扎破脸，刺破手，可小吴把手套扔在一边，飞快地埋头拔着，比当地的农民干得还快。

"我晚上睡下心脏跳得很厉害，头晕，还喘不过气……"茜珍一个接着一个打着嗝，断断续续地笑道。

"给你的药吃了吗？"我问，"你快点让儿子陪你去县里看病吧！"我捆扎的青稞秆，刚扎上又松开了。昂桑对我笑道："阿佳，您不要干了，手会扎破的。"说着，他担心地瞟了一眼生病的妈妈。

"小伙子，你没想过学点什么技术吗？"小吴抱着一捆青稞过来，他一转眼已变成一个"泥巴人"了，脸上、身上都是黑泥。

"我想学绘画！"小吴话音刚落，没想到腼腆的昂桑马上就答道。

"你会画画吗？你上过学吗？"我吃惊地问。

"我在八宿县读过小学一年级。"昂桑害羞地低头笑道，又说："我会画柜子和画墙。"

"太好了，你想去学唐卡吗？学成后就可以帮妈妈和家里了……"我脱口说道，心里却无比高兴，仿佛替茜珍看到了生活的希望。到那时，昂桑就可以把妈妈接到拉萨好好治病。奶奶也许只是白内障，简单一个手术就可以重见光明，哑巴妹妹也可以检查治疗再送去拉萨聋哑学校学习。

"嗯！"昂桑放下手里的活，他看看小吴，又看看我，激动地点头道。

于是，第二天下午，等到太阳刚落山，我急忙再次爬上那半山腰悬空的岩石，给我的朋友唐卡画师赤列打通了电话。

赤列真是一位品德高尚的艺术大师。听了我的介绍，他马上答应接收昂桑去拉萨学习唐卡绘画，并答应食宿和学费全免。

听到这个好消息，少年的双眼里像燃起了无数的星星，他第一次灿烂地笑了，茜珍的笑容却有些酸楚，家里唯一的帮手要远走了，不知他未来的路途将会如何。然而出发之际，雨季来了，听说从尼巴去往八宿县的山路已多处塌方。但这晚，昂桑顶着瓢泼大雨，又带村里的另一个少年洛松宁扎来到我们住处，"阿佳，宁扎也想去拉萨学画唐卡，他可以和我一起去吗？"望着两个被大雨湿透了的少年，我先替唐卡画师赤列答应了。

"阿佳，我们明天一早就骑摩托车去八宿吧！"少年的期待像窗外猛烈的闪电。

"可是路上很危险……好吧。"我犹豫了一下，点头答应了。

③

第二天天刚蒙蒙亮，摩托车声像一阵滚雷，由远及近，昂桑和洛松宁扎来了。我和小吴忙背上背包下楼，我心里有些暗暗恐惧。

跨上昂桑的摩托车，在颠簸的泥石路上紧抱少年那单薄的腰身，我心里更加害怕起来。只有十七岁，这么瘦削，和我儿子一般大，他能安全骑过那重重大山吗？

两个少年驾驶着摩托在陡峭的山路飞驰着，万丈悬崖就在眼底，雨后松软的泥石路像泥塘，摩托车的两个轱辘在泥塘和乱石里拐来拐去。一直上山的陡坡加大马力骑行几分钟就得应对一个急拐弯，我紧张得手心出汗浑身打战，心咚咚直跳，脑海里不断闪现摩托车飞下山崖，我们粉身碎骨的情景……

"昂桑，骑慢点，再慢点，我心脏不好呀！"我声音颤抖地对昂桑说道。小吴和少年洛松宁扎已经落在后面不见踪影。我想今天这样的惊险他肯定头一次经历，这时，我们已驶入临近色巴的高山林区，积水更多了，山上冲落下来很多石头和朽木，昂桑放慢速度小心绕行着，就要翻过又一座大山时，在一洼泥水里，摩托车的两个轮子一打滑翻了！我惊叫着，但在即将滚落悬崖的那一瞬，昂桑急刹车把脚插进泥水用尽全身力气支撑住了摩托车。他的鞋子、裤子、满身满脸溅得全是泥浆，我的头发和衣服上也是。我从摩托车上下来，有点站不稳，头发晕，双腿发软，我有点不敢再坐摩托车了。昂桑笑着安慰我说："阿佳，没事的，我们经常在这山路上来回跑，你看，挖药材的路更险，我们还要骑摩托车驮人驮东西……"

顺着昂桑所指，我看到山岭中崎岖的羊肠小道纵横，伸向崇山峻岭。我倒吸了一口冷气，心想如果他们能参加国际摩托车赛，一定能拿金奖。

④

差不多五个多小时后，我们终于到了林卡乡。从摩托车上下来，我还是晕乎乎的，有一种虚脱的感觉。去拉萨，竟如此艰难遥远啊！我暗暗发誓再也不坐摩托车进出尼巴村了。这时，远远地，洛松宁扎载着小吴也到了。小吴的脸色变得蜡黄，吃饭时，他的手还在抖，有点端不住碗，他说他们的摩托车好几次也险些翻下悬崖。说着，他郑重宣告，他再也不坐摩托了。我连连点头表示赞同。

⑤

山路虽险，但两个少年很勇敢，我们平安抵达了林卡乡。我们带着他们用两天的时间从林卡乡到八宿县，办完了一个又一个手续，把那些盖有红章子的证明小心地给两个孩子装好，换了干净衣服，他们终于坐上前往拉萨的长途客车启程了。两个康巴少年不太善于表达感情，上车前，只是用一双分外清澈的眼睛望着我们说："亚琼！亚琼！"（藏语中非敬语的"谢谢"。）

但到拉萨还很遥远。两个少年在五天后，终于来电话说已安全到达拉萨，唐卡师傅赤列给他们买了被褥、衣物等，并开始教授他们学习唐卡绘画。

尼巴村的少年昂桑和洛松宁扎终于走出了大山。

求 医

尼巴村的清晨,原野的山花摇曳着水晶般剔透的露水,芳香四溢。这些花草许多都是珍贵的药材,花果和叶子、根茎都能入药。这天,我们一行从这样一个可谓"药洲"的村庄出发,却是为了踏上漫漫的求医路。

村里的小伙子们骑摩托车把我们送过了叶巴村通往东坝乡的铁索桥。我们的运气很好,刚好有一队骡队帮水利勘探人员驮运物件,是叶巴的村民,他们微笑着帮我们把最重的行李驮上了,这样,我、小吴、茜珍和她女儿多吉一下子轻松了许多。

徒步到东巴有十多千米,烈日炎炎,但我们都很开心。茜珍的病似乎也轻了很多。

我们很快走到了东坝乡。这一站,我们的运气更好,因为我曾经的同事和朋友廖花已经派车等着我们了。

这次驻村,见到阔别二十多年的廖花,我们都从当年的青春少女步入了人生的中年。曾经那位灿烂活泼的美少女廖花,如今已成长为八宿县宣传部部长,变得干练而沉稳。于是,我驻村期间为村民递交报告以及我要带病人去昌都求医,廖花都早早派车在东坝乡等着。

从东坝到昌都差不多走了七个多小时。茜珍和女儿多吉从没坐过汽车,车子一开动,就开吐了,吐得到处都是。坐在后面的小吴很狼狈,一边给母女俩递纸擦嘴,一边找到几个塑料袋教她们呕吐。但还是不行。汽车在山里上下一颠,母女俩抓不紧塑料袋又吐得满身满车都是。司机连连停车但也来不及啊,小吴就打开后面的窗户,让女儿侧身靠前,面朝窗外，母亲侧身靠后，面朝窗外，准备好随时往外吐。他紧盯着母女俩，看到谁要吐了，他就马上帮她们往窗外推。

我也很紧张，一路上七个多小时一分钟都不敢睡。并为自己没给母女俩准备晕车药而暗暗自责。她们一出生就在山里，第一次走出大山，肯定会有很多不适啊，我怎么就没想到呢？我不停给她们递纸要她们吐完马上把嘴擦干净，又强迫她们喝点矿泉水。

一路大雨滂沱，多吉还在不停呕吐，伸到窗外的上半身和头发全淋湿了，冻得口唇青紫，瑟瑟发抖，茜珍似乎再也没东西可吐了，只是阵发性干呕。小吴眨巴着打架的眼睛，一只手仍抓着茜珍的胳膊，做好了随时帮她推到窗外吐的架势。

"车子终于停在大雨中，小吴又拿着纸陪着母女俩下去吐了。回来时，淋得浑身湿透，歉意地对司机说："抱歉抱歉，到了昌都我们先去把你车洗干净……"

年轻的司机突然朝后座探过身，他双眼竟红了，按住小吴的手低声说："你是好人！"

晚上十点多，我们终于到达昌都了。从大山深处乍到昌都，惊觉昌都好华丽好辉煌呀！一弯弯街灯像灿烂的水晶珠链，还有高楼大厦……我们四个人一时都看呆了。

这时，我的侄儿晶哲得知我赶到昌都了，便通知他的同学来帮我们（他在西藏民族大学读书时很多同学都来自昌都）。晶哲的学妹邓珠措姆等候在酒店门口。当她领我们走进"金碧辉煌"的康巴大酒店，说斯加已给我们订好了房间时，我们都恍若梦境，没想到酒店竟如此豪华。

邓珠措姆把我们带到房间，送给母女俩新买的衣服和非常漂亮的鞋子，又邀请我们吃晚餐。当然，吐了一路的母女俩什么都吃不下，就留在房间喝点热水躺下了。但多吉很兴奋，新的环境似乎让她一路受的苦全部释然了，她不肯睡，要我帮她开电视。

已经很晚了。小吴、我和司机跟着邓珠措姆来到酒店餐厅吃饭,饭间,邓珠措姆和她两位很时尚的昌都美女十分热情,但我发现包括司机在内,我们都显得有些木讷。丰盛的酒菜似乎令我们迷惘,饥肠辘辘却不知该从何下筷。那种倒不过时差般的感觉又袭来,我就想起期间从尼巴村到昌都飞往成都或拉萨时,看到跳广场舞的人、跳锅庄的人,竟感觉有点恍惚和不可思议,因为在尼巴村,村民每天起早贪黑耕种梯田,几乎没有时间娱乐休闲……所以,都市的喧闹,让我感到突然穿越了一般……

第二天,我一早就去敲母女俩的门,天啊,想象一下,她们不会用马桶,也不会用淋浴器和盥洗的水龙头!并且茜珍光脚从卫生间湿漉漉的地上直接踩到雪白的床上,在大床上留下了她"珍贵"的黑脚印!好在母女俩睡得不错,心情也很灿烂,笨笨的妈妈茜珍还把女儿的一只鞋错穿在自己脚上,女儿怎么也穿不上她的那只,害我们研究了半天才破案!

尼巴村儒雅的小绅士杰桑诺布(杰诺)闻讯也赶来了。他从八宿县中学考到了昌都二中读书,这位和影星刘德华长得酷似的尼巴学子,耐心地帮我们教母女俩用淋浴器洗澡,帮我一起去买饭回来给母女俩吃,又陪我们一起带母女俩去往医院。

昌都地区卫生局局长邵晶是我同事邵兴的哥哥。早听绍兴说起他有个弟弟如何英俊,但远去昌都工作后完全变成了康巴人,一口昌都方言,娶了昌都美女在昌都定居不肯回拉萨了。这次我驻村,邵兴专门把邵晶的电话给我,说有什么事可找他帮忙。

邵晶已帮我们好多次了,先是帮忙派医疗队到尼巴村,又帮我们安排村卫生员在县里培训。这次,他又帮忙安排茜珍母女到昌都市看病。

第三天,小吴飞去老家探亲了,我感到很不习惯。因为这次驻村,幸亏有这位志愿者,他来自甘肃农村,所以会劈柴、种菜、拔青稞、干木匠活,还会做白面馒头,还认得野菜,闲暇时他还带我们去野地里拔来美味的野菜，村里的老少妇孺都喜欢他，总来找他，把他的名字吴杉用藏语发音叫成了"污染"，让我捧腹大笑。后来他让我们改叫他小吴，结果村民每天来找他时，又叫成了藏语的"夏乌"。

小吴走后，我每天早晨八点准时带她们出发去医院，早出晚归，而除了昌都地区人民医院外，邵晶局长又安排了昌都藏医院的专家给母女俩看病，接着杨双举将军在接到我的"求救"电话后，又联系昌都部队医院再检查。

几天时间下来，我们都好累。尤其多吉，我早上去敲门要她赶快起来跟我去医院时，她顽皮地竖起大拇指求我，表示不想再去看病了。但经过多方检查和治疗，母女俩气色变得红润了，多吉更是变得美丽而快乐，常缠着我撒娇要买零食吃，非常可爱。后来，在部队脑外科专家熊院长的鼓励下，多吉学会了吹气，不再滴口水等。看到多吉的进步，善良的邓珠拉姆也格外惊喜，她专程带我们到昌都新建成的特殊教育学校，找到她的朋友帮多吉办理报名和入校手续。

几天后，多吉接到学校正式通知，她被录取了！当我们送多吉来到这所崭新的专为有听力障碍孩子开办的学校，看着多吉入住铺着新卡垫，有自己的书桌、柜子的宿舍，并马上和其他听力障碍孩子开始上课学习时，我做梦也没想到，此次求医，竟然能将村里最无助的少女送到那么好的学校就读。

这得感谢邓珠措姆和每个环节中帮助她的人啊！多吉从此将拥有崭新的人生。感慨中，我不禁又翻开带母女求医那些天的日记。

翻看完这些日记，已是深夜，今夜注定是个不眠之夜，一幕幕又出现在眼前。村里人畜分开建设已基本完工，我的驻村工作也要告一段落了。我计划这次进村再也不出来。因为时光短暂，不知今生何时再回尼巴村，而尼巴村，它像我生命中闪光的烙印，让我在为它求助的路上，遇见了一个又一个好心人。

英俊少年

①

我将在尼巴村期间写的博文一篇一篇发到了新浪博客，一天，有一位读者给我留言，问了很多尼巴村故事里的细节。我感到自己遇到了一位很认真的博友，因为她的问题非常细致，有好几问我都答不出来。比如：如果从尼巴村修一条公路出去，大概多少公里？

我数学不好，还真不知道多少公里，何况从尼巴村去县城有两条路，不知该估算哪条路才好。

"你写的尼巴少年杰诺那一篇，现在那孩子在昌都读书吗？他学习成绩怎么样？站在尼巴村电话石上的那个男孩是杰诺吗？"

这位博友姓明，明老师。她对我写的杰诺那篇博文很关注。后来在我前往四川参加中国诗歌节那次，明老师得知我将路过成都，热情地邀请我一聚。

在一家安静的餐厅，我第一次见到了明老师。她留着干练的短发，年龄和我差不多，她爽朗地笑着，问了我许多关于尼巴村的问题。她的笑声和明亮的双眸，让整个用餐时间充满了喜悦。

明老师边给我夹菜，边又介绍说："这位是我的同事魏老师，他读了你的博文后很是感动，他和他的朋友们想集资为尼巴村修一条公路。"

我忙和魏老师打招呼："从尼巴村修路经过叶巴村，过怒江，修到昌都左贡县的东坝乡应该就可以了，出了东坝乡就是318国道。"

"大概多少公里呢？"魏老师问我。我一下又答不出来了。我只知道徒步到东坝乡要4个多小时。

"没事的，以后我们打算跟你去尼巴村看看！"明姐像认识我很久似的笑道："多吃点，回尼巴村就吃不到了。"她说这话时真切的神情，让我心里一阵温暖。

"你在博客里写的那位尼巴少年杰诺，真是好孩子。"明老师说这话时，我不经意地点着头，因为我已找到一位海南的爱心人士吕岩资助杰诺，我不太担心他。但后来发生的事情，让杰诺的命运和明老师真的连在了一起⋯⋯

②

那是我驻村结束后的事情。尼巴村打来求救电话说村里的幼童南泽病危。原来三岁幼女小南泽，在土豆丰收时，连皮吃了过多的煮土豆，得了急性肠梗阻，肚子剧痛，而且突起来圆鼓鼓的，连日高烧不退。

我当时在拉萨，飞去昌都也来不及了。我就想到了明老师。在那次共进晚餐后，明老师我们已成为好友，每次路过成都我们都要欢聚，明老师还读了我博客以外的作品。我们常沟通作品里的细节，一起计划在拉萨或成都的旅行。明老师也一直关注着尼巴村，还叮嘱我说，尼巴村有什么需要她做的，让我联系她⋯⋯我给明老师打去了电话，电话那头，明老师着急地说，马上送孩子到成都来救治吧！

就这样，尼巴村的两个少年杰诺和昂桑还有小南泽的舅舅，一行三人带着病危的小南泽，在明老师的资助和安排下从昌都乘上了去成都的飞机。

我另外联系了我的同学石晓宏，他在川报负责医疗卫生方面的报道，明老师去机场接到小南泽时，晓宏已安排好四川省医院儿科做好了抢救小南泽的准备。

小南泽非常幸运，她在省医院的全力抢救下很快脱离了生命危险，又经周晨燕医生的申请和帮助，北京成龙慈善基金会资助了小南泽在省医院期间发生的医药费，但除了急性肠梗阻，省医院确诊出小南泽还患有肠结核，需要转院到结核专科医院全面救治。

陪护南泽的杰诺和昂桑那时住在我成都的家里，我们西藏文联内部招待所也在同一个小区，文联安排小南泽的舅舅免费入住，文联全体员工还为小南泽捐款。明老师的生活也变成了两点一线：医院、家，家、医院。但除了准备小南泽的饭菜，明老师还要给小南泽的舅舅、杰诺和昂桑准备饭菜。那天，明老师把微波炉送到了文联招待所，又去我家看两个少年还缺什么。但一进门，明老师急了，我家我还没住过，非常简陋……

"哎呀！这怎么行，搬我家去，收拾一下走吧！"明老师简单几句就决定了。两个少年愣头愣脑上了明老师的车，一进家门，看到明老师给他们准备的房间，眼睛不由亮了，但温暖还在日渐叠加：明老师仔细地从袜子、内衣裤到他们所需的一切日常都双倍地给他们准备好了，还每天督促他们洗澡，给他们备营养三餐，给他们买来汉文课本，鼓励他们加强汉语言文字学习。那一段时间，两个少年变得又白又胖，早出晚归地给医院的小南泽送饭，陪护小南泽，送去明老师的平板电脑给小南泽，给她放动画片，以分散她小小身体承受的痛苦。终于，通过万能的朋友圈，我的朋友们都在尽力为小南泽筹款，小南泽在结核病医院所需的医药费很快就筹齐了，小南泽摇摇晃晃可以下床了，再以后，在治疗的间隙，明老师带着他们走出医院，去到成都的公园玩耍。小南泽被两个哥哥轮流背着抱着。尼巴村的幸运儿小南泽终于露出了笑容，康复了。

③

这年12月底,小南泽要回尼巴村了。昂桑在拉萨就读的唐卡学校没放寒假,他得回去上课,但杰诺在昌都的中学已经放寒假了,西藏学校的寒假差不多有两个月的时间,明老师就和杰诺商量,利用这个寒假,带他去自己曾任教的学校补习。

"怎么样?你留下来补课吧?"明老师微笑着问这个普通话说得有点结结巴巴的少年。她想杰诺还有一年就要高考了,相处的这一段,在她给杰诺补课时,发现杰诺的汉语基础非常差,因此也影响了其他课程的学习和理解。明老师担心这个少年如考不上大学,十几年的求学就白费了……

杰诺惊喜地挠着头,他是第一次坐飞机,第一次来成都,这回,他又要第一次留在成都补习功课了。他连连点头道谢,却按捺不住满心的欢喜。

"那就这么定了哈!"明老师笑道。她早就喜欢上了这个身世坎坷的少年。艰辛的生活丝毫没有减少少年身上阳光灿烂的气息,杰诺脸上和眼睛里无时不有的朴实、诚恳的微笑,让明老师很是感动,她希望自己能帮助这位贫困少年实现求学梦。

南泽和舅舅、昂桑回到西藏后,明老师带着杰诺去到了自己曾在四川泸州任教的学校,除安排杰诺插班旁听外,还请学校老师单独给杰诺补习数学、汉语文和生物等课程。每天杰诺早出晚归地去补课,明老师给他炖排骨、煮饺子,换着花样做好吃的。

"哎呀,你多吃点吧,你应该再长高点。"明老师调侃杰诺道。

杰诺的脸红了,有点尴尬地对明老师笑道:"我努力吧!"

"还努力呢,来不及了!"明老师故意笑他。

"这个不是很重要的。"杰诺故作老成地辩解道。

"那好吧，你可要在学习上加把劲哈！"明老师笑着，转而认真地说："听数学老师说，他把应用题的意思念出来解释给你听了，你才会做题，对汉语的理解能力还是很差啊！"

　　"是是，我会努力的。"杰诺垂着眼睛笑道。

　　"一定要努力的，你离高考只有最后一年的时间了！"明老师焦急地说道。

　　"不要着急，明老师……"杰诺笑着安慰明老师。这是他第一次和那么多汉族同学一起补课，每天排得满满的课程让他感到脑袋发涨，反应似乎也变得迟钝了。补课期间班级聚会时，杰诺为同学们唱藏语歌，他仿佛放空了自己，又回到了尼巴山野。饱经风霜的少年，当他放歌开心地笑时，脸上布满的皱纹就像粗粝的山风在他眼角刻下的爪痕，有女同学就问他："杰诺，你有30多岁了吧？"

　　"嗯嗯……"杰诺点头笑笑。他才刚刚17岁，他觉得自己没办法给同学们解释清楚。

　　"啊？"明老师笑起来，看到杰诺无奈又害羞的表情，明老师忍不住又哈哈大笑。她心想："这个孩子也太老实憨厚了……"

　　一个多月的补习填鸭一般，让杰诺感觉自己与四川的同学差得太多了。带着这样的心理压力，杰诺感到自己的双肩变得沉甸甸的。告别明老师时，他掩饰着焦虑，笑着安慰明老师说："没事的，我回到昌都中学，会继续做题，用所有时间学习。"

　　"不许打架哈！"明老师担心地说："把你们班主任的电话给我，我抽空去你们学校和她当面沟通一下。"

　　明老师真的会去昌都看他吗？他的眼睛闪着光。

④

　　明老师其实每一年都要来西藏一次。她不知道为什么，心里总有这样的愿望，想去西藏看天空，看雪山。但昌都，她还是第一次去到。

四月，飞机落在海拔4000多米的邦达机场时，明老师并没有出现头晕缺氧等高反。她曾笑着对我说："娜珍，说不准我前世可能是藏族人呢！"

这话明老师说过很多次，说的时候总能看到她满眼的幸福感。

春天还没来得及爬上藏东的山顶，明老师已到昌都了。下了飞机，订好酒店，明老师打了一辆车，直奔昌都中学。杰诺知道明老师要来看他，但没想到这么快，突然就出现在了自己的校园里。

"你怎么变得又黑又瘦啊？"明老师心疼地说。

"还好吧。"杰诺不好意思地笑道。

"今下午去外面餐馆好好吃点吧！"

"先得去和班主任请假。"杰诺温和地笑着。掩饰着心里的惊喜。他带着明老师来到班主任办公室，望着明老师和班主任详细沟通自己的学习和生活，杰诺在一旁静静坐着，心里感到格外温暖。因为从中学到高中，山路偏远，从没有家长来过自己的学校。

"这就是你们学校的食堂吗？平常都吃什么呀，怎么搞的你那么瘦！"从班主任办公室出来，经过学校食堂时，明老师有些焦虑地看着杰诺说。

"不是不是，我们还是很健康的，食堂的伙食也不错。"杰诺忙解释道。这时，一个瘦小的女生经过他们向食堂走去。

"您看她，她叫达娃玉珍。"杰诺低声对明老师说："她家在昌都察雅扩达乡，她是老大，下面还有弟弟妹妹，父亲腿脚伤残，母亲有慢性病，父母要她留下帮家里，她坚持考来我们学校读书后，家里寄不出生活费，她平时很节俭……"

明老师很心疼这些孩子。回到成都，她给杰诺和达娃玉珍买了许多衣物，还一直给他们寄奶粉，并把达娃玉珍的情况告诉我。当达娃玉珍次年考上河北省仙桃职业学院时，终于得到创业拉萨自然美的斯朗旺姆一对一资助……

杰诺在帮助达娃玉珍的同时，还帮助了普隆村的泽佳、丁增等，并在得到明老师的资助后，把学习唐卡的昂桑推荐给了之前资助他的爱心人士吕岩。

⑤

那年四月，明老师告别杰诺和达娃玉珍，和表妹一起去了西藏著名的普若岗日冰川。那是地球的第三极，是除了南北极之外世界第一大绿冰川，位于平均海拔5000米的藏北双湖县东北部可可西里无人区。在饱览藏地冰川的壮美和神奇后，返回的路上汽车出了故障，在素有"人类生理极限试验场"之称的普若岗日冰川，方圆十里寥无人烟，气候严寒，氧气稀薄，手机也没信号。加上司机他们一行三人，假如当晚不能返回驻地，肯定会冻死……几个小时的等待中，死神似乎在天空盘旋，明老师不由想到了杰诺。假如自己走了，谁来关照那个善良的孩子？并且离开学校前，杰诺才告诉明老师，他耳朵总是流脓，已有八年了。

"你怎么不早说啊！"明老师焦急不已。

"我想等自己工作后有了工资再去看耳朵。"

"那就晚了啊！已经拖了八年，再拖就要出大问题了！"明老师紧锁双眉，心急火燎……

普若岗日，时间一点一点在流逝，太阳开始偏西。但地平线的尽头仍望不见一个人影一辆车。而明老师一行三人，即使不吃不喝徒步回去，也要走几天几夜并不大可能走得出无人区。远眺荒野，明老师对可能发生的意外并不太恐慌，只是杰诺，她想，万一自己遇难，杰诺耳朵聋了怎么办？考不上大学怎么办？考上了学费生活费怎么办……

终于，像死里逃生，在夜幕即将覆盖普若岗日之际，远远地，一辆巡逻车出现了。

⑥

明老师的第一个电话是打给杰诺的，欣喜地告诉他自己险些遇难的经历，询问他的学习和身体情况。但就在明老师平安回到成都不久，杰诺出问题了。他开始发烧、头痛，双耳流脓。

⑦

"阿佳，我来了！"天刚亮，杰诺从二十公里外的学校赶来帮我照顾母女，帮我们去医院做翻译。母女俩只会说尼巴方言，我和医生都听不大懂。那几天，每天上午杰诺请假过来，以普通话、拉萨藏语在医院为母女俩翻译完，再匆忙赶回学校上课。后来有朋友帮忙，就没再让杰诺请假了，毕竟杰诺求学不易。

"娜珍，杰诺双耳流脓、发烧，我已帮他给学校请假，叫他来成都赶紧治疗。"明老师给我打来电话。那时我还不知，除了小南泽、杰诺，后面还有昂桑、拉姆老师等等都会到成都去治病，而明老师就像尼巴村驻成都办事处的主任，担负起了照顾他们的重任……

杰诺在明老师的安排下及时飞到了成都，经医院检查，杰诺需要马上手术。

手术的前一天，杰诺打电话告诉了远在尼巴村的父亲扎顿。

"我会为你祈祷的儿子……"电话那头扎顿有些茫然地说。他还没听说过耳朵还可以做手术，他只能祈祷杰诺不要再像大儿子一样双耳失聪。

在远方父亲的祷告声中，杰诺就要进手术室了。

"你害怕吗？"明老师问他。

"不，不怕！"杰诺坚定地说。他微笑着望着明老师，这是他想都不敢想的一天：昂贵的手术费、在四川省级三甲医院、最好的医生、明老师陪伴……明天，他想自己将告别耳聋的恐惧和阴影，他心里只有迫切的期待。

没有家属的陪伴，明老师没有犹豫，她为杰诺支付了所有医疗费和手术费，在手术单上为杰诺签了字。

几个小时后，明老师终于等到杰诺从手术室出来，医生说手术很成功，但再晚一点，化脓的耳液很可能就要流进脑髓了。

这晚杰诺睡得特别香，直到一束光在他耳畔轻跃，他醒过来，睁开眼，窗外车水马龙以及最细微的声音全部灌进了他的双耳。他欣喜地坐起来，却见在病床前守了他一夜的明老师，杰诺一骨碌跳下床，扶起明老师，泪水盈眶，所有感激的话涌到胸口，却说不出来。

病房里，阳光在他们身旁轻轻闪烁着，明老师欣喜地望着杰诺，感觉那一刻仿佛经历了漫长的世纪。

不久，杰诺康复出院了，明老师把他接回家，定期带他去医院复查。一个月后，杰诺的双耳清澈而干燥，不再流脓了，人也长胖了，这时昌都的学校放了暑假，明老师又带杰诺回到自己曾教学的地方，请学校各位老师朋友帮杰诺全科补习。

树影在窗外摇曳，他在明老师为他布置的房间里，靠在床上读书，读了几页，还是读不进去，他有心事了，心事像幼芽，已经完全长出了埋藏已久的土壤。

"我有个请求，可以说出来吗？"杰诺拿起手机，忐忑地给只有一墙之隔的明老师发了一条微信。

"好的。"明老师笑了，心想这孩子怎么不出来当面说。

"我好想好想叫您妈妈……"

夜里十点过了，明老师永远不会忘记。

"没问题，我已经把你当儿子了……"明老师怔了一下，很快写下了这句话。当她点击发送，突然，好似恍然大悟：自己这么多年年年被西藏召唤着，原来西藏有个儿子在等自己，而在普若岗日遇险时，自己能活下来，也因为这个儿子……

夜雨像一场幸福的泪水，潇潇洒洒。

⑧

"明老师，妈妈……"在这个全科补习的暑假，杰诺总是一会儿叫妈妈，一会儿又叫成了明老师。明老师笑着，满心欢喜地望着杰诺。而无论杰诺怎么称呼她，她对这个尼巴孩子，心里已盛满了母爱和母亲的责任。

次年，杰诺高中毕业，在明老师的资助下终于得以入读江西南昌工学院，成为尼巴村自桑西以来的第二名本科大学生。

徒步尼巴村

①

那是十分浪漫的计划：带着一队汉族女作家，徒步去往西藏东部山区不通邮、不通公路、不通电的尼巴村，待作家们亲见尼巴村民并写下文字，更多人或许将关注不为人知的尼巴村……

梦想十分美好，令我格外期待。因此2016年春，当我参加四川眉山《在场》编辑部组织的作家采风活动时，我便抓住每个时机鼓动作家们随我前往尼巴村采风，把尼巴村的美好和村民们的生活绘声绘色地向作家们讲述着。果真有作家动心了，在那次分别后，周闻道、杨沐等作家很快和我一起建了尼巴作家微信群，围绕尼巴村继续群聊和沟通，终于在这年8月初，按捺不住探险的好奇和创作的冲动，6位作家和两位记者加上我共九人组成了前往尼巴村的采风团队。

没考虑需要高原缺氧的适应期，就这样，我们出发了。除了海南作家杨沐，其他作家都是第一次进藏，下飞机刚三天，就从昌都市途经左贡东坝乡开始徒步，沿着滚滚的怒江被我带入平均海拔3600米的荒山野谷。其中，5位女作家中最大的有60多岁了，最小也已年过四十。而央视《文化十分钟》栏目的两位小伙子小张和小王，因我的剧本《寻找格萨尔》入围中国广电总局的剧本孵化项目，要采访我，也被我顺便带上了这条路。他俩还好，没什么不适，但其他6位作家都不同程度出现了状况。来自零海拔的海南作家孙品在炎炎烈日下咬牙走了一个多小时后，脚步越发沉重，好几次都差点倒下去；海南作家杨沐喘得厉害，她有高血压，据说心脏也不好，口唇发乌，每迈出一步都十分吃力。我们此行的团长，唯一的男作家——四川眉山民办文学刊物《在场》的总编周闻道一直扶着杨沐，慢慢地，他们远远地落在了后面。

羊肠小道在怒江畔起伏逶迤，也是茶马古道进入波密的一条路径，连接着昌都左贡县东坝乡和八宿县林卡乡的叶巴村。一路的岩壁上，还刻有稚气的、简单粗犷的似乎是远古留下的岩画。但我们都累得没心情去考证和拍照了。四川南充作家安音和四川大邑作家蒹葭、河南自由写作人杨柳，她们三位体力还行。只是爱美的安音和蒹葭穿的是高跟鞋和裙子，风吹裙起令人尴尬，踏上山路也显得步态蹒跚了。我尽可能地鼓励大家说，这可能是他们第一次和最后一次能够去到藏东隐秘的村庄，而旅游者只能沿着318国道走，根本不可能有我们的所见……事实如此。只是女作家们看上去浪漫幻想已幻灭，在大自然苍劲的怀抱里，缓慢移动着，十分狼狈。

东坝乡的舍乡长带着两个摩托车骑手把我们所有的行李都驮在摩托车后面，他们在崎岖小路上飞骑一截又停下来等我们。刚到怒江畔温润的台地东坝乡时，作家们格外惊喜。面对满村满寨的山花和果实，表现出了丰富而绚烂的情怀：又是品尝糌粑，又是去果树林里欢呼雀跃地摘果子吃和拍照，夜晚皎月当空，还当月吟诗……部队下来、长年在这偏远山区苦干的汉族舍乡长很是赞叹作家们的浪漫主义精神，热情地邀我们在乡公务员食堂免费用餐，带我们在乡里各处参观东坝百年民居。可现在，女作家们个个汗流浃背，气喘如牛，怒江水如何澎湃，似乎也难以激起一点惊喜的笑颜了。

差不多走了快三个小时，叶巴村还不见踪影。我有些急了，我们走得太慢了。太阳升得越高会越炽烈，在烈日中徒步会更加艰难。我有些后悔选择这条徒步的路线，本来从八宿县坐车可以去到尼巴村。但我不敢，汽车蜗牛一样盘山爬行时，外侧的轱辘碾在土路的边沿，砂石在轮下哗哗地朝万丈悬崖滑落，一路还有80多个必须倒车才能急转过去的窄弯；八月正逢雨季，可能还会遭遇塌方、泥石流、山洪……

②

"白玛老师，您和杨柳朝远处眺望一下。"小张和小王真是棒小伙，非常敬业，一路跟拍，给我们此行拍下了最珍贵的影像和视频。可惜到现在，我也不懂怎么去网上下载，小张也找不到素材再重发了。

"啊呀，快看前面有村庄了！"刚听到不知哪位美女发出的嘶哑绝命的呼喊，我不由狂奔着连声惨叫"救命！救命……"原来我不小心碰到了岩壁上的马蜂窝，一群受惊的马蜂把我包围起来疯狂叮咬，我的头上、肩膀上肿起一个个大包，痛得直掉眼泪还受到惊吓……我狂跑一阵后，趴倒在怒江畔的岩石上时，又惊见雨季变成了铁锈色的怒江，一个接一个的漩涡随着激流浩浩荡荡地在水面移动着，仿佛群魔将吞噬一切冷酷的眼睛……

"马蜂蜇过的地方能去毒消痛，是好事！"眩晕中，我听到帮我们托行李的东坝乡的小伙说。我有些恍惚地望向他，突然，我看到叶巴村就在他的身后，显出了一片依稀的绿。我们到了！

大家突然来了精神，最后一段路走得很快，直奔叶巴村路口：叶巴村小学里的西藏文联驻村宿舍。

我们来到工作组敞开的办公室，有的躺倒在沙发上，有的打开包裹，就着工作组女孩送来的开水，狼吞虎咽地吃起了方便面。文联驻村的两个小姑娘满眼狐疑远远地望着我们，似乎对我们的到来不知所云。但接着，迎接我们的大部队陆续到了，太壮观了，是尼巴村扎顿一声令下，派来的13名酷酷的摩托车骑手。他们发动马啸般的摩托车马达声，扬起摩托车的前轮，在小学院子里旋风飘移，惊呆了作家们。

从叶巴村到尼巴村，至少还有一个多小时的摩托车车程。这点我好像忘记告诉作家们了。所以当尼巴村的帅小伙们在摩托车后驮上各位作家，加大马力，大放山歌，飞驰在颠簸的山崖险径，女作家们紧紧抱住摩托车骑手，有的吓得哇哇大哭起来，有的发出惊声尖叫。即使闻道老师，也没经历过如此的惊险，我回头看时，发现他的脸也变得煞白……

下午三点左右，摩托车队翻过最后一个山坡，终于跃入藏在大山峡谷中的尼巴村。

尼巴村，我的尼巴村！在大山纵长的手臂间绽开着鹅黄色的山花，飘荡着茉莉花般的芬芳以及野蔷薇、满树的青核桃、垂在田埂小溪旁的鬼臼果……我的眼泪止不住地流淌。这时，村民们已等在路旁，来不及分辨那一张张熟悉的面孔，他们已涌上来把满怀的珍品塞到我们手中，有蔬菜、牛肉、酥油、糌粑、奶酪和装在暖瓶里的酥油茶、清茶、自酿的青稞酒、牛奶……我回头看，作家们乱作一团，惊喜地捧着礼物，全身上下被挂满脖子的长长的洁白哈达缠绕着。村民们的热情似乎瞬间消退了作家们一路的惊恐和疲惫。每个人的手机都咔嚓咔嚓地响着，唯恐错失人生不会再有的相会……

③

地里开满了金灿灿的油菜花，青稞摇曳着葱绿的麦芒层层递进一直长到了我们驻地的楼下。那是全村唯一有色彩的"土司楼"。但工作组的同事们似乎并不喜欢它，他们总是选择炎热、荒凉的叶巴村住着。我却几乎是被这栋楼吸引来的。我听说这个三层的楼每层屋顶高达五米，楼后有参天的古核桃树，楼旁是一条清冽的小溪，还有白色的沙滩，楼前方可以望见远山的原始森林……我的脑海里立刻幻影憧憧，申请改变单位原本要我到叶巴驻村的安排。

就这样，2014年五月初，我和几位同事日夜奔赴，穿越西藏工布地区的原始森林，到了享有"大鹏鸟故乡"之美誉的藏东昌都地区，驶上318国道后没多久，司机拐进一条小径，于是我们仿佛钻进了大鹏鸟铜铸的翅膀里，在大山重重封锁中喘息爬行。近六个小时翻山越岭，终于抵达尼巴村时，我和几位80后的同事因疲劳和一路惊吓连说话的心情也没了。而来到传说中的"土司楼"时，空荡荡的土楼里只有老鼠跳窜，到处可见硕大的蜈蚣和蜘蛛。到了晚上，楼外狂风呼啸，白天蛰伏的猴子、黄鼠狼、野猫或者狼都出来了。混合的叫声在狂风中若远若近。几个80后孩子吓得上厕所都要几个人一起才敢出去，然后整夜不敢睡，喝酒打牌撑到太阳出山才合眼。那个初到的长夜，我浪漫的心境也退却了。

那次，在我们到达尼巴村的第四天，同事们收拾行李，准备撤回县城。我不大情愿。那几天我好不容易打扫干净了古宅，也刚开始认识村里的妇女、孩子，而回县城的山路比住在尼巴土楼更惊险，所以，犹豫再三，我和一位驻村志愿者留下了。我们请来住在不远处的美丽的斯朗泽茜姐妹来陪我住。

那时我们做饭都是烧柴，斯朗泽茜的爸爸会帮我们劈好柴，我在火炉上烧开水，倒在桶里一勺一勺舀出来自己浇着洗澡。和村民不熟，工作组的车走了，没法去县城买菜，我就跟斯朗泽茜两姐妹去山上挖野韭菜回来烧罐头，给她们漫山遍野地拍照、采花……觉得非常快乐。

我们一行到达尼巴村驻地时天色还早。孤零零耸立在尼巴村最高坡的土楼征服了作家们的眼球，大家为能住进如此特别的土楼而欢呼起来。当然，这时土楼已被改造一新了，之前经由本人多方申请，已得到八宿县强基办、八宿县扶贫办的专款修缮。外墙新涂了雪白的颜料，"土司楼"因此被我们改名为"尼巴雪楼"。院外修了水泥大坝子。一层已不是牲口圈了，被我们改建成了水泥铺成的厨房，还把当初的侧门改成了落地窗，三层还建了玻璃房。那次改建土楼的水泥和所有材料都是从八宿县翻山越岭拉到尼巴村的，非常昂贵。同时还给村民修建了三个温室大棚和两个太阳能澡堂。

作家们踩着吱嘎作响的厚实的木梯子上到二楼的大房间，大房间里粗壮的木柱子上的雕饰和彩绘都出自尼巴村民的手工。在这偏僻的乡村见到如此精雕细琢的工艺，大家很是欣喜。

"大家今晚就住这里，这是尼巴村里最好的卧室了！"我开玩笑地对大家说时，被马蜂蜇过的肩和头上阵阵隐痛。

"大家收拾一下，我去洗个澡，然后水好的话你们再洗哈……"

小小的澡堂紧挨着我们的"雪楼"，自从修好后，我还一次都没享用过。安排好大家的住宿，又带大家参观完雪楼里的每一处，我忙去到雪楼旁挨着温室修的太阳能小澡堂。打开简易的水龙头，当山泉水带着阳光的温暖抚过我的双肩，被马蜂叮咬的肿痛消失了，曾经在尼巴村的日日夜夜涌上心头：那时最大的梦想就是能洗澡，能让劳苦的妇女们洗上热水澡，孩子们能洗干净小身体和脏脸蛋，我自己也不必为了好好洗个澡而翻山越岭地去往县城……这个梦想总算实现了，我边沐浴边尽情地在水光中独享缅怀的泪水。但洗完出来踩着木梯刚走到二楼门口，听到里面有喊喊的哭声夹杂着哭诉。原来，简陋的居住环境，令几位年轻的女作家感到不安，她们要求第二天就离开。但阳光无限好，田野在雪楼前伸延摇曳，再次入住，我自己感觉幸福极了，所以，我有些尴尬，我认为一切都是暂时的，都将成为难得而有趣的体验，我似乎把这种想法及心态强加给了别人。我只好避开她们的哭声，和杨沐、孙品一起躲到楼下，把难题留给闻道老师去处理。

央视的小张和小王在楼下的厨房里给大家准备晚餐。有前工作组剩下的挂面，还有满满的煤气罐和煤气炉、高压锅、碗筷等样样俱全，小张和小王很是喜悦。走南闯北的记者生涯似乎练就了两个小伙超强的适应能力，他俩看上去状态极好。杨沐和孙品两位资深作家也恢复了一路的疲惫，兴致勃勃地在雪楼外四处远眺和拍照，对尼巴村充满了兴趣。我松了口气。这时又有村民送来小白菜。看到小白菜上还挂着的泥土，我有些激动：自从修好三个温室大棚，这也是我第一次吃到温室里的蔬菜啊！

山风微润，带着浓郁的山花的芳香，从梯形的田野吹拂而来，一轮皎月从对面的山尖尖上缓缓升起，天快要黑了，满天繁星闪现，似乎伸手可摘。

"开饭啦！"央视的小王和小张烧好了一大锅面条，还有小菜，呼唤大家到楼前的木柴堆上共享晚餐。

明月仿佛就在头顶光照着我们，远处的核桃树在微风中瑟瑟作响，树下的小溪闪着光……当大家端着面条来到外面院子里，立刻被尼巴村美丽的夜色征服了，情绪变得激越起来。大家围坐在平台的柴堆上，吃着小张和小王做的香喷喷的面条，远眺夜空，讲述起各自来尼巴村的缘由。

"今天晚上我们的牛肉、饮料、清油等都是村民骑摩托车从八宿县给大家买回来的。"轮到我说了："大家也徒步了一趟，知道路有多艰险，但比村民们骑摩托车那条盘山路要安全多啦。"

"我们今晚的晚餐可以说是村民冒着生命危险送来的也不夸张。"孙姐感叹道。三位哭着要走的作家显得十分惊愕，说："那我们应该付钱给他们啊！"

"这个单恐怕我们买不起！"我说："但大家可以凭借自己的笔力，把真实的尼巴村写给外面的世界，让更多人了解尼巴村民，能帮助他们。明天，尼巴村、叶巴村、普隆村的村民会来看望我们，大家可以多了解一些情况，我来翻译。"说着，我给作家们简单介绍了尼巴村每一户的基本生活状况和村民的困难，以及一个个发生在尼巴村的小故事……

夜深了，带作家们来到尼巴村的第一个夜晚，总算平静下来。作家们已钻到各自带来的睡袋里，我没和大家睡一间屋，因为楼上新修的玻璃房我还没住过。

上到顶楼，打开玻璃房门，我震惊地看到一地都是蜜蜂们的尸体——它们曾在顶楼筑巢，我们曾幻想要在顶楼养蜂，采蜂蜜。那些时光，因嗡嗡飞旋的蜜蜂，我的心整日充满了甜蜜……是工人没把蜜蜂赶走就修了玻璃房还是修好后它们又飞回来找家了呢？它们全都死了……我伤感地望着满地的蜂儿忍不住流泪。但过去的已结束，无论怎样也不可重来。

星月满天，大山就矗立在楼前，那么安详和巍峨，像隔绝了世外的一切。我的心平静下来，我收拾好玻璃房里放着的我的一件件熟悉的衣物，小钢丝床、我的书桌、台灯、被褥都放得好好的。从房角的纸箱子里，我还翻到几件自己忘记带走的裙子。我把床铺扫干净，拉开睡袋躺下来，窗外夜空璀璨，似乎可以嗅到咫尺大山的呼吸了，于是在久违的我的尼巴村的怀抱中，我不由酣然入梦。

④

第二天天刚蒙蒙亮，我就被一阵阵飞驰的摩托车和摩托车上播放的歌声惊醒了。是扎顿带领众多的村民们来到了我们的驻地。

我们匆匆吃了早餐，就和村民们来到雪楼后面开阔的草地上，铺好卡垫，从我们雪楼里搬来小矮桌和椅子，大概十点多钟，正午的阳光像银色的瀑布飞泻在我们之中，尼巴村、普隆村、叶巴村、色巴村几乎所有人都来了。村民们男女老少都身着节日盛装，小女孩们的脸蛋上还被妈妈们涂了圆圆的胭脂。村民们很阔气地把翻山越岭从八宿县买来的饮料、啤酒、点心、糖果等摆满了草地，招待我们的作家。我们作家坐一排，村民们以家庭为单位坐在一起，由我和扎顿用藏、汉双语开始主持，我们首先开始相互介绍。每介绍一位作家，就介绍一户尼巴村民，剩下的再一户一户介绍给作家们听。终于大家相互介绍完时，作家们已忍不住奔往不同的家庭里合影和交流，三位前晚哭过的女作家也笑容灿烂，没完没了地和村里英俊的小伙子们一起跳舞，高原反应似乎也没有了。驻村这么久，村民们还是第一次如此大规模地盛装欢聚。我带着女作家们去恳请村里妇女脱下她们不同于其他康巴地区的藏袍，然后争先穿在我们自己身上，忙着和康巴汉子们合影，穿插在他们中间，和他们手牵手又唱又跳。休息的间隙，大口喝着啤酒，与男人们干杯……"女人可以这样啊！"我的耳旁响起村里妇女惊讶的窃窃私语，但语调里却多了些许的兴奋。这时，舞到中场，男人们激越的舞步突然慢下来，妇女们缓如潮水，哗哗地涌上了阵，随着男人们悠长柔美的二胡伴奏，她们稳稳地舞动长袖，气韵十足地合唱起来，我们惊呆了！像看到凭空而降的鹤群：泰然自若的舞姿，毫不造作的歌唱……我竟无法把她们和平日里满面尘土、终日被农耕压弯腰身的那些沧桑、疲惫、艰辛的女人联系在一起……

这天，作家们学着村民的舞步和歌声一直跳到天黑。天黑以后，村民们从草地又搬到我们雪楼前的水泥坝子上，借着我们楼里的灯光拉着二胡，继续唱歌跳舞，直到夜深才陆续散去。

第三天，除了我和杨沐、孙姐，团队的其他人已陆续撤离尼巴村了。雪楼静下来，阳光扑进一层的房间，照在我和杨沐身上，像是尼巴村对我最后的告别。我们默默整理着药箱，一些药品已过期了，需要扔掉，剩下的我简单分类署名是感冒药、肠胃药和村里妇女最喜欢的去痛片、阿莫西林。扎顿坐着他大儿子的摩托车很快来了，茜珍也坐着另一个小伙子的车上来了。我把药箱交代给扎顿，杨沐和孙姐想采访他。我们几个坐在外面的坝子上聊天。

"听说您父亲是密咒师,您也是,您能帮我预见以后的事吗……"孙姐天真地问。杨沐详细问起了他的身世,这时等在一旁的茜珍邀请我们去她家喝茶,她满脸喜悦地说两个孩子上学后学习都很好。

"我们修了澡堂,你来洗过澡吗?"我趁机问她。

"一个月前洗过的。"她用头巾半遮着脸,露出少女般羞涩的笑容点头道。

"一天至少要洗一次啊,你们劳作出那么多汗。"我又说道。

"啊,你的头发真黑!"孙姐惊叹道。茜珍乖巧地伏在她的双膝上,好让孙姐仔细看。她俩亲密地聊着天,我忙后退了几步,远远翻译着。

杨沐和孙姐采访完扎顿和茜珍,我们坐摩托车回到驻地。一路上,村里山坡、墙头到处生长的那些藤蔓,藤蔓上绽开的鹅黄色的小花,那浓郁的茉莉花一般的芳香怀抱着村庄,令我陶醉。我深深地呼吸着这尼巴村特有的气息,贪婪地环顾四周,苹果树、梨树、核桃树都结满了果子,扎顿家不远处那棵巨大的桑树上也满是桑葚……如此秀美、宁静的村庄,我也许今生不会再来了。

那个月夜,我并不知道,这将是我在尼巴村的最后一夜。因为之后不到一年,政府实施易地搬迁,整个村庄的村民全部搬迁到了八宿县的周边。

⑤

我们作家团关于尼巴村的微信群在那次以后改名为"情系尼巴"。事实上,那一次徒步尼巴大家的确难以忘怀。闻道老师送走几位女作家后,与我和杨沐在拉萨汇合了,在拿起笔为尼巴村写下文字之前,闻道老师首先等来了尼巴村扎顿的大儿子巴桑,巴桑因小时候耳朵没得到及时治疗,听力已经非常差,他是家里唯一的劳动力和摩托车"运输队长"。如果他的耳朵完全失聪,就再不能骑摩托车帮助家里翻山越岭去县城办诸多事情了，即使农耕和去山里采药也有很多困难。周闻道老师在村里采风期间了解到这个情况，就约巴桑到拉萨来就医；杨沐也约来了美丽的尼巴少女德西，她也是因为小时候没有得到及时治疗，耳朵听力微弱。闻道和杨沐两位作家那些天顾不上观光拉萨，每天跑医院，给两个孩子配好了助听器才离开，然后孙姐帮助秋桑家在海南卖了很多核桃。真不可思议偏远尼巴村的核桃能抵达遥远的海滨；美丽的四川作家安音更是鼓动起眉山的一个制酒企业帮助尼巴村购买了上万斤核桃。中间辗转运输、称斤结算等等繁杂的事务常常令安音烦恼和焦虑不堪。不曾与商人打过太多交道的安音力不从心的声音电话里传来："娜珍，运核桃的货车不肯送货到厂里可怎么办呀？急死了……"

"娜珍，那个酒业老板太奸诈了，又把核桃价格压下去一元，……"

那些天我的情绪跟着安音波澜起伏，一会儿充满希望，一会儿灰心丧气。毕竟，那些来自世界屋脊大山深处的野生核桃如何珍贵，人们还是完全陌生的，而关于尼巴村民的生活境况更是一无所知。好在我们一行有《在场》这样一个文学阵地，于是安音关于尼巴村的文字以及其他作家关于尼巴村的表达都陆续公诸于世了，小张和小王还把尼巴村以及尼巴村的传奇人物扎顿送到了央视文化十分钟播出。如此，就连西藏本地人和昌都本地人都很少知道、没有见过的尼巴村，通过文学和电视，突然出现在了世人面前，我的幻梦，终于可以喘息了……

核桃阿妈啦

①

2000年,我带着四岁的儿子和保姆刚搬到鱼胡子乡吉苏村我的"呼啸山庄",院子里是一片荒滩,待我全力建设。那时我刚三十出头,有的是力气,修水渠、种树、铺草坪……我终于开始了隐居乡野的浪漫梦想。就在那个时候,一天黄昏,朋友带来了一位客人,她叫雷菊芳。

"如果前面有垃圾,我们就绕开走……"跟随雷菊芳一起到来的,还有四五位陌生的朋友,年龄或许三十到四十不等吧。据朋友介绍都是企业白领,她们围坐在我山石垒砌的客厅里,在窗外呼啸的山风中听菊芳姐轻声细语。

菊芳姐那时已是西藏奇正藏药的董事长,据说她原本是一位物理学工程师,毕业于西安交通大学真空物理专业,后在兰州近代物理研究所工作期间研制成功了"真空室表面洁净处理技术",被评为甘肃省"三八红旗手"和"新长征突击手",在中国科学院兰州近代物理研究所任高级工程师、兰州工业污染治理技术研究所任所长;1987年创办了"兰州工业污染治理研究所",1988年她推广的BTC—G除锈膏及TS系列金属处理剂等高科技化工产品分获国际防腐协会荣誉证书和国家级重点产品奖……然而,一幅古老而神秘的挂图,改变了她的人生轨迹。据说那是20世纪90年代初,当雷菊芳漫游西藏,山野、丛林和这片土地的光,仿佛照亮了她的前途；她遇见了藏医《四部医典》中那幅"胚胎发育图"。逼真的细节，详尽而全面的概述，生动形象的描绘……在得知这些挂图未借助任何仪器，比显微技术证实胚胎发育的秘密还早了整整1000多年时，雷菊芳震惊了，"难道现代医术穿越了时空……难道无限宇宙里存在着平行的时间和空间……"那一瞬间，雷菊芳恍若被命运击中，她听到了来自藏医藏药的召唤，看见了自己的使命。

于是雷菊芳，人们习惯称呼她为雷工程师、雷工，她从一位物理工程师于1993年转道来到西藏南部古老的药洲，追随藏医药鼻祖宇妥·云丹贡布的足迹，深入藏医药研究，拜访各方藏医药大师，寻踪藏医藏药的圣迹，几经跋涉和探索，创办了奇正藏药有限公司。

"雷姐请喝茶……"我端着滚烫的奶茶，为雷姐斟满，也请随雷姐一起到来的朋友们品尝。

"真好喝！是村里的鲜牛奶熬的吗？"白领们看上去个个干练和热情饱满，她们的到来，像是在我冷僻的山庄里升起了炉火。我一边点头回答着，一边看向雷姐，雷姐的眼睛里像有涟漪的湖和奇妙的波光，不谙世事的我，暗暗心跳了，我坐下来，和大家一起听雷姐讲藏南原始森林中的电闪雷鸣和那些冰雪极限中可以拯救生命的种子……突然，我有了一个冲动：我想追随雷姐，追随她去往那惊涛骇浪无畏的世界……

那一刻的激情至今无法忘怀。以后的20多年里，因为文学，因为西藏，我和菊芳姐不时相遇着。这期间雷姐事业的领域也似乎在无限扩展，2020年2月26日，雷姐以110亿元人民币财富名列《2020世茂深港国际中心·胡润全球富豪榜》第1891位；2021年4月，雷姐以18亿美元财富位列《2021福布斯全球富豪榜》第1750名。而我，仍在我僻静的小路上，写着一本又一本书。记得某年夏天，我捧着我的新作再次来到雷姐在拉萨奇正药业的曲米酒店，我的每本书几乎都要送给雷姐。

藏文化是雷姐的至爱，所以构成我笔下的一个个藏族人，我的一行行关于藏地灵魂的诗，对雷姐而言都是珍贵的。因此这些年，除了阅读我的作品，雷姐给予了我许多具体的关照：例如一段时间，我被卷进了小小拉萨的小小商潮，我不得不接管和经营拉萨一个小家庭旅馆，我安静的生活全乱了，我带着儿子去往拉萨市中心借住在我弟弟的公寓里，每天往那个旅馆跑，面对那些混过社会的服务员，面对四面八方到来的杂客，小旅馆很快出现了账目混乱、服务员自己招揽生意……诸多麻烦令我瞠目结舌，好在那时，雷姐又到拉萨了，她给我的小家庭旅馆送来了一皮卡车的杜鹃花，一时间，我的家庭旅馆里除了每间客房放一盆、走廊放一排外，卫生间里也有了红艳艳的杜鹃花，小小的家庭旅馆变得温馨和具有情调起来，更重要的是，雷姐还送来了一笔借款！使我连连亏本的小旅馆开业后坚持了一年多。而经历了那一年，我收获了后来收入《西藏的月光》中十分满意的作品：《被红尘裹狭的洛桑和曲珍》，我也从一个单纯的写作人，算是从过商了。所以当我们在拉萨又相见时，雷姐就笑着问我："娜珍，你来管理奇正曲米酒店的藏式理疗馆怎样？"

当时我们是在拉萨曲米酒店的素餐厅，雷姐穿着粗布藏式外套，她一直食素。除了工作，我不知道雷姐还有什么娱乐。简朴的生活令她创造的财富变得似乎与她个人无关，变得仅仅像一个数字。但仅仅以她奔波奋斗付出行程的公里数比较，也一定比她创造的财富的数目要更大吧？

"啊？我不行……"我边细品雷姐参与创意的素宴，边吃惊地笑道。素宴的食材主要来自号称"西藏小瑞士"的药洲藏南奇正藏药的"根据地"，制作得精美且纯粹。那是雷姐新启动的项目，还有就是藏式理疗馆。有藏药浴、藏式推拿按摩、藏式针灸和藏医藏药以及一系列来自奇正藏药在工布藏药材基地研制的保健精油。我因写作伏案，颈椎和腰椎都有些问题，之前曾应雷姐之邀在曲米酒店的藏医药理疗馆治疗。理疗馆在曲米酒店的三层，所有的装修都散发着来自藏南工布地区大森林里药用植物和花卉的芳香。除了梅花针、喜马拉雅茉莉精油等，泡脚的木桶也是奇正藏药用工布地区的特殊木材开发制作的，按摩师和针灸师来自工布的一所雷姐资助的民办藏医学校。一个疗程享用下来，我感到腰颈轻松多了，我就想如果这个藏药馆能对外接待更多的人，增加一些项目……

其实我很想尝试，那是又一次可能追随雷姐的机会啊！但除了写作，我知道自己别无所长，也知道亲爱的雷姐灵感激越，她想做一切有利于藏地的事业，她希望每一个有此梦想的藏族人都能加入和共勉，所以匆匆岁月，我看到许多青春稚气的藏族女孩，大学一毕业就能做雷姐的董事长助理，在雷姐点拨呵护中迅速成长为奇正药业管理层中的中流砥柱。而我，虽没能与雷姐在藏医藏药领域中携手，但也一直蒙受着她的关怀：当我的儿子第一次签售他的漫画图书《意境的彼岸》，雷姐安排人购买了许多，以后还向我推荐了日本某所语言学校，儿子就顺利去日本就读了；还有曾经，我和朋友策划在拉萨开一家咖啡书吧，拓展一个西藏文化交流的小平台，除了从西藏的出版社选定了大量关于西藏的书籍外，我还远行去中国藏学出版社，选购了一系列关于西藏的精彩图书，但缺乏社会经验的我和朋友，所有前期装修和经营的资金都被人骗走了，只剩下一屋子书，在我们百般无奈和沮丧之际，雷姐安排人把我们积压的图书运到了奇正的图书展厅……后来的麻烦还很多，但任何繁琐的小事也不会被雷姐忽略，而雷姐所做的公益，例如在林芝帮助建设的一家私立藏医学校、在林周县帮助寺院修建的僧侣宿舍以及资助过的孤儿、残疾人……这些都是她深藏在事业之底不愿公开的秘密。

2014年的某一天，我捧着尼巴村红艳艳的鬼臼果和沾着尼巴村泥土的核桃，与雷姐在拉萨我吉苏村的家里又相见了。

"尼巴村在藏东一个深山峡谷，是许多昌都人都不了解的自然村落，我现在在那里驻村，那里只有22户人家，但村子里纵横交错的每一条溪水畔、从山上奔流下来的河滩草丛里都长满了很多很多的鬼臼，还有一种像樱桃一样的野果子也很多……"我讲述的时候，雷姐静静地听着。

"鬼臼在藏医藏药里有很好的药用价值，那里可以建立一个奇正藏药鬼臼研发点吗？"雷姐轻声说道。

我翻出我在尼巴村拍到的一些野生植物的照片给雷姐看。雷姐一张张仔细看着，微笑着点头，若有所思，问了我好几种药用植物的名称，问我尼巴村是否有。对藏医药所知有限的我，听得一脸茫然，但雷姐却非常确定地说："你可以鼓励村民每年去收摘鬼臼，还有青核桃皮、核桃，这些我们来收购，再带些野生石榴的样品给我们……"

雷姐的药用植物基地遍及西藏、青海、甘肃，狭窄偏远的尼巴村那么小，鬼臼、核桃产量那么少……但突然，我明白了雷姐的心意。

②

雷姐悄悄做的社会公益人们难以得知，但这回，雷姐要为尼巴村做的，我有幸经历其中。再回到尼巴村时，我的心里就有了一种温暖。我看每一朵野花，每一个村民，都仿佛看到他们身后的雷姐。我把村里孩子们的境况一一记录下来，想要把村里每户的故事点点滴滴都告诉雷姐。那段时间，雷姐会突然在深夜打来电话，询问尼巴村。据说每天雷姐的事情多到需要两个年轻的助理轮班才能坚持下来，因为雷姐一天要工作十多个小时，只睡几个小时，还要不停地在飞机上飞来飞去，小小的尼巴村能占据雷姐的日程、在雷姐的惦念中，令我感到格外鼓励。尤其当我驻村结束，离开尼巴村后，雷姐继续动用朋友资源，帮尼巴村民在全国卖着尼巴核桃……

那是2015年底，由于交通闭塞，核桃总产量低、没有销售渠道，加之西藏盛产核桃，外地核桃进入西藏市场后的一些竞争优势，尼巴村民对卖核桃早已不抱什么希望了。

  核桃啊
  满树的核桃
  我一石击落二十
  只留一颗给自己
  要把十九献给佛
  ……

  这是流传在藏地的一首著名的核桃谣。曲调悠然，旋律缓慢，唱出来是满满的怡然。但少有歌声的尼巴村里，在那个打核桃的季节，我听到这首歌被唱得有气无力，核桃树下砸核桃皮的那些小伙子和姑娘，甚至把歌谣的最后一句唱出了自嘲。所以那年，在那个无望的尼巴秋季，当雷姐发出收购核桃的邀令，小村庄沸腾了，村民惊喜中显得懵懂，他们争相传说，将信将疑开始分装核桃，把各家大个儿核桃分拣出来，装进一个个编织袋，写上各家的名字、电话和斤数，用各家摩托车翻山越岭分批分次运到了八宿县，再从八宿县租来货车，运送到奇正藏药驻林芝八一市的厂里，一共有 7909 公斤，雷姐以 24.76 元／公斤的单价，支付给了村民 195826.84 元核桃收购总款，并把从八宿县到八一运送核桃的运费一并结算了，还专门安排奇正员工督管该项目，分批寄给全国不同地方的朋友。这些周折，那么琐碎，我心里感到十分抱歉。

  第二年，2016 年夏，我就带着一队从其他地方来的作家奔赴尼巴村，我希望作家们用集体的笔力，能帮忙把这年尼巴村的核桃销出去。这一行虽有些波折，但作家们亲见了野生核桃树和树下的村庄，大家回去后，都尽了一切力量帮尼巴村寻找核桃的销路，安音找来了她的粉丝企业家买了很多，另外几位作家也自掏腰包帮尼巴村民买了一批核桃。可那年尼巴核桃丰收，大部分仍卖不出去，这时，我接到了雷姐的电话：

"今年尼巴村的核桃有销路吗？需要我帮忙吗？"

"是啊，几位作家朋友帮村民卖了一些，但还有很多……"我焦急地说。

"我们奇正藏药全部买下吧……"雷姐的话音还是那么轻柔清晰。一句话就把尼巴村民多年的期盼圆满了。来不及喜悦和感慨，我急忙拨通村长的电话，安排他们去通知每家每户，叮嘱他们一定要把小的不好的核桃分拣出来。

偏远的尼巴村里，村民的欢呼和金秋融会在一起，连河流都变成金色的了……

③

如果说，第一年全村的核桃被全部买走像是天上掉下了馅饼，第二年的好运，已让村民对这位从未谋面、却惦记着他们的"核桃阿妈啦"感激不尽。许多村民开始向我打听这位"核桃阿妈啦"，曾有商贩到村里收购核桃，一斤的出价只有6元左右，村民们就想知道这位"核桃阿妈啦"以翻倍的价格买走全村的核桃是怎样的奇迹……

我被难住了。我该怎么说？那只是雷姐不为人知的诸多善行中的一滴。

2016年，在雷姐帮助尼巴村收购核桃的第二年，当核桃装满运往奇正藏药的货车，尼巴村民感到无以表达的感激只能通过核桃，他们挑选出个大饱满的核桃，单独装袋，请奇正来八宿县接核桃的员工，捎给他们的"核桃阿妈啦"。

时间转眼到了2017年秋，一向安于宿命的尼巴村民，竟主动打来许多的电话，恳请中满是催促，希望我再去找核桃阿妈啦，希望今年的核桃全部能再卖给核桃阿妈啦,有几位村民甚至说,因为核桃阿妈啦买走了核桃,家里有了收入,自己的孩子才不必留在家里当劳动力,才有机会跟我去了八宿县学缝纫,去拉萨学唐卡和继续学业……

我感到忐忑不安。核桃,竟关乎这些可爱的孩子们的命运啊!情急中我在朋友的建议下到处联系。记得那个夏天拉萨干燥而炎热,我的朋友王姐陪着我开着我的小黑车每天往返在求收尼巴核桃的路上,差不多折腾了半个多月,因车技不好,又有些路痴,我驾照的分数竟被莫名的违章扣得只剩下3分了,事情却没进展。……我便烦恼得恨不能逃过尼巴村民的催询。但一天,电话那头再一次传来了熟悉的声音,语调还是那么平静,话语还是那么轻柔:"今年尼巴村的核桃收了多少斤呢?需要我们收购吗……"

这简单明澈的问询仿佛一道彩虹在我的心里腾起,我兴奋极了,马上把喜讯传向了尼巴村、普隆村还有斯念……村民们的狂喜也如落地的核桃蹦跳着,他们用力打核桃的长杆变得富有节奏,那首古老的核桃谣也变出了摇滚的韵律:

  满树的核桃核桃
  我一杆打向核桃
  落地一百颗核桃
  留给自己一颗核桃
  请核桃阿妈啦带走九十九颗核桃
  九十九颗核桃
  ……

随着村民的歌声,雷菊芳"核桃阿妈啦"爱心收购的货车于2017年秋再次开到了八宿县,再后来到2020年秋,奇正藏药已连续6年帮助村民收购核桃共计48277.45公斤，村民累计收入118万多元，奇正藏药为此举投入的运费和其他成本费也竟达7万多元……

神奇的核桃，使山里22户尼巴村民在生活的各个层面，悄然发生了改变。

苹　果

①

那时我想：如果能带一批朋友去尼巴村，每一个月夜和风过田野的芬芳，还有那里的每家每户每个人，都会令人终生难忘的。

终于有一天，在英国留学的人类学博士小李千里迢迢来了。一个留着短发的白白净净的女孩子，总是笑呵呵的，她等不及了："白玛老师，我想先进去……"

"啊？"我吃惊地张大了嘴。那个峡谷深处远僻的尼巴村，我们工作组的楼，可是前不着村，后不着地，孤零零矗立在村子的中上段，没左右邻居，只有夜晚袭来的山风在月光下盘旋时，变幻出的各种禽兽和幽灵的吠叫……

"你不怕吗？那么大一栋空空的楼，你敢一个人去住？"

"白玛老师，我想早点进去采风。"小李点头答道，脸上纯学术的笑容，闪着田园考察者率真和勇敢的光。

搭乘八宿县里的车，第二天一早，小李真的去了。直到六天后，我们办完事才赶回尼巴村。

"白玛老师……"小李跑下楼热情地迎接我们，这回，从她的笑容里，我仿佛看到马蜂、荒芜的时间……之前听说她也曾去过其他村庄和牧场居住、考察，但都抵不过在尼巴村的六天六夜吧！小李看上去瘦了一圈，白白的皮肤变得有些粗糙，笑时，细长的眼睛像两尾在太阳光里游动的鱼。小李安然无恙，我松了口气。我暗自为她庆幸。为了弥补先前的大意，接下来几天，我便陪她在村里转，帮她做翻译，了解这里的村民接受外面世界传媒的历史。

"我们这里有收音机。"益西大叔疑惑地答道，不太明白眼前的这位女孩子为什么问他。

"我们村里很早就有收音机了，我们可以听藏语新闻，听藏歌，也听格萨尔王传的藏语联播。"

"啊！信号还好吗？真是不错呀！"小李满意地说："现在更多的是看电视吧？"

"嗯……"益西大叔疑惑的表情变得有些复杂。我知道那是因为电视信号不好，电视频道太多，电视总被家里的青少年霸占，所以他主要还是听广播。但事实上，这深山里几个村庄有上千户，人们之间的血缘关系十分复杂，几乎每家都有点沾亲带故，所以外界稍有风吹草动，他们口耳相传的速度可不比广播、电视慢。那小道消息就像长了翅膀的真正的传媒。

小李笑着说她知道民间那种勇猛的潜流，她的研究使她需要沉淀在那种民间的潜流中。她曾为了写一批日喀则的流浪艺人，跟着他们同吃同住四处行走，还随他们去到了成都……她写出了厚厚的长篇论文，我想那一定是独一无二的精彩记录和论述，或许还像吉卜赛人的故事一般浪漫传奇。虽然至今没能拜读，但我望着眼前这位年轻的学者，她活泼敏捷地在尼巴村的山路上跳跃，喜爱这里的一花一草，热情地给孩子们拍照，她身上没有那种呆板和陈腐，更不像不食人间烟火的学究……

"小李，等等我。"看到她一蹦一跳欢喜的模样，我也开心地笑了。

"哎呀，这苹果真甜！"益西大叔带我们到他家的屋后，给我们摘了满满一盆刚长熟的苹果。小李坐在苹果树旁的青草坡上大口吃着，口中发出饱含苹果汁的脆响。益西大叔满意地微笑着，这时，微风带着山里野花的芳香拂来，我突然想起一本书：《天真的人类学家》，眼前不由幻影憧憧，真希望小李能留下来，像那本书的作者一样，和我们一起融进这片土地。

大概十天后，我们接到县里的通知，要回去办理各种手续，因为申请的几个尼巴村扶贫项目全都批了。我得去找民工，得去签合同。作为一个写作者，我还真没做过类似的事情，我鼓动小李和我们一起回县城，毕竟回来的路上有西藏最美妙的温泉，还有她可以沿着怒江和我们一起徒步……

县里扶贫办和强基办的大门向我们敞开了，我们只用了不到一周的时间就迅速办完了各种手续，还经由县强基办推荐，找到了建筑施工队，于是在藏东最美的盛夏，我们启程了。县里的朋友廖花派车，经由318国道昌都境内著名的九十九道拐，把我们送到了左贡县的东坝乡。

这是徒步去尼巴村的必经之地，是一个美丽的村庄，还是以前茶马古道的重镇之一。所以除了漫山遍野吃不完的果实，几代人百年雕琢的楼宅和历史，都令小李十分兴奋。当然最美妙的还是萨拉温泉。

我从没见过比萨拉更美的温泉。一条温泉瀑布从山上落下来，在半山腰形成一方长满水草的潭水，有些倾斜的一端，再形成一条瀑布，落到山底的河流。

循环的萨拉温泉倒映着天上的云彩，水草妖冶地在水雾中飘摇着。我们急急地脱去衣服，扑到温泉中。温暖的气泡立刻像温泉的手臂，簇拥着我们。我开始游泳。温泉大概只有40度，水面大概有100多个平方。当我舒展身体，在温润的水里正沉浸在水草的呢喃中，只听小李一声大喊："救命……"她四脚朝天仰面沉进了温泉，顺从得没有挣扎一下。等我游过去时，志愿者小吴已把小李拽起来了，小李满脸不知是水还是泪，湿湿的头发贴着额头，傻乎乎地笑着。

经历了温泉里的惊险，小李说她已克服了对水的恐惧。在徒步怒江畔四个多小时的路上，累了，小李和我们一起在大山的窄缝里找一块阴凉地躺下来小憩，再接着走。烈日炎炎，我们背着背包，在被夜晚的暴雨变成了红铜色的怒江畔，听江水汹涌，看岩壁人类童年时代的岩画……小李迈着从容的大步，汗水满面，和我们一起翻山越岭，再次来到了美丽的尼巴村。

维修我们驻地的工人从林卡乡乘车也陆续到了，他们把水泥、搅拌机等全部带到了这个遥远的村落，十几个工人一起，突然住满了我们空荡荡的楼。我感觉我们工作组的驻地从没这样热闹过，工程轰轰烈烈地开始了：把我们驻地一层的牲畜房改造成"厨房带餐厅"，这样就不用费力地从外面把水提上楼了；二层原来的大厨房改成村民课堂，我想教村民一些简单的卫生常识、帮孩子们补习功课，以实现我从小关于"乡村女教师"的梦想；三层利用一半房顶修一间玻璃房，铺上水泥，将再不必与虫同眠……与此同时，八宿县政府还批给我们修建两个温室大棚的项目，批给村民修筑防野生动物的网围栏项目；西藏文联也批了给村里修建两间太阳能洗澡室的项目，真可谓四喜临门！我们虽每天处在施工的尘土和隆隆的机器声中，却因为憧憬，时刻处于兴奋状态，整天跟着民工跑前跑后，看他们砌水泥，看他们把牡丹牌太阳能翻山越岭地运进来。最让我们高兴的是，他们的小货车一周一趟往返八宿县城和尼巴村，拉来新鲜的蔬菜和肉，做饭的炊事员顿顿川菜烧得好吃极了，尤其是晚餐，那些工人下了工，跑去我们驻地后面的溪水畔垒石支起一口大锅烧水，一个个洗得干干净净，然后晚餐开始了。村民送的青稞白酒喝不完，我带的有蜂蜜，民工们晚餐很丰盛，总是六七个菜，我们就蹭他们的饭吃，请他们喝我们的蜂蜜和藏白酒。小李每晚和我们一起喝白酒、热烈地东南西北的聊天，白天要做课题时，她就爬到我们楼后面那株高高的核桃树上，捧着笔记本电脑写作。从那棵核桃树上，她可以远眺尼巴中村和下村的麦浪，鸟瞰层层梯田，而树下清冽的溪流，像是给她的背景音乐，她工作的情态真是浪漫极了。

但不等村里太阳能澡堂修完，我接到采风整个昌都地区的写作任务，不能驻守在尼巴村了，我和小李——这位适应能力极强的人类学女博士又要分别了……

②

记得是2017年，在拉萨学习唐卡绘画的尼巴村小伙昂桑突然患了脑结核，他昏迷不醒，我忙联系曾工作于西藏军区总医院的好友王英，请她帮忙安排住院。在脱离生命危险后，又拜托成都的同学石小宏帮忙联系医院；成都的爱心人士明老师垫付了住院押金，把昂桑送进了成都结核医院。再后来，当我回到成都，昂桑所需的医药费还需要募捐，好在我是广州明亮慈善基金会的志愿者，通过基金会的平台，成都和全国很多朋友都开始为昂桑捐款，但一周过去了，医药费还不够，就在这时，好几年没见的小李出现了，她在微信中告诉我说，她从来没有忘记过尼巴村，那里村民的笑容，那一树好吃的苹果……

几天后，小李一次捐赠了5万元，并捎来口信说：是我的朋友"苹果"捐的，苹果说，不够苹果再捐……

昂桑的医药费加上苹果的五万元，一下就凑够了。经由两个多月的治疗，他终于出院了。那天，我给他买了许多苹果，看着他香脆地吃着苹果，我想念小李了。小李那时刚毕业工作不久，经济并不宽裕，捐款的苹果是谁呢？想着，许许多多在昂桑求学、求医路上帮助过他的朋友：明老师、拉萨雪堆白学校、唐卡画师赤列啦以及至今一对一资助着昂桑的吕岩……他们的关爱，使昂桑今天的笑容里满是苹果般的幸福。

尼巴村的少男少女

①

那个大山深处的村庄长满了参天的被开满黄色芳香的灌木野花缠绕着的核桃古树，以及松林、桑树、千百株垂柳……我常感到那里就是电影《阿凡达》里通灵于自然的世界。

驻村的日子里，我常淌过溪水，拜访那些隐匿在丛林中的人家。桑西的家在村里峡谷中的西坡地带。爬上山坡，夏季，穿过芬芳的野蔷薇林和野花丛，再经过一株葱郁的百年松柏树，一条蜿蜒清亮的山泉水在他家门前流淌着，跨过溪水上的石条搭的小桥，一座古老的楼宅就在眼前了。参天的核桃古树环抱着古楼，楼宅四周是安详的田园。

山泥夯筑的楼宅已很古旧了，没有色彩。几面墙还是藤编泥糊的，但和后来尼巴村的建筑风格不同，有上翘的屋檐，有层次。一眼望去，让人联想楼宅里曾经庞大的家族神秘的生活和故事。

桑西的叔叔，我称他为"长牙大叔"，笑呵呵地为我打开了院门。只见几只小黑猪在满院湿泥里欢跳，我踮起脚尖，跟着长牙大叔小心穿过泥泞，经过一层的牲口棚，上到了二层的大厨房。桑西的妈妈和妹妹正在清洗葡萄，屋里光线有些暗，衬得桑西妈妈的皮肤和笑露的牙齿格外的白，以及那个正在和母亲学做葡萄酒的少女，昏暗的屋里，她望向我的一双眼睛好像两颗燃烧的星星。

桑西的母亲给我倒了一杯醇美的葡萄酒，少女捧来一串乌黑的葡萄要我品尝。葡萄都是村民自家种的。葡萄酒的酿制工艺，应该是从盐井那边传过来的。我心醉地喝着葡萄酒，听长牙大叔讲述他的儿子桑西。被烟熏得黑黑的墙上挂满了桑西的奖状，他是这个闭塞的山村里当时唯一的大学生，在西藏大学就读。

"桑西小时候最喜欢在那棵核桃古树下读书。"长牙大叔带我看过桑西从小学到大学的满墙奖状，又推开窗，远眺院墙外的一株盘根错节的核桃古树对我说。

漫坡核桃树，是尼巴村独有的风景。丰收季节，那些硕大的核桃皮薄、果仁洁白饱满，吃在嘴里，有一种茶香。那天下午，我跟着长牙大叔去到桑西少时读书的核桃古树下，只见树上已结满了青绿的核桃果。核桃树丫在我的头顶盘旋伸展，每一片核桃树叶嫩绿的叶脉透着光。藏族人信奉万物有灵，而古树，就是通灵的"禄"的寄居之所，是精灵的宿主。我那时就想象，桑西家的核桃古树上，住着千年精灵，当这位纯洁的尼巴少年在核桃古树下琅琅读书，精灵喜欢上了少年，它们陪伴着桑西，见证着桑西一点一点地努力成长，并考取大学……

桑西一家14口人：爷爷、父亲、叔叔、母亲、哥哥、嫂子和弟弟妹妹，除了五亩地、六匹牲口、十棵核桃树，没有其他经济收入。当桑西考上大学，家里每学期还得四处去借他的住宿费、学费等等，另外还要负担桑西三个弟弟在八宿县城读小学的诸多开销。

据说桑西的父亲有结核病，他住在下村的村头，那边还有家里的耕地，我常常看到他戴着一顶圆顶毡帽，骑着马往返在下村和西坡的家之间。桑西的叔叔长牙大叔是他父亲的兄弟，也是那个家里的主要劳动力。

我在走访桑西家时，心情有些复杂：桑西的家园，仙境般让我陶醉，但桑西不愿留在家里，他想要求学的人生梦想和父辈们不同。我怎样才能帮助他呢？只剩半个月我在尼巴村的驻村就要暂告段落时，我去八宿县把桑西的故事发到了我的博客。

回到拉萨不久，我的博文带来了好消息：义乌的博友张雪留言了：她愿意一对一资助桑西，成都的汪教授也愿意资助桑西。他们二位平均每月各资助500元，桑西的学费、生活费不再需要家里四处借钱了！也就在那年初夏，家里的蔷薇刚开花的时候，博友张雪来到了拉萨。

张雪先去西藏大学看望了桑西，然后他们一起来到我家。

那是我第一次见张雪，一个白皙、文静的姑娘，比桑西大不了几岁。我们一起在家里用餐，谈尼巴村，谈文学，才知道张雪还是一个文学青年。从此我们保持联系至今。已当妈妈的她，后来又介绍重庆的朋友宿雪雪一对一资助昌都山区贫困女孩丹增卓嘎读完了西藏职业技术学院，其间宿雪雪也曾飞到拉萨学校看望丹增卓嘎。而张雪和成都的朋友汪教授在桑西读西藏大学四年期间，二对一资助桑西，使桑西终能顺利毕业，获得了医学护理学本科文凭，现就业于昌都市藏医院。

除桑西外，汪文勇教授和夫人颜希那时还一对一资助着其他地区的十个贫困孩子。我因尼巴村，认识了他们和许多的爱心人士，这给了我信心。我敢于敲开尼巴村那些家门了。

②

当我得以再返尼巴村，我第一个去敲了桑西的家门。开门的是桑西的母亲，她疲倦而苍老的脸上露出了笑容。

"快请进，很久不见了！"她侧身让门时，有个少女像一阵闪电，从她身后飞躲而去。但我还是看清了那双羞怯而热烈的眸子，像两颗燃烧的星星。

"我这次来，想带桑西的妹妹白珍和村里其他两个女孩到八宿县民族服装厂学缝纫。"我在桑西家的大厨房坐下来，发现屋里冷清了许多，长牙大叔不在家。

"妈妈，我要去，让我去吧！"我的话音刚落，那少女突然跳了出来，急切地对自己的母亲说，一双手紧紧拽着她妈妈的手臂，摇晃着恳求。

不久，我在八宿县城等来了扎揩、达瓦和白珍。

"家里都同意了吧？"我问。巴宿县民族服装厂厂长洛松群培是我在写藏东纪行时认识的。他的家世和创业经历非常曲折，很遗憾后来我没能完稿。那时他答应我在尼巴村收学徒，免费教辍学少女学缝纫，带我参观了他的服装厂，他的工厂主要为昌都地区的学校订制藏式校服。他说这种校服是用呢子和人造毛缝制，冬天昌都地区的中小学没取暖设备，这种藏式校服既有民族特色，也很保暖。

洛松群培当时大概30多岁，很健谈，有很多创业思路，充满了活力。他还带我们参观了员工宿舍，在他的工厂里学习将食宿全免，学会手艺就留厂工作，月工资四千起……

"家里送我们来的，都同意了。"机灵的小姑娘扎揩笑容满面地说道。

达瓦直愣愣地也望着我点头，那眼神像是怕我突然不见了。她是我初到尼巴村时第一个见到的女孩。

"你多大了？怎么没去读书？"那天在去下村的路上，我遇见了背着柴垛的茜珍和达瓦以及她的继母。

"她15岁了，等着嫁人呢。"她们三个人在村里的小路旁坐下来和我聊天，达瓦的继母笑道。达瓦的脸脏脏的，满是泥和汗水，她傻傻地笑了笑，眼睛一眨不眨地盯着我看。后来才知道她母亲在她小时候就过世了，父亲再娶后现在的继母又生了三个弟妹，所以尽早把她嫁出去，这似乎不是一个玩笑。第二次见达瓦是在上村的半山腰，我要去爬山打电话，她赶着骡子下来，骡子背上驮了很多麦秆，她告诉我说，她们家有一块梯田在半山腰。我朝山上爬，回头时，见达瓦站在原地一直看着我，也是那种怕我丢了似的眼神。后来扎措带着达瓦和白珍来到我们工作组，我才明白了达瓦的心事，她不想嫁人，她想要我帮她去读书……

在八宿县民族服装厂厂长洛松群培的帮助下，三个尼巴少女顺利入学民族服装厂，一年后三个少女学会了缝纫手艺，开始领工资了。如今三个少女中，达瓦最优秀，年年被评为先进工作者。

③

驻村结束回到拉萨的一天，在拉萨学习唐卡的尼巴少年赤列把一个面色蜡黄、十分纤瘦的少女卓玛带到了我家。那时，成都的朋友瞿丽一对一资助着赤列学习唐卡，海南的吕岩老师在资助昂桑，阿坝的阿朵在资助诺布。孩子们学习都很勤奋，课余时间经常来帮我干一些体力活。

"阿佳，您能帮卓玛找一份工作吗？"赤列挠着头说。爱美的小伙子已把前额的头发挑染成了金红色，穿着有破洞装饰的牛仔裤，全身上下干干净净，很时髦。

"你们先进屋坐吧，先喝茶。"我说。

"阿佳叫你进来，来吧！"赤列突然放大了声音对卓玛说。一手提起她的包，一手向她比画着要她跟着进来。

"姑娘，你叫什么名字，是尼巴村哪一家的？我怎么没见过你？"我请两个孩子来到餐厅，给他们倒上两杯奶茶，问道。

卓玛见我嘴巴在动，眼睛看着她，知道我是在和她说话，但她听不清，所以一下子慌乱起来。

赤列忙大声把我的话用尼巴方言向卓玛重复了一遍，然后替卓玛回答我说："她是普琼的姐姐，阿佳您在我们尼巴村驻村时，卓玛被家里人送到八宿县一家小招待所当保洁去了，所以您没见过她。她耳朵不好。"

"卓玛你今年多大岁数了？"我也学赤列凑近她扯着嗓门大声问。

"我 19 岁了阿佳。"卓玛听见了，回答我的声音却细小得像老鼠，而且我听出来，她会说拉萨藏语。我很是吃惊：普琼和多吉是村里两个有听力障碍的孩子，我通过我侄儿在昌都的同学顿珠措姆的介绍，得知昌都市有一所特殊语言学校，招收有听力障碍的孩子，就把他们先后送去了那所学校学习，没想到普琼的姐姐卓玛的听力也这么差。

"卓玛你的听力怎么也会这么差？"我大声问她。少女露出洁白的牙齿羞涩地笑了，她摇头小声说："阿佳，我也不知道为什么。"

"哎……"我叹了口气，村里除了他们三个，杰诺的哥哥也有听力障碍。我知道为什么，是因为小时候耳朵发炎时不懂得及时医治。

我安排卓玛在我家一层的客房住下来，她耳朵不好，又不识字，一时很难给她找到工作。我们森色涧藏地公益服务队的副队长德吉央珍得知这一情况后，就让她的大儿子云登每周抽空过来给卓玛扫盲。

洗了澡，换了衣服，卓玛变得格外清秀，亮亮的含羞的双眼眼尾上翘，秀气的鼻梁，端正的唇齿，一米七的身材亭亭玉立。我吃惊地望着她，忍不住惊喜地对她说："你在家里安心住下来，要好好学习，不要着急去外面打工啊！"卓玛听话地点点头。但是每当云登在楼下的阳台上给卓玛读写藏文三十个字母和汉语拼音时，我就看到卓玛趴在桌上打哈欠。

"她怎么和弟弟普琼那么不一样？"我心想。难道卓玛不爱学习？我不大相信。她家的状况我了解。每次去下村走访，我都会去她家看看，因为那里有一个叫普琼的 12 岁男孩，又黄又瘦，又聋又哑，瘦小的身体不是背满了喂牛的草，就是蹲在地上洗衣服。他的妈妈在他很小的时候就去世了，年迈的父亲在八宿县小学一边做清洁工，一边照顾他哥哥的女儿读小学。那时曾听说过他还有一个姐姐在八宿县打工。他寄住在两个哥哥的家里，所以当我送他去昌都特殊教育学校时，懂事的普琼仿佛苦尽甘来，全心投入新的校园生活中，非常珍惜学习时光。普琼还当上了班长，除了学习和画画都是全年级第一名外，还是学校的田径健将。

109

个子长到一米八还要高，2021年普琼和同学们参加残奥会，捧回了三枚金奖。我感到卓玛和弟弟普琼有些不同。在我家住的那一段时间，她经常跑出去玩。因尼巴村有些她认识的人或在八宿县打工时认识的人也到拉萨了。一天晚上，窗外电闪雷鸣，下起瓢泼大雨，屋后那条湍急的河水因山上冲下来的泥沙，变成了黄褐色。

"儿子，我们下楼去看看卓玛吧？"我敲开儿子的房门，我有点害怕，院子里的树在雷电中抽搐，我不敢一个人下楼。

"没事妈妈，她耳朵听不见雷电！"儿子在画画。

"陪妈妈下去看看吧！"我恳求道。

"那一会儿我想吃外卖。"儿子乐呵呵地起身敲诈我。

"好好。"我忙连声答应。

院子里雷雨呼啸，我和儿子怎么也敲不开卓玛的房门，从里面反锁了。

"啊？这可怎么办？不会吓坏她了吧？"我惊慌地说。

儿子伸出两个指头："两份汉堡哈！"他加了一倍。见我无奈点头，他高兴地冲到雨里，跑到卓玛的窗下。

"窗户开着的！"暴雨淋湿了儿子的头发，他指着卓玛敞开的窗户大声对我说，尔后翻窗进去，从里面打开了门。

床是空的，地上扔着换下来的衣服和鞋子。

"她跑哪里去了？"我着急地拨通了赤列的电话。其实卓玛已经不是第一次晚上跑出去玩了。

电话那头，赤列通过几个来自尼巴村邻近村子的朋友，得到了卓玛在某家朗玛歌舞厅的准确位置。我决定开车去把她揪回来。

"加上明天晚上的电影票哦！"儿子来不及换衣服，继续抬高陪我的条件，一面乐呵呵跟我上了车。从小到大，前来我家借住的人各种各样，他已习惯陪我半夜开车去送人或者找人，并乐于乘我之危……

④

那晚从歌舞厅把卓玛找回来后,我几乎对她失去了信心。因她在八宿县打工的经历,和其他尼巴村孩子不同,她似乎沾染了一些不良习气。但第二天下午,微风习习,像是什么也没发生过,卓玛在院子里栽花,她非常喜欢花儿,从隔壁废弃的院子里把野花都挖到我家院子里,而那一段时间,家里也因她的到来,变得一尘不染,尤其是每间卧室的床被她收拾得像五星级宾馆,我那懒儿子的房间也变了模样,清爽洁净,他似乎很习惯卓玛变魔术般的保洁技术。

"妈妈,她是成年人了,去外面玩那是她的权利!"

"那怎么没见你去呢?"儿子是宅男,每天下班就关起门沉醉在他自己的钢琴和绘画世界里,他那么说,是因卓玛给家里带来了人气和清新。正在犹豫着是否送卓玛回老家时,我接到了雪堆白老师的电话,宋明校长同意接收卓玛去学习缝纫。聪慧俏丽的卓玛,终于有了出路。

入学后的卓玛变了,她学习勤奋,得到老师的好评。我远在麦迪逊的朋友薇妥莉亚也非常喜欢缝纫,她听了卓玛的故事后,开始一对一资助卓玛,懂事的卓玛一学会缝纫,就为薇妥莉亚缝制了漂亮的藏式背包和坎肩送给她,令薇妥莉亚爱不释手。几年后,卓玛从雪堆白学校毕业了,我朋友吴倩聘她做了"贝玛泽"服装公司的缝纫师,又因她长得漂亮,教会她出镜做服装模特儿。令我吃惊的是,2021年,她告诉我,她要自己创业,和自己的男友在拉萨八廓街开一家服装店……原来,聪明的卓玛在学校期间和后来在服装公司工作期间,竟把那些衣服的款式和尺寸全部背下来了,之后又去打工赚钱,买了两台缝纫机,和在服装公司认识的一个同事的弟弟——来自四川的帅小伙航一起开了一家服装店,爱情和事业一起到来……

111

在我这部书稿就要截稿时，赤列经由我们森瑟涧藏地公益服务队推荐，从拉萨雪堆白学校转到了上海的"海上青烘焙坊"，开始学习烘焙。他梦想把唐卡绘画中的色彩、传统图案等运用到烘焙技术中，以更早自立和创业；泽佳也经由爱心人士多年资助毕业，走上了工作岗位；桑诺的同学玉珍在拉萨自然美创始人王英的多年资助下也毕业成为白衣天使……尼巴村这时也已全村搬迁到八宿县，尼巴村的孩子们都长大了，他们经常带给我关于他们学习和工作的好消息。

2023年7月，时隔九年，当年我们一起徒步、翻山越岭沿着滚滚怒江去到昌都特殊教育学校就读的两个尼巴村孩子这时已经完成九年义务教育了。西藏雪堆白技工学校同意免费接收他俩到学校继续中专学习，学习陶艺制作和电脑平面设计；于是我和两位来自重庆的志愿者万老师、李老师一起再次奔赴昌都八宿县。此行除了顺利将两个有听力障碍的孩子送到了波密雪堆白校区，还得以走访搬迁到八宿县的乡亲，见到了考上昌都重点中学的美丽的"尼巴公主"，去到了一栋栋乡亲们搬迁后新建的漂亮的大宅院，看到乡亲们干净整洁的家园以及他们满眼的喜悦，我的心忽然感到一种释然，一种回家的感觉、全新的憧憬，在我和乡亲们久别重逢的拥抱中洋溢着……

下篇　鹏域

燃情岁月

——嘎玛沟铜佛打制传人贡嘎平措的故事

①

四月,我们从昌都市出发,慕名前往著名的民族民间手工艺术之乡嘎玛乡。嘎玛乡境内山高谷深,森林茂密。据说在那片具有传奇色彩的深沟里,住着3000多人,其中就有450多位身怀绝技:绘画唐卡、打制佛像、玛尼石刻以及金银匠、皮匠、木匠、铁匠等无所不有、无所不能……

我们沿着扎曲河北上,120多千米的道路中,214国道铺就的柏油路只有30千米,再往嘎玛沟里行驶,道路又开始在悬崖峭壁间颠簸盘绕。也许是连日奔波过于劳累,也许是窗外过于惊险,四个多小时飞腾的路上,我像枕着母亲疯狂的摇篮,竟睡着了。事实上,这段时间以来,面对瞬间可能粉身碎骨的险峻山路,除了酣然入梦,还能有别的选择吗?

但当耳畔的河水唱起舒缓的歌时,汽车驶入一片平原,我惊醒了!这样平坦的远景在昌都地区是少有的,只见云蒸霞蔚的山峦远远退到了地平线,杉树、桦树和松柏林温柔地环抱着这片湿润而葱郁的原野,我们一直被大山阻挡的饥渴的双眼,突然能看到远方了。

远方,一幢幢石木结构的房屋高低错落,房屋一层大多用不规整的石块垒筑；二层木屋用一根根圆木建成了墙体连着门窗，涂着绛红的颜色，坐落在河水的两岸和广阔的草甸上。

我们经过噶玛乡政府所在地，原计划先去坐落于嘎玛沟的藏传佛教噶玛噶举派的母寺噶玛寺，却被土村里传来的打击乐吸引，不由循声改道。

之前我有通过资料了解嘎玛沟的全貌，得知嘎玛沟里土村地处昌都市卡若区北部、扎曲河西岸，北与青海囊谦县接壤、东与卡若区柴维乡交接、西南与卡若区约巴乡毗邻。里土村有着悠久的从事手工艺的历史，传统手工艺有以打制佩饰为主的银铜工艺、唐卡绘画艺术、铜佛像锻造工艺、石刻工艺等。当然，我没想到这次会在半路转道，十分唐突地敲开了祖祖辈辈锻造铜佛像的著名工艺人贡嘎平措的家门。

②

贡嘎平措家建筑在一个山清水秀的坝子上。推开院门，只见四方形的院落有两层高。土夯、石木结构的藏式民居外表艳丽，屋内宽大，可容纳几代人共同居住和生活。贡嘎平措家二层的客厅十分宽敞，墙壁、木柜、梁柱、卡垫上都绘满了绚丽的图案。但来不及坐下喝一杯热茶，隔壁作坊里传来的敲打铜器的声音，令我们亢奋，我们循着声响大步走去。

只见三十平米左右的作坊里晨光流泻，三个英武的康巴汉子正高坐在各自的工作架上抡锤敲打着。坚硬的红铜，在他们铿锵有力和巧妙的敲打中，一锤一锤竟浮现出佛的笑容。我怔怔地望着眼前恍若梦境的场景，看到他们手臂上强壮的肌肉，仿佛挥动沧桑岁月却又柔情细腻……年龄大一些的可能就是贡嘎平措吧！他看上去五十出头，气质昂扬、肩宽体壮，脸上蓄着略微发白的一圈浅浅的络腮胡，头发上系着有些褪色的红缨子，一双大大的眼睛真诚而深邃，他的身边是他的儿子和孙子。儿子叫多吉塔孜，三十二岁，身段修长，五官像精雕细琢一般分明，可谓令人侧目的美男子！乐呵呵的孙子秋勇泽美面庞白皙，活泼而聪慧。见我们惊诧地望着他们爷孙三人，他们放下手里的铁锤站起来，笑容可掬地向我们问好。突然静下来的作坊像是暴雨骤停，耳畔只有他们爷孙三人如幻的话音："亚姆！亚姆！"（康巴人见面时的问候语。）

"打制铜佛的声音太激烈了，长期如此你们耳膜能承受吗？"我的耳畔依然是一片金属碰撞的回响，以至于自己的话语听上去都很是缥缈。

"我们喜欢听铜锤撞击的声响，一天听不到都不开心。"秋勇泽美笑起来有一对好看的小酒窝。

"是吗？"我惊讶地应着，转眼看到一尊两米多高的观音像的一只手臂落在地上，释迦牟尼佛的尊容则在地上的另一边。而环顾作坊，到处都有已打制完的佛菩萨像的局部，浮动着的残缺美和现代艺术的意境令我欣喜。我掏出笔记本开始现场提问贡嘎平措爷孙三人。

"在打制佛像的过程中，先要把各个部分分解，腿、手、躯干和头部都是分开打制，然后再焊接在一起。"我突然想到自己曾写的《佛说》的诗句：

  双眼虚空

  看见也看不见

  苹果般喜悦的双唇即使被分解

  还是微笑着

  外来的打击丝毫改变不了

  因为我的身体

  从里到外没有心

  没有器脏

即使切割

也不会流出一滴血

我是空的又真实如金

可以再冶炼成器

也可随风散去

我仅仅源自

人的内心

那些不安的心

无法眼见而彷徨

无法触及而恐慌

就铸造我

只为在宇宙里

向命运屈膝

……

③

"我们是严格遵照《度量经》中的比例和尺寸标准，首先在纸上打好格子，然后画图纸，再分解成局部分别打制。"贡嘎平措拿来一张格子上画好的佛的造像，要我们细看，但我的目光却落回到一张张平面的铜板上，心想，当它们魔术般变成佛的手臂、面容和头冠，沉沉的夜晚，或黎明的第一时分，不绝于耳的铁锤、电焊、凿子与生硬的铜板撞击、摩擦、融合、交汇的声响，定能使后现代思想与音乐从此诞生。

"是的是的！"贡嘎平措连连点头坚定地说："长年累月我们没有固定的时间，每天日出而作、日落而息。除了我们嘎宗家族的人，还有二十多个来自各地的学徒。"

"嘎宗家族？"我问。

"我们的祖先曾是赞普松赞干布的大臣。"贡嘎平措的藏袍上套着一件蓝布工作服，健壮胸肌的轮廓在他自豪的话语间，突出可见。他在我的笔记本上写下家族的藏文名称后，邀请我们到客厅小坐。

回到客厅，我们坐下来刚要端起茶杯，一回头目光立刻被一位怀有身孕的女子吸引了。她面容娇美如少女，头上和胸前戴满了九眼天珠、红珊瑚、绿松石，在沉甸甸珠宝配饰的叮咚中，正在火炉旁擀做面食。

贡嘎平措爷孙三人给我们端来了满大盆的风干牛肉、洁白的酸奶和滚烫的牛奶，他们彬彬有礼地隔着藏式木茶几站在我们对面，热情地边请我们品尝美食，边和我们畅谈。珠链满身的女子温婉地看看爷孙三人，转而对我们笑笑，又微微低下头擀着面，她的柔美与他们英武的气魄是那么迥异又和谐。我突然想到曾看过的那部电影《燃情岁月》，电影讲述了美国西部一户人家三兄弟爱上了同一个女人的故事。电影里广阔的山野及几兄弟的气质像极了贡嘎平措一家，我不由遐想眼前美丽的小女子，她也被家里的男人热烈地爱着，当他强悍有力地打制着铜佛时，心里一定盛满了对美丽女子的爱情……

见我一再凝望那美丽的女子，秋勇泽美笑容灿烂地介绍说，她是我的妻子。他的幸福溢于言表。如今，嘎宗家族四代同堂已有二十一口人，出家的有七人，十四个在家人中，有十一个男人，其中六个成年男子全部继承了祖辈传下来的精湛的打制铜佛的手工艺。

贡嘎平措说，家族传承下来的并不仅仅是锻造铜佛的手工艺，更是一种执着、坚定的品格，嘎宗家族因此才家业兴旺、幸福和睦。而嘎玛乡所有的手工艺人几乎无人酗酒、赌博和斗殴，嘎宗家族打制铜佛的手工艺以及嘎玛乡其他金银、唐卡、石刻等几乎所有手工艺的诞生和传承，大致是从1185年修建嘎玛寺开始，并得以世代相传。

不过我也看到另外的传说：七世噶玛巴（1454～1506年）维修扩建嘎玛寺时，从尼泊尔请来了打造佛像的工匠，这些尼泊尔工匠完工后就定居在里土村，使打制铜佛的手艺得以传播。

"我们打制的佛像在西藏以及其他地区远近闻名，每年接到的订单和邀请应接不暇。"贡嘎平措说话时，他那英俊的儿子多吉塔孜靠在圆木柱子上，点头微笑着，那洒脱的气质像极了美国西部牛仔。我不由再次想到电影《燃情岁月》。

④

隔着摆满食物的藏式茶几，贡嘎平措爷孙三人仍然姿态各异地和我们交谈着。耿直而质朴的贡嘎平措一直正面对着我们说话，他的脖子上系着一颗极其珍贵的天珠，这使得他看上去更有了一种神秘的岁月感；多吉塔孜始终笑吟吟地靠在圆木柱子上，头上垂着有些松散的黑缨子，披着黑色皮夹克，言语不多，显得高贵而优雅，像一位见多识广的绅士；而帅气的秋勇泽美最爱说话，一开口总是比画着，脚下不固定地挪动着，面对我们这些闯入的"外乡人"，他似乎更加活泼和快乐了："以前打制铜像都是用剪刀剪铜板，手非常痛，总是磨烂、起水泡，伤口很难愈合，但现在我们用电动切割，非常好！"秋勇泽美愉快地对我们说着，回过头又用康巴方言对还在擀面的妻子说了几句什么，小两口对话的模样和神情既亲切也很有分寸。

"你们总是打制那么大的佛像，很费体力吧？"喝完他们家滚烫的牛奶，我们又盛情难却地吃起美味的风干牛肉，然后，贡嘎平措给我们每人添满了酸奶，我有些顾不上说话了，在三位康巴汉子的注视下，继续品味起酸奶。洁白的酸奶是家里女人们亲手挤来牦牛奶制作的，吃在口中除了醇美，还感受到这个大家庭的爱与和谐。

"根据前来订制的人们的需要,我们也要锻造小佛像。"说完,看我们每个人碗里的酸奶吃得干干净净时,贡嘎平措走在前面,带我们从客厅来到佛堂。

只见佛龛里供有铂金的燃灯佛、释迦牟尼佛和未来佛,那些镶满珠宝的精美的佛冠、精雕细镂的佛佩饰和佛衣及莲纹,以及丝毫看不出焊接缝的幅度完美的佛指……不敢想象是由贡嘎平措他们这些康巴汉子粗大的双手打制出来的。

"我们锻造打制的佛像比尼泊尔的价位低,但工艺上毫不逊色。"贡嘎平措凝视着自己的作品,仿佛沉浸在回忆中。

"我们几兄弟八九岁时就开始跟着父亲学习手艺了,学习中,能得到父亲的肯定是我们最高兴的事。"多吉塔孜对我说。他微笑时,一双清澈的眼睛微微上翘,英俊之中显得十分仁善。

贡嘎次仁又叫儿子和孙子一起搬出新近打制的一个大型铜制曼扎(坛城)。那是佛教里象征宇宙时空的"模型",我不禁自语:"我们在那里面能做什么呢?"

快乐的小伙子秋勇泽美第一个回答说:"我想办工厂!办一个宽敞明亮的打制铜佛的大工厂!现在的作坊太小了,佛像和材料搬上搬下很费力,在小作坊里焊接也很不安全,容易失火……"秋勇泽美的梦想似乎与宇宙模型表达的无关,大家都笑起来。但的确,二楼上那不足三十平米的小作坊,怎能施展他们具有古老传承的精湛手艺呢!

"还有那么多学徒,他们的吃住都很困难……"多吉塔孜补充道。

"如果未来……"贡嘎平措的目光变得遥远起来:"我还是希望能去往宇宙另一方净土,传说中的香巴拉世界……"他的话音刚落,刚回来的几个学徒走进作坊,敲打起了铜板,那强有力的锤音,像是瞬间穿越时空,把我们从贡嘎平措向往的未来中,拉回到了现实。

大大小小的雨点这时飘落下来，我们该告辞了。我感到不舍，还想仰望英武的康巴男子们抡起有力的臂膀，一锤一锤把坚硬的红铜敲打成一朵朵莲花和梦想。

乘着大鹏鸟的翅膀

——回归西藏古象雄文明宝地孜珠寺

①

漫天风雪,我们穿行在铜铸、铁塑般的山海中,仿佛被强大的磁场环抱着,而当晨曦刚刚照亮山峦之上的布托湖,只见湖面的白雪光芒绽放,恍如传说中大鹏金翅鸟遗落在山野中的"琉璃真心"……遥远的孜珠寺,这时,就要到了。

位于昌都境内的丁青县,古称"琼布",藏语意为大鹏之子。这里的地貌也果然如一只从西向东、飞往横断山脉的"妙眼金翅"大鹏。其展开的巨翅盘旋在东部类乌齐县,西边那曲地区巴青县、索县,南部洛隆县、边坝县和北部青海省杂多、襄谦之内。藏东第一高峰、雍仲苯教圣山布加雪山犹如大鹏鸟头冠上璀璨的白羽。雍仲苯教寺院孜珠寺相传由大鹏鸟驻守。

孜珠寺就位于丁青县海拔4800米之上的孜珠山顶。"孜珠"意为六座山峰,那青铜色陡峭的造型各异的山峰突兀在天际,有的像腾飞的天龙,有的像在云海奔驰的雄狮,又像沉静的大象和威猛的大鹏鸟……雍仲苯教依照经律便把这六座奇峰称为"六道彼岩"。而在3000年前,在第二代赞普穆赤赞普倡导下,第一世穆邦萨东大师在如此高海拔和险要的峰峦之上选址建造孜珠寺，可谓雍仲苯教最为奇峻的构思和创举。

我们满怀期待，一路急行，只见遥远的地平线，像是起伏在大鹏金翅鸟琼布的背脊之上。突然间，六峰突兀，犹如铜莲出海，又似群鹏展翅，而悬空的僧舍在山峰之间像一场远古神话的远景，壮美的孜珠寺在云蒸霞蔚中……我们所有的人，顿时惊愕得失去言语。

但当我们向着孜珠寺盘山而上，一场天葬，正在孜珠半山腰的石岩上开始。

天葬是藏民族独有的一种丧葬文化。据说是起源于雍仲苯教的生命观。雍仲苯教认为，人死后，不灭的灵魂已往生，将遗体布施，是一种功德，能赎回生前食用动物肉等等罪孽。而兀鹫属于大型鸟类，一般栖息于高寒地带，它们翱翔于青藏高原的崇山峻岭之上，以食腐肉为生。传说当它们得知自己寿命将终的那一刻，将飞向太阳，在太阳的白焰中自我燃烧。因此，秃鹫又被视为一种可以令亡者的灵魂获得升华的神鸟。如今，天葬依然是藏地最广泛的丧葬方式。

我们默默地继续向上盘行，来到山顶孜珠大殿前时，回首一览，众山浩渺，但孜珠半山，仍可见天葬台上秃鹫扑扇着巨大的翅膀……死亡近在咫尺，孜珠寺也恍如海市蜃楼，而生与死、灵与肉，这永恒的追问，袭涌着我的忧思；相传，第38代赞普赤松德赞为巩固政权，将佛教引入吐蕃并逐渐颠覆雍仲苯教时，曾有十位雍仲苯教高僧带着苯教宝典隐匿孜珠山。

②

1971年8月的一天，孜珠寺在丁青县觉恩乡寻访到了一个幼童，当这个孩子十岁时，被认定为孜珠寺创建者穆邦萨东第43代转世灵童，赐法名丁真俄色。

那时，丁真俄色还是一个童心未泯的孩子，喜欢在泥土里打滚，漫山遍野追逐山羊，与野鹿赛跑，与野鸡玩耍，有时跑得连鞋底都没了。但13岁那年，丁真俄色少年初成，变得有些心绪不定，忽而欢喜地玩耍，忽而心中升起忧虑和烦闷。一天，他鼓起勇气向经师仁钦江参倾诉了自己的迷茫：最近一些日子，我时常心情不好……

仁钦江参慈爱地望着丁真俄色，向他讲述起一个又一个故事（丁真俄色后来将这些故事撰写在了《宝库》一书中）。

之后，仁钦江参安排他前往藏北的一个苯教寺院学习。在漫长的思辨和学修中，藏北草原日夜大雪纷飞，天寒地冻，气温达到了零下二十多度。丁真俄色和同学们每天都要站在雪野里辩经学习，两个膝盖冻得每挪动一步就会发出咔嚓咔嚓的声响，膝盖中间像有冰碴一般；因为雪灾，物资无法运送进来，春天山坡上刚有点绿色，同学们就去挖野草、野菜吃。吃了一段时间，丁真俄色觉得自己的碗都变绿了，他常常在山坡上遥望高空飞翔的鹰，想念孜珠寺和经师，幻想老鹰能背上自己回一趟孜珠山。

但在雪灾中，他生平第一次看到了直升飞机，当直升飞机飞过茫茫雪原，他和广大受灾牧民一起翘首企盼，希望飞机能多投一些食物下来。因为牧民们几乎陷入绝境，什么可烧的都没有了，连挤牛奶的木桶都砍下来烧火了。还有牦牛帐篷，是由木桩支撑搭起来的，也一根一根被取下烧了……草原上白茫茫一片除了白雪，都是冻死、饿死的牲畜。

那段经历令他亲见百姓生存的疾苦，使他在后来成为孜珠寺住持后，不忘救助孜珠山下受灾的农牧民和失学儿童。

③

"文化大革命"结束后，孜珠寺寻回了镇寺之宝法螺和无量光佛金

125

像。相传佛苯之争时，此佛像曾流落民间，遇到灾荒，收藏佛像的人家不得已用佛像换粮求生，之后，下一个收藏者再用佛像换粮，又使自己免于饿死。于是纯金佛像走过了一家又一家，在灾荒年里挽救了多个收藏人的生命。

相传孜珠寺的三宝为：法螺、无量光佛像和圣贤。丁真俄色因学识高深和心系民众，被孜珠山下的农牧民信众尊为孜珠寺的圣贤之宝。但那次采访，很遗憾没能见到他。是一位堪布接待了我们。

堪布有些不修边幅，满脸蓄着胡子，敞着衣袍，胸前挂着两串念珠，他用力和我们握手，语速很快地一口气向我们介绍说，自己叫次诚绕杰，今年60岁了，先后任孜珠寺内明院堪布和禅修院堪布。现在孜珠寺有30位格西，四位堪布。有3000多名僧人。开办了内明、辩论、禅修3所学校，僧人在孜珠寺从内明开始修学到禅定，要学习雍仲苯教187部显宗、密宗、大圆满经典。

次诚绕杰堪布介绍完后，带我们参观了新修建的孜珠寺大殿。

迈进孜珠寺大殿，我们再次为这座海拔4800米之上的建筑而惊叹。殿内，上万卷雍仲苯教经典整齐地收藏在四周玻璃面的墙柜中；大理石地面被打扫得一尘不染，一尊尊金铜合塑的造像、灵塔等环绕着富丽堂皇的大经堂。

"孜珠寺这所新殿，是在丁真俄色尊者弘法中，由西藏内外广大信众捐助修建的。雍仲苯教的法典、仪轨以及十二年一次的盛大神舞'极乐与地狱'等，在孜珠寺已得到了完整的保护和继承。"堪布次诚绕杰自豪地说。

"我们今天能采访丁真俄色住持吗？"我问。

"这是我的法座。在开法会时，我会高高坐在这个法座上。"堪布次诚绕杰并不急于回答，而是来到大殿右边空着的法座前笑着说。

我们笑了，举起相机给堪布次诚绕杰和他的法座合影。

"看，这是稀世大钹。"不等我们为他多拍几张留念照，堪布次诚绕杰已走在前面介绍说："传说桑杰林巴大师曾被邀请去嘉绒传法，当地诸位土司在大师返藏时供奉了许多法器，其中有明朝宣德皇帝御制的稀世大钹。返藏途中，大师发现法器太重，驴背被磨出了血，便命人把法器统统扔进江里。随从大惑不解，心里直叹可惜。回到孜珠山后，一日，桑杰林巴大师对僧众说，泉眼里有东西在闪光。众僧跑去一看，泉水里闪光的竟是那些被丢入江中的法器，正一件一件地从水下冒上来。原来，桑杰林巴大师心痛驴背被磨破，于是请龙界帮助，用水把大量法器'运'上了山。"

当我们仰望铜色大钹时，堪布次诚绕杰已开始娓娓道来。

"看，孜珠寺供奉着两个特别的舍利，是两块明显被手攥握得如同刀柄形状的石头。它们分别是孜珠寺 600 年前的罗丹宁布尊者和 300 年前的桑杰林巴大师留下的法身舍利。罗丹宁布尊者是 600 年前复兴苯教的上师，他的功绩非常多，例如为后世留下《祖师辛饶十二功绩》以及大批口传经卷，复兴了孜珠寺和众多丁青的苯教寺院……这块法身舍利，是罗丹宁布大师祈召天龙八部护佑孜珠寺复兴时，为了表明誓愿而塑成的。"

"300 年前的桑杰林巴尊者也是雍仲苯教著名的伏藏大师。他使孜珠寺得到空前发展，复兴了丁青以外的一大批雍仲苯教寺院。并云游四方，曾得到康熙皇帝的礼敬。他留下的法身舍利与罗丹宁布大师的一样，是誓愿的法证。"

"嗯嗯！"我们边点头，边继续洗耳恭听。

"这是自语观音。"堪布次诚绕杰让我们靠近仔细瞻仰后说道："三百年前的孜珠尊者桑杰林巴大师，是雍仲苯教历史上重要的伏藏大师和成就者，住世传法时即享有盛名。嘉绒土司经康熙皇帝批准，迎请桑杰林巴大师到嘉绒讲经传法。

不等我们驻留太久，堪布次诚绕杰又叫我们过去顶礼"生身舍利"。

"孜珠寺自创建以来出现了数以百计的大成就者，大成就者们留下不同形式的舍利，这颗舍利来自孜珠寺第一世仁波切穆邦萨东大师；这粒舍利来自三百年前的孜珠尊者桑杰林巴大师……"

"可以拍照吗？"我问。但堪布似乎来不及回答，他在佛殿里一刻不停地边走边给我们讲述着，像是要把三千多年的雍仲苯教的神话历史在几小时内全部灌入我们的脑子里。

"这是天铁佛像：天铁是西藏古代流传下来的一种奇异的金属，密度很大，极其稀少，在西藏它是无比珍贵的护身符。"

堪布次诚绕杰激流般的阐述中，我正感到恍惚眩晕时，上百位学僧涌进了大经殿。

原来，孜珠寺七天一次的辩经考试要开始了。

几位身材高大的经师缓缓入座在前面左右两排，接受考试的两名学僧看上去稍有些紧张，坐在了大经殿中间临时搬来的卡垫上。其他各年级学僧迅速坐满了经殿里一排排长长的卡垫。

辩经考试在向法教圣祖顶礼、祈祷、供奉圣灯等仪式之后，在接受考试的两位学僧前拉了根长长的绳子。堪布次诚绕杰和我们一起退到了经殿的边上，堪布对我们说，那是一条界线，以防提问的学僧太激动，冲进被考的学僧中。

辩经考试就要开始了，突然，堪布次诚绕杰大摇大摆穿过经殿，径直走到两位受考学生面前询问着什么，很多学僧见状都在笑他。看来他有些夸张的性情，大家都是知道的。

"一位28岁，叫多登扎西；一位21岁，叫美西旺布。他们俩分别是十二年级和五年级的学生。今天到场的一百多名学僧都要轮番上场与他俩辩经。"堪布次诚绕杰转回来告诉我们时，已有五六名学僧一起上场了，他们先退后几步，将右手上的念珠一甩，套到左臂上，再向前跨一大步，高高举起右手，用力下拍左手，响亮的击掌声中问题随之飞向座前的两位受考学僧。

我们站在一旁屏息观看着。暗暗想，接下来他们的辩经内容里不要再出现任何类别的神和神所为，以免把我脑子又搞得混乱起来……

两位参考的学僧稳坐正中，机智地回答着提问。接着第二批、第三批学僧逐一上场了，提问越发激烈和尖锐，被考问的两个学僧情绪也激动起来，而还没轮到上场发问的学僧们也蠢蠢欲动，有的坐在下面就击掌发问起来。辩论渐入高潮，提问的学僧一波一波涌上前，中间的绳子快被他们冲断了一般。

"他们所问所答，都是哲学、逻辑学范畴的关于生命、物质的构成和起源等。"堪布次诚绕杰过来向我们介绍说。

"走吧，这边一时还结束不了，我先带你们各处去看看。"我们正看得精彩，堪布次诚绕杰却要带我们去他的禅修学院。

从大经殿出来，阳光正好，云霞飘逸，堪布次诚绕杰快步走到了前面，不等我们拍摄美景。待我们气喘吁吁追上他的步伐时，他朝着更高的后山上，一个接一个经殿带我们参观，并一路向我们讲解道："据苯教学者研究认为，雍仲苯教至少有5000年的悠久历史。是雪域高原上土生土长，最古老的象藏苯教文化。雍仲苯教圣祖辛绕弥沃在古老的经典中，还记录了冶炼各种金属等。是辛绕弥沃圣祖在奠定工巧明的基础上，开创了雍仲苯教的理论体系。"说着，堪布次诚绕杰带我们跨进了一个小院子，里面稍大的房间里，有二十来位僧人在看经书。堪布次诚绕杰的脚步终于放慢下来，背着手说："这些都是我的学生，这里是我的禅修学院。"

学僧们抬头看看堪布，并不和他说话。我看到其中有位学僧头发都花白了，但有一位戴着眼镜看上去却很年轻。

"哦，这位学僧叫赤诚达吉，77岁了，已在我的禅修院学了八年了。那个叫雍仲坚赞，84年入寺，已学了15年，50岁了。这位叫赤诚丁真的学了16年了；他22岁，刚学了两年。"堪布次诚绕杰——地向我们介绍道。来到里间次诚绕杰堪布的经堂和卧室时，我小声地问他禅修院学制是几年呀？怎么那么大年纪的僧人还没毕业？

次诚绕杰堪布却要我看挂在墙上的一幅孜珠寺的唐卡图说："雍仲苯教在国内外恢复及新建了数百座寺院、大小修炼和闭关中心，遍及印度、尼泊尔等很多国家。说着，堪布次诚绕杰弯身从他矮木窄床前的藏式小桌上拿起小袋装的甘露丸送给我们。

"这是古象雄药丸吗？"我们这一问，堪布次诚绕杰再一次滔滔不绝起来：

"藏族医学很可能源自古象雄苯教，据尼玛丹增所撰《甘珠尔编目序言》说，《四部医典》中祈请仙人之名及医疗咒语均原封不动地保持了象雄美拉（雍仲苯教药师佛）语。另外从敦煌出土的《藏医针灸法残卷》中，也载有与中医不同灸法的针灸内容，如脑穴学、主治适应征及手法等，《残卷》的最末一段说：以上械治文书连王库中也没有，是集一切疗法之大成，可见象雄医学早已糅合到藏医学中，只不过由于年代久远，又缺少翔实的史料不容易分辨罢了。藏医在分析判断某一病症在病理上的远近诸种病因时，离不开卜算占卦，因此，在以五明学分类之医方明时，这种卜算占卦之术便收类于医方明之中。据苯教典籍记载：辛绕弥沃在为恰幸祖菲列加等人开示恰幸乘苯教之法时，亦将卦（mo）、占（pra）、禳（gtobcos）、星算（rtsis）和医学（smandpyad）融合在一起，也鉴于此理。据苯教文献载，辛绕的8个儿子中，有一个儿子栖布赤西（dpyadbukhrishes）被认为是藏医学的始祖。《善缘项饰》记载：栖布赤西王子，受教于其父并发大心，掌握医疗术等苯教诸法，贯通二万一千《疗方五部大续》大典，成就医药本师不二者，审编《疗方三十万》等。苯教《无垢光辉经》中说也提到了：《疗方五部大续》《九部大经》《八支秘诀》《小支二万一千》等由赤西王子和八大仙人保管。虽然西藏曾产生过如此众多而深广的医典，但实际保存至今的只有雍仲苯教《甘珠尔》中的《甘露宝藏四本目》，即《根本医典蓝本目》《养生药典白本目》《疗方花本目》《治病黑本目》。此四本目乃雍仲苯教《九部大经》中的《四个本目》。据考证，著名的藏医典籍《四部医典》亦根源于《疗方五部大续》，由藏传佛教宁玛派大译师贝若扎那译自雍仲苯教之医典。至今藏语中的warura（橄榄）、sletres（苦参）等药名仍用象雄语词。其他如卦、占、禳等方面的理论，后世著名的宁玛派学者米庞蒋扬嘉措曾进行过缜密的研究，并著有一本大部头的论著《象雄吉头》，收入在德格版《米庞全集》中……"

堪布次诚绕杰再次走回禅学院，还没忘记我前面问他的，当着学僧们的面说："他们什么时候学好了，什么时候才能毕业，没有时间限制，也可以永远在这里待着……"听了堪布的话，我们与学僧们面面相觑，很是尴尬。

那位77岁的老学僧抬眼看看堪布，又看看我们，什么都不说。22岁眉目清秀的学僧盘坐在卡垫上，抬眼看我们时神情有些矜持和谨慎。其他学僧既不对我们微笑，也不搭理堪布，似乎对我们如此的来访和堪布的介绍司空见惯了，无动于衷。

从堪布的禅修院出来，他带我们来到一座二层的土楼前，手心向上恭敬地说："这是丁真俄色住持的寝室，他非常朴素，里面很简陋，也不让寺院修整，所有钱都用于寺院和学僧们……"

一路上，我们听到了关于丁真俄色住持的各种传说，在网络上也看到了很多博客里写有他的事迹。

"丁真俄色住持除了去开会的时间，全年基本都在孜珠寺主持工作。他现在去了北京，翻译雍仲苯教大藏经。还有江苏、浙江一带，都去讲学过。"堪布次诚绕杰说起后面这些城市名称时，抬起来的手指了东边又指南面，对那些遥远城市的方位似乎很是迷茫和不知所云。他一定没去过这些地方吧？我笑着心里暗想。

山上烈日炎炎，身体强壮的次诚绕杰堪布带我们看过寺院干枯的水井，又向悬空的禅修房走去："冬天孜珠寺水井都干了，我们要到山下去背水，来回要走十多公里。"

在孜珠寺山上的坪坝上走都累得我们气喘吁吁，上下十多公里背水，真是难以想象啊！但当我们通过一段依着山崖修建的悬梯，来到山峰之间悬空的禅修房的屋顶，正在感叹古人绝妙的建筑思维和技术时，只见眼前云海苍茫，天地万象尽收眼底，那一刻，回望一切仿佛皆微不足道，只有一种永恒的、无限的爱，正从群山之巅飘扬而来……

④

堪布见我们不再打算和他一起继续转山，脸上露出失望之色。山风吹起他粗旧的僧袍，他直直地站在山口，望着我们远去的背影，似乎若有所思，又似乎对孜珠寺的阐释还意犹未尽。

我们也有些失落。一是此行匆忙，没想到会有缘结识这样一位可爱的堪布，堪布陪了我们一整天，我们却没有任何礼物可以送给他以表敬意；二是听说十二年一次的神舞法会，是孜珠寺最为隆重的盛事。僧人们会穿长袍、佩彩带，戴着各种面具扮演不同的角色……当然，此行最令我们遗憾的还是没能采访到丁真俄色住持。听说丁真俄色住持这一整年或者以后的多年都难回寺院了。因为2013年，国家首次启动了《古象雄大藏经》的汉译工程，这项工程历时十年，将探源古中国与古印度、古波斯、古希腊之间文明及文化互相影响、互相融合的历史。精通汉藏及象雄文字的丁真俄色住持，是雍仲苯教"译师传承"的八大成就者之一，将任该项目的主导译师。

　　下山的道路宛如激流。藏历四月十五的皓月照亮了布托湖，只见湖面上一夜消融的冰雪已春潮涌动，恍若变幻成了雍仲苯教左旋着的字符，我不由期待在这传说中的大鹏鸟之地，能乘着大鹏金翅鸟的翅膀，在湖面翱翔，再鸟瞰孜珠寺，溯源那藏地古老文化之泉眼……

水光线影佛子行

①

推开嘎玛德勒画师家的院门，老人正在院子里晨沐日光。那一瞬，当老人对我们爽朗一笑，我忽觉得他的气质、相貌与毕加索有几分相像。再仔细看，晨光像唐卡画布上谜一般的度量线影，将嘎玛德勒交织其中，他目光炯炯，身上没有一丝老年的迟暮。

听我们说明来意，老人一边请我们进屋喝茶，一边有些害羞地对我笑道："我一早起来还没洗脸呢！"

老人面色红润，走起路来腿脚灵活有力，一位八十四岁的老人，保有这么好的精神状态，令人惊喜。老人的左脸颊上的确黏着一块黑东西，我帮他抠下来，像是糌粑糊糊，又像是颜料。

老人带我来到小客厅坐下，见我的相机闪个不停，并不回避，对着镜头很自然地整理了一下自己的"服装"：金黄色薄绸衬衫，上面套着件深咖色马甲，然后微笑着向我们介绍说，他的爷爷吾扎，是嘎玛嘎赤唐卡画派第一位在民间开创的南卡扎西之后的传承人之一。后来到父亲西热洛桑再到如今的他自己，已是第十代嘎玛嘎赤唐卡民间画派的传承人了。

谈到自己的绘画生涯，嘎玛德勒老人有些激动，他带我们来到他洒满阳光的绘画室，滔滔不绝地讲述着那穿行在水光线影中的唐卡人生……

原来，嘎玛德勒出生在昌都市嘎玛嘎雪乡一个绘制唐卡的世家。嘎玛嘎雪村落按所处位置，分为上嘎雪、下嘎雪和左右嘎雪即"嘎雪亚域"。这些村落因嘎玛寺对唐卡、金属造像、法器等具有大量的需求，成为了宗教艺术工艺的传承地，造就了大批手工艺人，他们在寺院周围的村落定居和发展，形成依托寺院、村落和家庭为单位的民族手工艺之乡嘎玛乡。现今100多人口中，几乎家家都有唐卡画师。每个家庭都是一个工艺坊。而嘎玛德勒从小耳濡目染，心里早已种下了绘画唐卡的种子。八岁那年，年幼的嘎玛德勒已学习完四年的藏文课程，具备了初学唐卡的文化基础，他的父亲便开始向他传授唐卡绘制技艺。

父亲西热洛桑将一个有漂亮花朵手柄的绘画板交给他，又给了他一把小木尺、木头削成的画笔和一把削笔的小刀，帮他在小木板上均匀地涂上一层具有黏性的酥油，再撒上一层灶灰，手把手地教他握笔和唐卡绘画中的基础的造像量度。

教课的间隙，西热洛桑帮儿子削笔时，刀口朝里，将笔尖放在左掌拇指根部，并告诫他，如果刀口朝外，容易伤到他人，而学习唐卡的每一个细节和步骤，都必须记住。

如此，小小的嘎玛德勒每天随父母日出而作，一整天除了吃饭时间，全部盘坐在画室里学习唐卡绘画。他的小手因为刚开始练习笔力，父亲要求他握笔时拇指和食指中间要能放一个鸡蛋，另外三指要紧握，做到往里倒水也不漏，这样几天下来，嘎玛德勒右手虎口的位置都磨得红肿了，但他丝毫不觉得枯燥。有时，吃过晚饭，他又盘坐在自己的小卡垫上背诵造像量度，借着窗外的月光，默记经文中规定的数据和描画量度线。他在小木板上擦了又画，画了又擦，沉醉在横线、竖线、斜线纵横交错的世界中，第二天一早母亲来送早茶，才发现儿子竟捧着画板，和衣倒在小卡垫上睡了一整夜。

嘎玛德勒最开心的是和大家一起喝茶用餐的时间，除了全家人，还有父亲的其他十多个学徒。大家一边喝茶，一边指着自己身体的不同部位相互考试，这时，嘎玛德勒虽年纪最小，却能快速背诵造像量度在人体相应部位的名称和量度数据，得到父亲的夸奖和同学们的称赞。

四年以后，嘎玛德勒终于能将绘制佛像的不同的造像量度牢记在心并熟练绘制出来。十二岁时，噶玛德勒开始学习描绘唐卡画的线条了。这时的他，已深深迷恋上唐卡绘画艺术。当别的孩子在野外奔跑打斗，嬉戏玩乐，他却盘坐着全神贯注，屏气敛息，在一次次深呼吸的吐纳中，在画板上转动着小木笔，描画着细腻流畅的线条。

有时，他也会和村里的孩子们玩耍，但游戏会因为嘎玛德勒的到来改变内容，变成捏泥人、刻玛尼石或者在泥土中用手指写一个个漂亮的藏文书法。天赋过人的他，那时还学会了裁缝，小小年纪就会一针一线帮大人缝制衣服。

但每年夏天，因家里人手不够，嘎玛德勒必须放下画笔去远山放牧。对他来说，那是最漫长难熬的日子，他想回家学习画唐卡，满脑子都是一幅幅至美的唐卡构像。于是，在空旷的牧场上，嘎玛德勒看朵朵白云，看潺潺溪水，看水中的倒影，他感觉着无数银色的光线像是穿过了自己的身体，投射在白色的平坦的岩石上，变成了唐卡里的图画，令嘎玛德勒忘记了牧归，忘记了时间。他跪在草甸上，手握尖利的小片石，在岩石上忘情地刻绘着……

②

不久，嘎玛德勒的父亲从他绘制造像度量图到描线，即将教授他绘画唐卡中的佛像时，妈妈给他缝好了一件金黄色的薄绸衬衫，他贴身穿上的刹那，一种使命感和责任感油然而生。他知道，从这天开始，他将成为嘎玛嘎赤唐卡世家中第十代传承人了。

洗净双手，在白檀徐徐的暗香中，父亲西热洛桑终于开始教他在唐卡画布上绘制佛像了。与此同时，西热洛桑给儿子制定了严密的关于藏族历史和唐卡理论等方面的学习计划，并逐渐教会他唐卡矿物颜料的烤制和调色、上色以及描金绘银等技术。此后，勤奋好学的嘎玛德勒除了跟随父亲画唐卡，还去到嘎玛嘎雪各个村落广为拜师，几年下来，嘎玛德勒几乎拜访了嘎玛嘎雪所有的优秀画师，先后居住在这些画师家学习，以博采众家之长。

经过八年多夜以继日的苦学，这年，年满十四岁的嘎玛德勒不仅能够独立绘制唐卡，出色的绘画技能也让他在嘎玛嘎雪众多学习唐卡的青少年中脱颖而出，从学生成为了唐卡老师。而到了十七岁时，嘎玛德勒已成为嘎玛嘎雪公认的唐卡翁泽，即首席唐卡绘画师。除了在本村教授学徒，他还跟随舅舅、父亲及村里著名的唐卡画师们，应邀前往青海、四川、云南等地区的寺院绘画唐卡，成为闻名藏地的嘎玛嘎赤唐卡画派的著名画师。

③

但嘎玛德勒的生活并非完美。当舅舅和父亲先后去世，成家立业的他，也喜得子女。遗憾的是，两个孩子都是女儿。在当时，唐卡绘画通常是传男不传女的，在嘎玛嘎赤唐卡世家中，更没有过一个女性传承人。

望着可爱的女儿一天天长大，嘎玛德勒十分迷茫。时光不等人，嘎玛嘎赤的唐卡传承将如何继续下去？

终于，他想出了办法，他决意等待，等待女儿长大成人后，结婚生子，那时，嘎玛嘎赤唐卡第十一代传承人一定会诞生。

等待是漫长的。这年，嘎玛德勒已四十多岁了，他的唐卡学生这时可谓满天下，却没有一个直系亲属，没有一个家族的血脉。这时，嘎玛德勒舅舅的女儿以及其他地区前来求学的学徒里也有了女性求教。

自此，在嘎玛德勒的画室里，终于有了女性的倩影，每天从画室里传来的众学徒琅琅的读书声中，也有了女子柔婉的音色。嘎玛德勒为小女儿召回上门女婿后，这年也终于等到了嘎玛嘎赤唐卡画派第十一世传承人长孙丹增平措的出生。

④

随着唐卡绘画艺术的复兴，嘎玛德勒绘制的嘎玛嘎赤唐卡也获得了国家级非物质文化遗产保护并获得众多荣誉。前来求学、拜访及邀请嘎玛德勒绘制唐卡的人络绎不绝。

四月，嘎玛乡山野淡绿，空灵而寂静。八十四岁的嘎玛德勒戴着眼镜，正在指导学徒们在画布上绘制量度线，并教导学生：画师应该严格遵守法度绘制唐卡，不能随心所欲地改变，这也是对画师精神的考验，要求画师忘我绘作，在法度之内创造出最细微之美。

在我们的请求下，嘎玛德勒画师执笔为我们演示了给一幅画完的唐卡上色。老画师指着大大小小盛颜料的小碗介绍说：所有的颜料都是我们自己烤制、研磨的，都是纯天然矿植物颜料。采用纯金、纯天然矿植物颜料绘制的唐卡，能保证唐卡历经数百年仍不变色，且会随着时间的长久而越变越美。为了保证唐卡不掉色，必须严格遵守传统的绘制工艺，自制牛胶，自己加工颜料，采用层层薄积染色技法，使颜料深深地融到布纹中，这样就不怕卷裹，甚至把水泼到画面上，待其自行变干后，画面仍不会受到损伤改变。说着，嘎玛德勒以花青和石绿在画布的背景上点染出一层浅淡的春色，再用笔细调，层层渲染，于是在他具有神变般的笔下，佛像的背光渐渐变得清透如幻，天空的花青色变得均匀而明净，草地在纯净的石绿渲染下似有若无。

这晚，藏历十五的明月高照，仿佛在画布上投射出美妙的35种神秘华光，嘎玛德勒老画师睡意全无，他戴上眼镜，紧握画笔，屏气凝神，绘制着嘎玛嘎赤独具风格的唐卡。而他自己，仿佛已与所有的造像量度融合，每一条线格在他身体中犹如经络密布，合而为一。于是，嘎玛德勒一代唐卡大师，在他绘制的唐卡画卷中隐姓埋名，只求生生世世在水光线影中践行。

注释：

1.水光线影：据说佛陀的第一张画像，是当时的画家根据佛陀印在水塘中的倒影而绘制的，这幅画叫"曲伦玛"，即水中取出的画。另有传说：佛陀让光线穿过身体投射到画布上，画家按此轮廓和线条绘制出了佛陀肖像，叫作"沃色玛"，即光影绘出的佛像。

2.造像量度：即制作佛像所依据的收录于《甘珠尔》中的《造像量度经》中佛身体各部位的比例量度。

鲁姆达措

①

每年五月到六月间,丁青山野刚刚返青时,期待已久的丁青人,就已人手一把小挖镐,匍匐在海拔4000米以上的半雪半融的山峦草坡上,远远望去,像是五颜六色的虫草。

但真正的冬虫,这时才刚刚破土,长出三厘米左右深褐色的草尖尖。这时是虫草中最好的品质。错过这个时刻,虫草的草芽长得太长,冬虫的营养就会被消耗,再往后,雨季一来,虫草就会腐烂在泥土中。

于是,昌都市各县、各乡的人们也蠢蠢欲动,从各路出发,躲过一个个"岗哨",翻山越岭潜入了盛产虫草的丁青。但政府有规定:

凡是上山采挖虫草的人,必须持有本县户口,否则将一律按原籍遣返。而丁青县每逢虫草采挖季,都要在进入丁青的各个要道和山口设置岗哨,严查外来人员。

但虫草的诱惑,难以抵挡,虫草季刚到来一周,在丁青广袤的大山上,被巡查的外县人就达300多,他们全部被请下山,集中在丁青镇的一个大院里,等待各县前来领人。

听到这个消息,我们匆忙前往,心里暗暗想:"恐怕尼巴村的乡亲也在其中吧?"

昌都市除了靠近羌塘草原的高海拔地区类乌齐县和丁青县盛产虫草

外，其他山区虫草稀少。我们驻村的林卡乡尼巴村，四周的山上每年上去的人，也只能挖到二十到三十根虫草，而且品质远不如丁青的虫草。随着虫草不断的升值，传说丁青人越来越富有，家家买车建房，平均年收入仅虫草一项就可达五十万元，从前贫困的生活面貌迅速得以改变，令昌都其他地区的人们羡慕不已。为此，除了冒险潜入丁青挖虫草，还有少数男人为了获得丁青户籍，"远嫁"丁青，成为丁青的女婿后，便名正言顺地手持铁镐，奔向长满虫草的丁青大山。当然，丁青人具有游牧民族的智慧和精明，不是那么好糊弄的，为了杜绝为挖虫草而骗婚，丁青群众向政府要求，又出台了一个相应政策：即与丁青人结婚八年以上的外地人，才能在丁青的大山上采挖虫草……

②

被集中在丁青镇的300多个无证采挖虫草的外县人，焦急地等待着被遣返或者有人还想半途再返回丁青，偷跑上山挖虫草。他们戴着口罩帽子，混在丁青人中间，沉默寡言，匍匐在山上。夜晚再寒冷，也不敢下山或回到温暖的帐房。有的在丁青有亲戚，就冒险躲进亲戚家中，白天再乔装成丁青人，混到山上挖虫草。但即使如此，大部分外地人迟早会被当地人或者遣返人员发现，采挖虫草的致富之梦就将破碎。

遣返大院的铁大门外，站着两三个工作人员，二百多平米的大院里，满是无证挖虫草的外县人。

"一二一，一二一，一二三四……"一位被太阳晒得面色黝黑的工作人员喊着口号，为等待遣返回乡的人们操练队列。

我们走近一个个面孔仔细看，没有一个尼巴村人。一名工作人员指着院子边上的一个帐篷说："那里面也有外地挖虫草的人，都是年老体弱不能参加训练的。"

我们穿过院子里操练的人群,忙进到帐篷里看,有十几个妇女和几个五十多岁的人在悠闲地喝茶。

"你们都是从哪里来的?怎么没去和大家一起操练呢?"我们问。

"我有高血压。她们几个妇女血压也高,身体也不好,所以只能给大家烧茶,不参加训练。"一位面庞黝黑的大叔说。其他几个妇女躲闪着觉罗的相机,埋头笑。

"哈,他们身体不好还跑来丁青挖虫草?谁相信啊?"一位干部走进来笑道:"现在我们还得专门给他们腾出房子免费住宿,我们只有五个工作人员,每天要负责管理上百个等待遣返的挖虫草的外县人的生活!"

"阿佳,你们从哪里来呀?"我问。几个妇女你推我搡,最后一个脸上长着高原红的大姐被推到前面,她尴尬地笑着回答说:"我们几个是被一个康巴老板雇来挖虫草的,他前天晚上把我们拉到丁青县一个山沟里,让我们几个在冰旮旯里睡了一晚,第二天还没来得及挖虫草,就被工作组发现了……"

"你以为我们喜欢查你们吗?等你们被当地老百姓抓到,打断你们的腿怎么办?"工作组的干部笑道。

"真的会这样吗?"我吓了一跳。帐篷里另外几人连连点头。

"那你们不怕呀?"

"我们是丁青县里的人雇佣的。他们家没劳力上山挖虫草。"

"我们年年都在宣讲,但他们还是抱着侥幸心理,从西藏各个县跑来偷挖虫草。山南、日喀则,甚至青海的都有,这次最多的是昌都江达县的人。"工作组的干部从锅里盛满一杯藏茶,一面惬意地喝着,一面对我们无奈地笑道。这时,帐篷外面一阵骚动。原来几百人刚操练完,其中有来自昌都林卡乡叶巴村的人,他们认出了我们。

"你们是来接我们回村的吗?"一个看上去十分眼熟的康巴男子说。

他的后面，挤满了期待的人群。为了防止人们挤进帐篷，我们忙走出来，但立刻就被人们包围了。

原来问话的人叫多吉。曾在尼巴村罗布暂住于八宿县的家院里见过。

"你怎么也来丁青了？"我们话音刚落，只见多吉的身后，还有来自昌都林卡乡叶巴村、普龙村、果巴村的二十几张熟悉的面孔。这几个村子和我们驻村工作队所在地尼巴村紧邻，应该都见过的。

"你们可以带我们回村吗？"多吉和身后的人们争先问。

"不能不能，你们得等林卡乡工作人员来接你们回去。我们来丁青县另有工作。"听我们这么说，挤上前来的人们很是失望。

"有尼巴村的人吗？"我们担心地问。在尼巴村驻村近一年，我们已对那里的一切格外牵挂。

"还没有被发现……"工作人员回答道。

③

从遣返大院出来，我们变得忧心忡忡。在昌都偏远的山区，没有虫草，就意味着丧失了重要的经济来源，那么丁青、类乌齐这些虫草漫山的地区，究竟该不该让其他山区的人们共享资源呢？但年年发生的虫草之争又该如何解决呢？

布托卡草原在距离丁青县五十多公里的北部，海拔在4600米以上。六月初的草原上，只见一片片采挖虫草的帐篷，像五颜六色的蝴蝶，在山风中飞动着。而山上，匍匐于高山草甸的人群星罗棋布，紧贴着大山，像漫山绽放的邦锦梅朵（草甸花）。

我们在丁青县布托卡草原靠近路旁的一座小山丘旁停下车，看到不远处的山坡上，黑牦牛正在埋头舔食"虫草"，一对牧民母女一边放牧，一边匍匐着在寻找虫草。

我们忙几步跨上山坡，仔细观看母女俩如何寻觅虫草。

小女孩穿着鲜艳的红色上衣，有一双星星般黑亮的眼睛，见我们到来，她露出洁白的牙齿灿烂地笑着，随即又迅速在山坡草甸上匍匐寻觅，以示范给我们看。只见她手握一把小挖镐（镐头长十厘米，宽有三厘米，头尖而细。镐把长五十厘米左右），半侧着匍匐在湿滑的草地上，凝神屏气双眼开始"扫描"四周。

不到二十分钟，女孩欢叫起来，她又找到了几根虫草，要我们看。

原来，虫草在细密的草洼里，只是露出了一截三厘米左右深褐色的虫草的草体，人们称之为"虫角"。

"早晨容易找到虫草，到了中午阳光太强了就比较难找，只要看到一根，那附近一定还会有的。"小女孩见我们啧啧赞叹，扬起一张被太阳晒得像红苹果似的可爱的小脸蛋对我们笑道。

"真的？"我们兴奋地也学着小老师，匍匐在地，开始寻找虫草。

二十分钟、一个小时过去了，我们一行五人，一无所获。但就在这时，小女孩又快乐地叫喊起来，原来，她一次找到了一片虫草，共有十二根！小女孩的喜悦富有感染力。我们不由举起相机连连给她拍照，并与她们母女开心地攀谈起来。原来，小女孩叫鲁姆达措，今年十岁，和母亲斑珍在家放牧，没有读书上学。她们的家在丁青镇仲伯村。按照城里人的概念，三十三岁的斑珍是一位单身妈妈，曾先后与两个男子相爱，生下三个孩子。鲁姆达措是老大，家里还有两个孩子，一个四岁、一个出生才两个月，由斑珍的母亲在照料。孩子们的父亲先后都走了……当然，说这些事，斑珍并没有显露出对男人的抱怨，眼睛里也没有哀伤。鲁姆达措在一旁一边听妈妈说，一边扑闪着一双黑宝石般的眼睛对我们灿烂地笑。这时，漫山牦牛在追逐嬉戏，山下的布托湖雪光璀璨。

也许每天徜徉在大自然的怀抱里，情感的创伤就会不治而愈吧？我们疑惑地望着她们母女，高山草原游牧生活像一个谜，其中草原牧女的婚爱，在这采挖虫草的季节，越发显得不可知了。

"挖虫草时要距离虫子长出来的角的周围一寸左右，靠太近会挖断虫子（虫体）的，也不能用手拔，一拔就拔断了。"斑珍对我们说着，爱怜地望着女儿鲁姆达措笑道："我一上午才挖到十一根虫草，女儿挖了三十多根了，孩子们眼睛亮，是挖虫草的能手。"

"哦。"我们望着可爱的鲁姆达措，心想，难怪西藏的学校有虫草假，没有机灵的孩童们参加挖虫草，损失应该很大。

"那每年挖了虫草，你们是怎么开销的呢？"一个女人养育三个孩子外加一位老母亲，如果没有虫草收入，生活真是不堪想象啊！

"买卖虫草通常是男人们的事情……"斑珍说这话时，似乎忘记自己的男人已离家而去。

"我们一般用卖虫草的钱买粮食，很多人会盖新房、买车子。不过我和女儿因为要放牧，不能去大山深处挖虫草，一年的虫草收入也只够生活开支……"

"牦牛会找虫草吃吗？"我望着斑珍家的在长满虫草的山坡上漫步的牦牛，心想丁青的牦牛果真是吃着虫草喝着雪山圣水长大的哈！

"哈哈哈哈……"斑珍和鲁姆达措开心地笑起来，连连摇头道："牦牛也许会和杂草一起吃下虫草的角，但不是故意的。"

牦牛是高原之宝、雪域之舟。山再高、路再险，没有牦牛不能抵达和翻越的。可以说，因为驯服了牦牛，藏族人才得以在这片严酷的自然环境中更好地安居乐业。所以即使牦牛吃了虫草，那也是理所当然。

夏天，一种被叫作虫草菌的真菌孢子成熟散落后萌发成菌丝钻进蝠蛾的幼虫身体，吸取幼虫体内的营养。这时虫草菌长出很多丝状体，称为菌丝体。幼虫由于体内的营养物质被吸完，只剩下僵死的空壳，不能变成蝠蛾了。第二年春夏，气温和天气适合，菌丝体从幼虫的口中长出，伸出地面。顶端略为膨大，外形像根棒，表面有许多小球形孢子。这些孢子可在空气中飞舞传播，草丛里许多蝠蛾幼虫便又成为这些孢子的生活场所。

近春末夏初，虫子的头部长出一根紫红色的小草，高约二至五厘米，顶端有菠萝状的囊壳，这就是"夏草"。虫草这时发育得最饱满，体内有效成分最高，是采集的最好季节。西藏丁青地区盛产的虫草，因其生长于海拔4500米以上的高山冰雪草甸，可谓"虫草之王"。

丁青草原的牧人，除了虫草带来的经济价值，对这种珍稀的生命，却另有一番认识：

"虫子生了病，它头很痛很痛，痛得从地下面长出角来，到后来它的整个身子也会痛得从土里拱出来，但见了天，它就死了，那样子好可怜……"美丽的女孩鲁姆达措扑闪着一双清澈的大眼睛说时，她的母亲斑珍在一旁连连点头，眼神里有对冬虫之死的怜悯和女性生来怕见虫子的一丝胆怯。

当然，丁青地区无论男女老少，这个季节，几乎人手一镐，全民上山采挖虫草。尤其是近年来虫草在国内市场价格攀升，丁青农牧民对采挖虫草更为热切。

④

"虫草女孩"鲁姆达措可爱的面庞一路浮现在眼前，女孩纯真善良、明眸皓齿，像丁青草原的杰作，这令我们在丁青的虫草季节，滋生出一番别样情怀。我们告别母女俩，继续前行，车窗外，水草丰美的布托草原上，成群的黑牦牛、金色牦牛和白牦牛抬起纯洁无瑕的大眼睛，久久遥望着我们远行的车。而远处，布托和布托措青两汪高山湖泊一尘不染，无论采挖虫草的季节如何鼎沸，她们在初春之际，依然纹丝不动，冰清玉洁。

布托措青是两个不同面积的高山湖泊的通称，位于丁青县城北约25

公里处，是澜沧江支流色曲河上游两个并列的高山湖泊，海拔高度分别为4660米和4590米，两湖相距约6千米。西边的布托措青，湖长6.4千米，平均宽1.4千米，面积约9平方千米。布托措青北面的雪峰是唐古拉山，由现代冰川发育，据说冰川融水为湖水的主要补给来源。湖水11月份结冰，次年4月中旬化冻，是天鹅、野鸭等飞禽的栖息地。但这天，布托湖冰雪尚未融化，我们未能看见仙境般的"天鹅湖"，雪湖那绝尘之美，却令我诗情涌动——

  布托雪湖
  安驻在遥远的高岭
  夜很冷
  藏历四月十五的皓月渐渐来临
  你暗中春潮涌动
  灿若鱼鳞
  左旋右旋
  示现着如镜的生命
  我不由叹息
  时间的渺小
  而在你的面前
  我是时间里一枚随风飘散的种子
  怎么明了你存在的秘意

  也许第四纪之前
  在你的波涛中我娓娓如鱼
  今天再细看洪荒前的究竟
  你却静如处子

不留痕迹

那么布托湖呵

我可否一寸一寸

度量你累世的记忆

在你的舞姿中

可否让我再见鹏鸟展翅

可否赐予我雪湖水影中

神的美意

⑤

时间到正午时，我们在布托卡虫草采集点众多帐篷中间，找到了丁青县政府工作组的临时帐篷。工作组帐篷只留有两名工作人员，其他两名据说上山巡逻去了。得知我们到来，工作组两位朋友已在帐篷里的柴火炉上给我们炖好了一大锅排骨土豆。走进帐篷，只见四张钢丝床和一个火炉就是帐篷里全部的家当。工作组的朋友说，今年丁青县有虫草采集点70多个，已发放了4万多本虫草采挖证书，但实际采挖虫草的人数差不多有近五万人。丁青县政府为此从各个单位抽调了四百多人，设置了十九个检查、监督卡点，除了严格检查进出虫草点人们的户籍、证书，每天还要去山上巡逻，监督人们在挖完虫草后及时覆盖草土，以保护生态，并设置摩托车停放点，以免大量摩托车涌入草原和山地，损坏草场。并要维持采挖虫草期间的秩序并发现和解决虫草纠纷。工作组基本在五月初进驻各个虫草卡点和虫草采集点，到六月底虫草采挖全部结束后，才能撤离。

"布托卡采挖虫草的人不多，前面甘盐乡那边人很多。"工作组的朋友说。

吃过美味午餐，我们告辞出来，不过我们没有打算去甘盐乡山上的虫草采挖点，而是想去挖虫草的村民家，看看虫草究竟给村民的生活带来了怎样的改变。

下午快六点多钟时，我们到达了丁青县最西北紧邻那曲巴青县的甘岩乡岩堆村。

黄昏夕阳西照中的岩堆村，海拔大概有4600米以上，空气稀薄而寒冷。一个个牧女裹着头巾，只露出一双黑亮的眼睛，赶着一群群暮归的牦牛回到了村庄。上山挖虫草的人们这时也陆陆续续回村了。男人们骑着摩托车，女孩们走路，在岩堆村傍晚的炊烟中，一个个精神抖擞，满脸喜悦。顺着一条淌着泥水的小路，我们来到了泽布老人的家。

上到二楼的客厅，只见挂满了小羊皮口袋。原来，73岁的泽布老人现在家中有九口人上山挖虫草，一人一个羊皮口袋用来装各自每天挖到的虫草，由泽布老人统一计数和管理，最后卖完虫草再按照个人挖的虫草根数分配资金。

泽布老人给我们看他每天的记账本时感叹道："在1974年岩堆村改成了人民公社，人民公社开始收购虫草和其他藏药材，那时满山遍野长满了虫草，一天轻轻松松就可以挖到200根以上，一斤虫草卖得到六元钱。"说着，老人大方地把家里这几天刚挖的虫草给我们看。"我们村有四百多人，现在每年挖虫草的收入可以不用外出打工，并且也不用去县里买卖虫草，每年都会有大老板开车进来统一收购，价格也给得很合适。现在家家户户都有了经济收入，有了条件，都积极送孩子们去读书了。"

"这里人都像您家一样管理虫草吗？那卖得的钱会有人去丁青镇或者拉萨挥霍吗？"

我话音刚落，泽布老人连连摇头："没有没有！我们岩堆村没人酗酒，有了钱就送孩子去读书、买车、盖房子或者去拉萨买房子也有。这里有虫草是我们的福报，我们懂得惜福感恩，大家都在努力认真地生活！"

见泽布老人很不以为意，我们几个将信将疑。

正聊得开心，泽布老人的儿子、儿媳、孙子、孙女都回来了，家里要开晚饭了，我们忙告辞出来。

⑥

赶回丁青镇的第二天，阳光好极了，我们便在小镇里休息漫步。只见大多来自青海、甘肃的虫草商贩，已来到小镇，在小镇的街道两旁，摊开纸板，开始从本地人手中一根一根按照大小、色泽等论价，购买虫草。不过卖虫草的大多是类乌齐的农牧民，丁青采挖虫草才开始一周多，等到丰收，该是在六月底、七月初了。而成群的蝙蝠蛾，它们并不知，当自己在傍晚低飞于高山草甸，产卵繁衍，许多幼虫竟会在春回大地时独自幻变成摇曳的夏草。这一切，像一个谜，深藏在大自然浩瀚的生命之羽中，令我们思绪驰骋，久久流连于丁青神秘的大山的怀抱中。

幻听贡觉二重奏

在横断山的峡谷贡觉地区，谷深峰高，丘原起伏，传说这里自古战乱交错，强盗横行、英雄辈出，而境内怒江、金沙江、澜沧江三江交汇，犹如重奏曲诉说着一幕幕往事，在我们记忆的水面上，碎波闪耀……

一、母亲的炊烟和强盗的美食

①

进入贡觉，是从家家户户升起的袅袅炊烟开始的。那天，当我们随贡觉姑娘斯朗拉姆行至距离贡觉县三千米外的莫洛镇林通村时，一片美丽的田园风光出现在眼前。

"看，那就是我家，妈妈已在家等候你们。"

远远望去，只见田野间一幢幢民居，红木白墙，像一匹匹待发的红色骏马，又像散落在绿野里的红玛瑙。而时逢正午，从民居升起的袅袅炊烟，好像母亲温柔的歌曲，召唤着归家的游子。

"我从小就是在这个村庄里长大的。"斯朗拉姆现在是贡觉县的公务员，说话间，她美丽的眼睛里光芒闪耀，充满了对乡村、对童年的思恋。

"我妈妈要做贡觉小吃招待你们。"斯朗拉姆加快脚步，咽了口口水："我也很久没吃过妈妈做的'德古'了。"

走进绿树掩映的小村庄，我们来到一幢二层的民居楼下，斯朗拉姆朝楼上喊了几声，一位和蔼的中年妇女探出头来。

"快请上楼来！"中年妇女热情地对我们笑道。

推开一扇吱嘎作响的木门，我也仿佛听到了来自自己童年的声音，那时，拉萨的民居和斯朗拉姆家的一样，大门都是用厚重的木板制作的。门上镶着铜雕的装饰，画着月亮和太阳。

走进斯朗拉姆家的小院，右墙边整齐地码放着干牛粪饼，在阳光下散发着淡淡的青草味；靠门口的左边是一个牲口圈，圈养着几头黑白奶牛和两头小黑猪。

我们上到二层，斯朗拉姆的母亲已迎候在楼梯口。她的身后是一个温暖的玻璃阳台，种满了花，还有一个巨大的牛皮转经筒，就在玻璃阳台的正中。

"这是我妈妈卓嘎。"我们一边随阿妈卓嘎进屋，一边以拉萨的习俗向她问好："阿妈卓嘎啦，扎西德勒！"话音刚落，屋里火炉上升起的炊烟，带着草原和森林的气息迎面扑来。

"听说远方的客人要来，我正准备做德古招待你们呢。"阿妈卓嘎笑吟吟地说着，给我们斟满了酥油茶。

德古，藏语意为"豆糕"，是用黑色小扁豆磨制成粉末后，加工制作的一种贡觉地区特有的小吃。相传吐蕃时期贡觉县有位统治者叫方达律巴，一年，贡觉遭受自然灾害，粮食歉收，方达律巴下令把原本养马的扁豆磨成面粉，在锅里煮熟当作稀粥给灾民充饥。由于天气寒冷，当盛到最后时锅里的豆粥凉透凝成了块，但灾民依然吃得津津有味，达律王心生疑惑。等灾民散去，他见锅底还有几块残留，就随手舀来品尝，没想"豆糕"爽滑美味，令他格外欣喜。于是立刻叫人又熬好一锅，放至第二天一早冷冻成糕时，他一个人连吃几碗。从此，"德古"豆糕闻名遐迩，成为贡觉地区的名小吃。

②

德古小吃的传奇历史，让我们心生好奇，我们一心想看美食的整个制作过程。卓嘎大妈点着头，一边答应着，一边仔细给我们解释。她先带我们来到家里的粮仓，打开一个手工制作、藤条勒制的木桶，舀出满满一不锈钢盆的黑色小扁豆。然后在一个较现代化的电动打磨机里磨成粉，等到屋里火炉上铁锅里的水沸时，左手朝锅里均匀地撒放扁豆粉，右手握着一根三叉木棍不停地搅动。渐渐地，扁豆粉和沸水在阿妈卓嘎啦的笑容里融合。如此，一边撒入扁豆粉，一边搅动，大约十分钟后，锅里已熬制出香味四溢的扁豆粥。

阿妈卓嘎啦从锅里把扁豆粥盛到每个不锈钢盘中，放到屋外散热，还吩咐我们要耐心等待。

"这种扁豆一般都是野生的，营养价值很高，但人工种植产量很低，妈妈说一年能吃三次以上德古还能延年益寿。"斯朗拉姆说着，忍不住跑出去好几次看扁豆糕是否凉了。

等了差不多三十分钟，"德古"终于冷却凝结成块了。我们急不可待地端起各自的小盘子，学着斯朗拉姆拿起勺子在盘子里将"德古"划分成四块，再浇上新鲜的酸奶，哇，含在口中像奶冻，吃着浓稠可口，爽滑又有弹性，不由赞叹当年达律王的发现。而看似简单的"德古"小吃，也许是因为王者抚民的善行，因为百姓疾苦中获得的那份温暖，才有了如今的滋味。而今天，当我们遍行昌都，随斯朗拉姆返回家园，阿妈卓嘎啦为女儿斯朗拉姆和我们熬制的扁豆糕里，更是多了一份乡村的甜美和久别的亲情。

"听说左贡三岩一代过去很多强盗，经常出没在山区，拦截茶马古道上的商贩。他们肯定没福气吃这么美味的贡觉小吃吧？"我们连吃了

153

好几盘后,好奇地问道。

"是啊,他们的生活里没有炊烟,没有家,不过强盗也自有一种美食叫'阿多吉',制作方法也很特别,现在逢年过节还有人家做来吃,很美味。"阿妈卓嘎笑道。

"我们今天能尝到三岩一代的强盗流传下来的美食'阿多吉'吗?"我们贪心地问。

三岩位于贡觉东部,金沙江上游两岸。旧时广义的三岩地区包括金沙江两岸的今贡觉三岩、四川白玉县部分地区以及周边四川巴塘、西藏芒康和江达沿江部分乡村。这一地区的社会形态与其他藏族地区全然不同,被学术界定名为"原始父系制残余"。关于这一族群的来源,有人在江对岸的白玉三岩做考察时提出,这里有"象雄王朝穹氏的后裔""阿里古格觉达布的后裔""吐蕃贵族噶氏的后裔""氐羌南下与土著结合"等等之说。

传说贡觉三岩一带在旧时是西藏最远僻之地,非强悍者不能生存,人们以"病死为辱、刀死为荣"为座右铭。因此男人如不会打劫,就会被视为无能。"三岩"在藏语中,因多有强盗出没,又意为嫌恶之地。传说三岩强盗曾在驻藏大臣的地盘上抢劫了德格头领们的财物,并将乾隆帝赐给达赖喇嘛的茶包及人马一并劫掠。朝廷一时震怒,派兵进剿,未果。后光绪二十三年(1897年)四川总督鹿传霖派兵攻打三岩,但因三岩人强山险,未能深入,反提银4万两予之,又割巴塘土司蒋工之地相送,名曰:"保路钱,饬保大道不出劫案。嗣后不惟劫案迭出。"清政府恼羞成怒,再次用兵征讨三岩,却无功而返;光绪三十二年(1906年)前后,川滇边务大臣赵尔丰曾三剿三岩,但都屡屡受挫。直到清末宣统二年(1910年),赵尔丰才联合德格土司攻克三岩,并改土归流,1912年三岩地区设置武城县,设委员1名负责管理全县事务,划为巴安府(今巴塘县）。由此揭开了三岩一段"王化"的历史，三岩地区的名声由此传遍整个藏族地区。但关于三岩强盗的美食，我们还是第一次听说。

"邻居索勇家会做'阿多吉'，斯朗拉姆你带两位客人去问问？"卓嘎阿妈建议道。

索勇家的房子和阿妈卓嘎家的非常相似，院外拴着一只好看的西藏特有的长毛狮子狗，藏语称"阿索"，一见我们就狂吠起来。我们吓得连忙跑上楼，迎面看见一个小孩，扎着小马尾发，双眼透着英武之气，光脚骑在木凳子上当马鞍，突然一个跟头被"烈马"甩下来，仰面摔在了地上。

"哎呀，小心！"我们跑上去扶时，小家伙一点不哭已经再次翻身上马，那架势像要挑战和征服烈马一般。

"小家伙是男孩还是？"我们疑惑地问。

"男孩，男孩。今年三岁了，从出生到现在，还没有理过胎发。"一位中年男子上前抱起男孩说："他叫土登诺布，是我的孙子。"

"您就是会做'阿多吉'的索勇？"我问道。只见土登诺布穿着开裆裤，在索勇怀里乱蹬，想要挣脱，果然是个勇猛的男孩啊！我心想，曾经以抢劫和复仇为荣的三岩康巴男子，小时候恐怕也像眼前这个土登诺布一样不安分和顽皮吧？

"索勇大叔您知道三岩的'阿多吉'怎么做吗？我们家的两位客人想了解。"斯朗拉姆问道。

此时，窗外飘起小雨，天色阴霾，索勇看着我们，双眉微皱，像是陷入了过去的回忆。

原来，"阿多吉"的美味，并不是因三岩劫匪烹饪技术高明。曾经的三岩偏远穷困，土地贫瘠，资源匮乏。为了生存，只有靠男人们外出打劫以维持生计。但劫匪也有自己的原则，通常劫富不欺贫。经常埋伏在交通要道，打劫过往的商队，也时常偷袭邻近村庄里的富裕人家，抢劫牛羊。为了充饥，劫匪在宰杀牛羊后，便在野外搭起三石灶烧茶煮肉。然而，牛肚因硬而难以煮熟，劫匪便捡来白色鹅卵石，在火里烧红后，把牛肚剖开，放入牛肚中，再将牛肚绑起来，十来分钟后，以石炙熟，就可以吃了。这样烤出来的牛肚，既有肉香，又有烧烤的味道。这种吃法，现已在贡觉地区广泛流传，成为逢年过节时的一道美食。

我们没有品尝到"阿多吉"的美味，但心里却沉甸甸的。历史沧桑，一道流传已久的美食，原来诞自荒郊野岭，没有阿妈的炊烟，没有家的温暖，那些抢劫的男子汉，大口吃着"阿多吉"时，心，一定曾为贫苦的故乡而泪流。

细雨霏霏，索勇带我们来到村里的河畔，捡起烫炙"阿多吉"所用的白色鹅卵石，为我们唱起了当年三岩劫匪的强盗歌：

　　我骑在马上无忧无愁，
　　宝座上的头人可曾享受？
　　我漂泊无定浪迹天涯，
　　蓝天下大地是我的家。

　　我两袖清风从不痛苦，
　　早跟财神爷交上朋友；
　　从不计较命长命短，
　　世上没有什么可以留恋。

　　岩石山洞是我的住所，
　　不用学拉扯帐篷；
　　凶猛野牛是我的家畜，

不必拴牛养羊在家门口。

独自喝惯了大碗酒，
对头人从不会用敬语；
独自吃惯了大块肉，
从不会用指甲扯肉丝。

我虽不是喇嘛和头人，
谁的宝座都想去坐坐；
我虽不是高飞的大鹏鸟，
哪有高山就想歇歇脚。

我侠义从不想找靠山，
双柄长枪为我壮胆，
快马长刀是我的伙伴。

我从不愿拜头人，
高高蓝天是我的主宰；
我从不去点香火，
太阳月亮是我的保护神
……

苍凉而豪迈的歌声，伴随着刺骨的雪水飘向远方。那里，在激流之岸，三岩人曾经的生活已如一段传奇，消失在时间之外。

二、达律王千年后裔

①

阳光像白色飞羽，在贡觉县莫洛镇莫洛村无声轻翔着，令村庄沉浸在辽远的梦中。我们走过田野，那座距今一千多年前的达律王的白色宫殿，仿佛在时光的逆流中迎面而来。

据贡觉民间流传，贡觉地区著名的达律王，曾在吐蕃时期被赞普封王，统治贡觉一带，拥有领属百姓一千零九百多户，并在如今的莫洛村修建起达律王府。吐蕃政权瓦解之后，达律王族的地位也随之受到冲击。但因已有的财力和势力，仍在贡觉割据一方。直到元朝时期，才逐渐演变为一个部落首领。那时，相传在藏历第四饶迥木兔年（公元1225年），八思巴到康区时还曾专程拜访达律王。达律王为迎接八思巴的到来，在王府中为八思巴修建了一座经殿，以供八思巴大师传法和修行。八思巴大师待在达律王府的日子，与当时的达律部落首领成为知己和朋友，八思巴在经殿里特意绘制精美的壁画以作留念，并与当时达律王族的恰那多吉、巴藏卜等在达律王府举行了盛大的法事活动。临走时，八思巴特意将自己的妹妹阿乃卓玛许配给了达律王。明朝期间，达律王族的势力日渐衰弱，未能受到明朝政府的重用。清朝后期，达律王族的后代逐渐演变为贡觉的阿卡定本。"定"，藏语意为小部落或村寨，"本"意为"官"。"定本"合起来就是小部落头人，或者村长。

我们来到莫洛村时，达律王府虽在，但王府里达律王的后裔，只是贡觉县的普通农民了。在漫长的历史风云变幻中，达律王的后裔还在，还住在千年"王府"中，这可谓是一个奇迹。我们不由仔细打量眼前的"宫殿"：还好，还没有完全坍塌。外墙还可见千年风雨的沧桑。这时，达律王府古老的大门开了,一线光从门里透出来,我们看见一位中年妇女,五官端正,气质贤淑,原来她是现如今达律王族第十六代后裔格列巴松、的妻子松拉。虽是普通农民的女儿,但嫁给了达律王族千年后裔的松拉,在带我们走进幽深、昏暗的古宅时,她的背影也变得神秘而有些孤影绰绰。

穿过一段凹凸不平、遍地干草的牲口棚,达律王府内曾经的石阶出现在眼前,松拉拖着长袍,举起蜡烛,在摇曳的烛光中,我们看到岁月的尘埃,已把层层石阶淹没,我们小心地拾级而上时,一种庞大的寂静在四周扩散着:历史的沧桑从残破的墙缝里透来,令我们肃然惊心。我们屏息跟在松拉后面,一边听着自己的心跳,一边听到松拉的话语撞击到古宅的角落,再落回到黄土中:"据说过去进到王府之前,先要在这里煨桑。"

在石阶口,果然有一个方形的煨桑石炉像是一扇窗户,嵌在石土墙中,已被桑烟熏得乌黑了。门口应该还有侍卫吧?凶悍但并不高大,因为通向王府二层的门楣很是低矮。

低头进门,眼前突然一亮。原来二层是一个大客厅,采光很好,达律王族的后裔们,就生活在里面。男主人次仁旺久面色萎黄,身材矮小,正在用餐;女儿十六七岁,笑容灿烂,见有陌生人进来,很是顽皮地躲在柱子后面偷偷看着我们。

"其他人去挖虫草了。"松拉热情地给我们斟茶时,次仁旺久并不言语,只是对我们笑笑。

"我们有三个孩子。"松拉望一眼次仁旺久,回头对我们说:"大女儿次仁拉姆,现在西藏大学旅游系外语学院英汉翻译专业学习,儿子其洛次仁在家务农,小女儿索兰拉真在昌都读中学。"说着,松拉指指躲在柱子后面笑的女孩。

"达律王族现唯一的儿子没去上学?"我们吃了一惊。

159

松拉有些凄凉地笑了："什么达律王呀，只剩一个快要坍塌的破房子了。"她抚摸着女儿索兰拉真的头发说："孩子的父亲是普通农民，家里就一个儿子，就让他留在了家里。"

"可是……"话到嘴边，我没说出口，的确，过去的一切已成为历史。

"曾经为八思巴修建的佛堂还没有坍塌吧？"我们小心地问道。毕竟，环顾四周，如今的达律后裔都已是普通农牧民，怎堪历史的重负。

"在，只是快要坍塌了，我带你们去看看。"见我们对达律王族的历史略知一二，松拉显得很高兴，进屋拿来古旧的钥匙，又找来一把手电筒。这时，松拉的丈夫次仁旺久只是望着我们，友好地笑笑。一双透着病容的眼睛，像是盛满了沧桑。

达律王府的房子结构很是复杂。佛堂需要下到半二层，打开门，只见几根陈旧的梁柱，支撑着空空荡荡光线昏暗的旧屋子，有几处屋顶已可见坍塌迹象，而八思巴曾经绘制的壁画也已完全脱落，不留痕迹。

"佛堂里的佛像和文物，达律家的一位僧人全部收藏起来了，这里只留下这个法台。"松拉向我们介绍着，只见空空的佛堂里还燃着一盏酥油灯，看来达律家族的后裔并没有完全忘记过去。

"您的丈夫和孩子们知道达律王族曾经的故事吗？"

松拉点点头："听公公和丈夫讲过。但孩子们不知道。"说着，她又问："去下面的牢房看看吧？"

我们随松拉走过一段奇怪的窄径，下到底层另一个黑漆漆的矮屋内，什么也看不见。松拉打开手电，轻声告诉我们：传说达律王曾以美酒宴请心怀叵测、暗中想要谋反的一群官员，等他们喝得酩酊大醉时，就把他们引到这间牢房里，再扔进去一捆刀剑。不一会儿，里面的人就开始自相厮杀，如此，达律王再次稳坐江山。

松拉的故事无从考证，但她用手电照着牢房里的柱子，要我们看上面的血手印时，借着依稀的光线，我们似乎真的看到了千年前，在这间牢房里刀枪撞击，垂死挣扎时，留在粗大的柱子上的血手指印。一股寒气逼来，我们打了个寒战，血腥与屠杀仿佛在黑暗中即将重现。松拉却很淡定，她伸出五指，贴在木柱的血印上，说："看，那时人的手好大！"

我们凑近了看，一时间刀光剑影恍若闪电般出现眼前，而牢房里的每个柱子上，都留有血手印。

权力总是被血腥浸染啊！想着，我们正欲离开现场，松拉的手电突然照亮了屋子最深处的一个角落，那里立放着一个完整的马头。松拉说："传说那是达律王曾经的坐骑的马头。"

达律王的坐骑据说是白色的，像旋风一般迅速和敏捷。达律王死后，白马也逝，族人留下马头，以作纪念。望着黑暗牢房里双眼紧闭的马头，我们不由遐想联翩，这匹马儿的头颅还在，那么达律王的尸骨是否像人们传说的一般，真的化作了巨蟒，在漆漆黑夜，会环绕达律王府旋转呢？

②

千年历史已无从寻踪。但可以推断的一点是，达律王当时在贡觉地区，并非一个暴君，否则，在具有复仇传统的贡觉地区，他的后裔可能早已死于刀下。贡觉地区曾流传有这么一句话："女孩十三岁嫁人，男孩十三岁杀人。"这种历史遗留的仇杀陋习，在风云跌宕的岁月中，很难有人幸免。因此，达律王的后裔至今还能延续血脉，世代留守在达律王府，应该是祖辈并没有与众人结仇。昔日的达律王，以此推论，也应该不是一位骄横跋扈的暴君。

想着，我们听到楼上有人在喊。原来，不言不语的次仁旺久在我们走后，叫人去找来了在附近山上挖虫草的儿子其洛次仁。

看上去十七八岁的其洛次仁目光炯炯，可谓英俊少年。虽经过十六代岁月的演变，但少年的身上，还依稀可见一种从容、无畏的王族的气质。

跟着少年一起来的还有一位僧人，据说是孩子们的舅舅。一时间，我们站在千年达律王府昔日的客厅里，开始了一场关于少年其洛次仁是否应该复学的讨论。

"主要是父亲不让我读书，说家里只有我一个男孩子，要承担家庭的担子。我自己很想读书。"

其洛次仁说时，松拉慈爱地望着儿子，点头表示同意。又拿来在藏大读书的女儿的照片给我们看。照片里的女孩格外靓丽，真不敢相信是从这座偏远、残破的房屋里走出去的。

讨论没有结果，松拉又带我们看达律王府曾经的厨房。

厨房顶上的层层油烟，是一千多年以来留下的。松拉说时，其洛次仁跟了进来，指着厨房里的那些黑陶罐说："那些也是祖父们用过的。"

听到其洛次仁说到自己的祖辈，我不由回头端详他。少年的确有一种特殊的气质，真该走出乡村去读书啊！当然，留下来，在莫洛村这方水土的养育中，为王族传宗接代，也是很沉重的现实。但眼前，曾经的炊烟已变成屋顶的层层化石，王府院外，王者曾经上马的石阶也已残断，王府前方的三岔路口上，王者的尸骨早已掩埋于乱石坟茔之下。只有阳光静止如昨，只有耳畔幻幻升起的贡觉二重奏中，达律王府千古飘来的那支幻幻的音：

  一身复现刹尘身
  一尘中有尘数刹
  一一毛端三世海
  十方尘刹诸毛端
  而莲花不着水
  日月不住空
  生生际必死

积积际必尽
合合久必分
堆堆际必倒
高高际必坠
……

绝尘之境

——漫游然乌湖和来古冰川

①

"然乌",意为"山羊的乳汁"。穿过漫天雨雪,来到然乌湖畔时,雪山的倒影在雪湖中涟漪,我们仿佛身处壮美的水墨画中,不由如痴如醉。这时雨雪打湿了我们的头发,风儿带着冰雪的微笑,从湖心袭来。那一刻,在然乌湖的怀抱,我们的内心突然像是盛满了幸福;而那幸福,一如然乌湖般清纯和悠远……

"我真希望发展旅游业时不要在然乌湖畔置入水泥。"从小在然乌湖畔长大的康巴汉子斯朗群培忽然自言自语道:"湖畔的草甸那么美,而水泥很丑陋和冰冷。"

斯朗群培是然乌湖畔瓦巴村的村长,身材高大,气质粗犷。但远眺雨雪迷蒙的然乌湖,他的神情却变得格外柔情:"我们从小在然乌湖畔放牧,常睡在湖畔绿丝绒毯一般柔美的草甸上,听着牛羊舔着青草,眼望远天的朵朵白云……"说着,斯朗群培指着前方的雪山轻摇腰身,在身后划出一个袅娜的弧形:"看,从山上飞下来的湖水,就像金翅鸟迤逦的尾羽,传说那座山是金翅鸟的头,然乌湖是金翅鸟的尾羽幻变的。"斯朗群培满怀柔情的声音令我们吃惊。

"不能盖高楼大厦，不能铺水泥破坏湖畔的草甸……"

我们连连点头，回望然乌湖，听到湖水和飞禽两相呼应，听到湖畔的瓦巴村里，人们在酥油灯前轻声为然乌湖唱起的赞美诗……

②

然乌湖位于318国道旁昌都地区八宿县的西南角，湖面的海拔高度为3850米。湖长29千米，宽平均不到1千米，水深不超过6米，呈狭长条形。湖水飘逸，的确像极了金翅鸟的尾羽。

然乌湖是堰塞湖。湖的西南是岗日嘎布雪山，正南有阿扎贡拉冰川，东北方向有伯舒拉岭。四周雪山的冰雪融水构成了然乌湖主要的补给水源，所以湖水矿化度很低，每升水仅含盐0.3克，属淡水湖。然乌湖向西倾泻形成西藏著名河流雅鲁藏布江重要支流帕隆藏布的上源之一。近年来，然乌湖的美丽景色吸引了众多游客，成为发展旅游业的一大亮点。

"你看那边湖畔要修停车场，我们希望不要铺水泥，想办法保护草甸。"

漫天雨雪令然乌湖犹如绝尘的诗境，斯朗群培一边带我们转湖，一边还在格外担忧地说着。

"看湖中间的那个小岛，就是龙王岛。"顺着斯朗群培的目光望去，只见缥缈的湖水中间，有一方绿树环绕的岛屿，面积不大，静如禅意；湖畔细沙如银，一条古老的木筏搁浅在沙滩。我们站上木筏，轻摇船桨时，仿佛看见瓦巴村的先祖，在夏季载着牦牛、骡马过岸，去到湖对面的山上放牧；而每逢藏历十五，瓦巴村民盛装出发，前往"龙王岛"隆重敬供龙神。传说时逢干旱少雨之际，仁慈的龙王听闻瓦巴村民的祈祷，很快会天降甘露，润泽然乌湖畔的田野。因此，从古至今，瓦巴村的庄稼年年丰收，风调雨顺。为了感恩，瓦巴村民时刻不忘顶礼然乌湖，将然乌湖和龙王岛上的一草一木以及一切生灵奉为神恩所赐。

③

听斯朗群培说在然乌湖旁的大山上，还有一个秘境"拉姆玉措"，即绿松石仙女。不等风停雨住，我们就迫不及待地上山了。

大山潮湿而葱郁，我们一行拾级而上，半个多小时后，翻过山顶，只见峡谷中，一片茂盛的松林环绕着一潭静默的湖，湖水在天光中变幻着颜色，忽而碧如松石，忽而轻泛涟漪，像仙女挽起纱丽，依风回眸……

> 在那东山顶上
> 升起洁白的月亮
> 玛吉阿妈的面容
> 浮现在我的心上
> ……

雪花纷飞，拉姆玉措在飞雪的簇拥中，明丽如一轮皎月，仿佛示现着六世达赖喇嘛仓央嘉措的诗之境。我们心驰神往，不顾峡谷松林里深及膝盖的积雪，扑向拉姆玉措。但拉姆玉措晶莹剔透，似悬于天崖。我们先后扑倒在积雪中，也难能靠近。斯朗群培躺在积雪的深坑里，开怀地笑着，似乎猜透了拉姆玉措的游戏。原来，我们得下到峡谷，绕道拉姆玉措的对岸，才能一览湖色。

甘美的雪花，空灵的湖色山谷，把我们一个个变成了冰雪仙子。当我们终于来到拉姆玉措的身旁，清冽的湖水里，松柏和雪峰的倒影犹如湖的层叠的秘门，又如绿松石仙女潜藏的心绪；我们在湖畔流连忘返，梦想着在仙境般的峡谷里搭建一座覆满白雪的小木屋，日夜伴随着绿松石仙女……人生的酣畅在那一时,像雪花般绽开,世间什么能比。

④

当然,瓦巴村民年年岁岁依偎着金翅鸟尾羽和绿松石仙女,他们的日子可谓世界上最丰美的时光。斯朗群培就像其中的宠儿,身上散发着纯洁、率真和善与美。这天,从拉姆玉措回来,风雪已把瓦巴村变成了一派黑白素颜,天色已近黄昏,但斯朗群培丝毫没有回家的意思,而是带我们走进村庄,来到一户又一户村民家。

"这是我们村里曾经最贫困的一户,他叫巴桑。他小时候家里贫穷,经常是糌粑不够吃,他结婚生了孩子后就更困难了。一直到政府给困难户安居补助后,我们村委会决定让他家先盖起这几间房子,又扶持他家开办'藏家乐'。现在生活条件完全改善了……"斯朗群培介绍时,巴桑已给我们倒上了滚烫的酥油茶。他笑容谦恭,气质干练,大约三十多岁;家里收拾得干净、整洁。新盖起的三层小楼,已挂上了"藏家乐"的牌子。巴桑带着我们上到二楼,推开一间房门时,里面住着两个汉族年轻人。

"这么冷的天,你们也来然乌湖啦?"我们好奇地问。

"我们是徒搭来的,搭一段车,再徒步走一段路。这样的季节可以看到雪,非常好!"两个年轻人开心地笑道。

"你们住在这里冷不冷啊?"此刻然乌湖和瓦巴村的景色虽美如一幅水墨画,但农家客栈里还没有取暖设施。

"很好!藏族人很淳朴,待人很热情。他们一是一,二是二,不会宰游客,我们住着很安心。巴桑大叔的酥油茶也很好喝,喝了就一点都不觉得冷。"我们听着,连连点头,两个年轻人看上去是九〇后,住在巴桑家,也算见到了然乌湖的"主人",他们是这片土地的灵魂所在。否则,现在很多背包客和骑行客等旅游西藏的人,在饱览藏地风光后,

167

对风光之中蕴藏的文化内涵知道得并不多。想着，我们回头看巴桑和斯朗群培，只见两位康巴汉子听到赞扬，很是羞涩和腼腆，那是一种我所熟悉的藏族人的性格特征和心理状态。

从巴桑的藏家乐客栈出来，夜像黑色绸缎，飘扬在闪着光的然乌湖的上空。雨滴携着蝉翼般轻盈的雪花温柔地袭来，我们裹紧衣袍，心里却格外温暖。斯朗群培这时指着瓦巴村深处的一家灯火说："我再带你们去顿月爷爷家吧。"说着，他走在前面，高大的体魄好像一位国王，带着我们深夜踏雪，探访他深爱的子民。

原来，七十岁的顿月老人是瓦巴村的知识分子，曾在然乌湖畔的巴瓦村执教34年，是斯朗群培崇敬的偶像。老人坐在火炉旁，慈祥而从容地给我们讲述着他的人生故事，往事如窗外的雪花，在我们眼前喜悦地纷飞着。

"我们祖祖辈辈在然乌湖的庇护中安享人生。我们和瓦巴村长斯朗群培一样，希望在发展旅游经济时，能够保护好然乌湖的一草一木……"顿月老人说时，他的孙子望着我们，那闪烁着星辰般的眼睛一尘不染，令我们恍然领悟，斯朗群培和顿月老人以及瓦巴村民们的愿望：保护好然乌湖，才能守护住初心的纯净。

⑤

这夜，我们整夜听雪，一丝一丝、一瓣一瓣融入湖水时，金翅鸟的尾羽在雪中左右涟漪，轻旋曼舞，令我们酣然入梦。

梦是白色的，挂在高高的树梢，滴着晶莹的雪；梦里的村落也是白色的。小鸟飞来屋檐，抖落一身的雪花。这时，有一行脚印，从村里出发，经过白雪皑皑的山野，一直去到了雪山深处。那里，连绵的冰山闪烁着幽蓝的光。雪还在下，那双匆忙的脚步迟疑着停下来，左顾右盼，流下两行无辜的眼泪。原来,它就是那只会说话的灵性小狗狗。但他的主人是一个凶悍猎人,杀生无数。小狗狗因此常陷入懊悔,不想再帮助恶行的主人。这天,主人终于答应狗狗离开,但提出条件说,要狗狗最后一次捕来一个只听说过、但谁也没有见过的物种。

狗狗流着泪,冒着风雪找啊找,在寂静的冰山群中,突然它听见一种莫名的声音,却看不见踪迹。狗狗循声追赶,追啊追,终于看到一个像大雪球长满了眼睛的东西,狗狗心想,这就是传说中的月蚀兽吧!狗狗将月蚀兽逼到一个山洞中时,猎人赶来了。他举枪对着月蚀兽就打,枪声中雪山、冰川轰然倒塌,将整个亚隆村埋没了,无一人幸存……

"亚隆冰川,就耸立在原来的亚隆村上。每年夏季冰川退缩时,偶尔还能在那里捡到亚隆村人们用过的东西……"说话的老人拄着拐杖,也叫群培,是来古村的村长。原来夜行一路,穿过广袤的沙滩和沙棘林,一梦醒来,我们已从然乌湖畔,抵达来古冰川的来古村。

"我们来古村,是西藏唯一在冰舌上的村庄。就在雅隆冰川的舌尖上。但没三个月时间,不可能转完所有的冰川。"老村长群培被常年的雪光反射得脸色黝黑,腿上也因这里天寒地冻,患有严重的风湿性关节炎。而来古村的海拔比然乌湖还要高,我们一边走一边说话时,看到老村长和斯朗群培因缺氧而微微有些气喘。是啊,冰川虽美,却并不适宜人类生存。而关于雪崩的传说,阐释着来古村民对善恶的理解:因为昨天的杀戮,今天才会如此皑皑冰雪。

雪越下越大了,雪花如激烈的白焰,像是在为沉睡在亚隆冰川下的人们无声地呐喊和燃烧。极目远眺,来古冰川,也已被雪雾遮挡。

"来古冰川原名的意思是'开启山崖之门',但外来人习惯以来古村称呼冰川群。冰川群地处然乌湖上游,由雅砻冰川、康玛冰川、雄加冰川、通噶冰川、美西冰川、日久冰川等组成。"老村长群培的介绍和我们从百度上读到的有些不同。但穿过风雪,我们终于走到了村委会温暖的办公室。屋子里散发着燃烧松柏枝和牛粪的清香，一位美丽的女子已烧好了火炉、煮好了面条等着我们。当她开口向我们问好时，我吃了一惊：她竟然是一位拉萨姑娘，叫贡桑卓嘎，考来来古村当公务员。

"这里一年四季很冷吧？"见到拉萨姑娘，好不亲切。

"嗯，还好，空气特别好，来古村只有70多户人家，工作也不算忙，都习惯了。"贡桑卓嘎说话时，老村长群培和斯朗群培坐在她身旁，怜惜地看着她，和她相比，他们显得更黑更壮了。我们喝着热茶，很是开心。

"贡桑卓嘎啦，您去过冰山群吗？"烤着炉火，我们冻僵了的身体渐渐有了温度。但这个季节，我们是不可能深入冰山深谷了。据说来古冰川是世界著名的三大冰川之一，各座冰山因所在地质和土壤成分不同，会反射出不同的颜色。有的散发出蓝幽幽的冰光，有的在太阳光中仿佛燃烧着红色火焰。而置身冰山群中，就仿佛穿越时空，来到了另一个世纪，抵达了天神之境。

"哈，冰川很美，但是我们在这里生活，一年四季脱不下羽绒衣，交通也不方便，吃不上蔬菜，还是很艰苦的。"贡桑卓嘎笑道。

老村长给火炉里添了一块柴，笑呵呵地点着头。斯朗群培也说："这边比我们那边冷多了啊！"

"那你们没想过搬迁吗？"我们问。

贡桑卓嘎、老村长群培和斯朗群培听了我们的话，一时间面面相觑，怔了半后，连连摇头。

"我们在这里生活了多少辈，从来没想过离开。你们看太阳里的雪，还有雪后面的冰川、冰湖，一点尘埃都没有，世界上哪里去找这么干净的地方？只要人心里温暖，就不会觉得寒冷……"

老村长的话令我们诧异，也令我久久思索。当我们匆匆告别，连夜再赶路时，车子始终行驶在无边的雪原里，分辨不清哪里是湖、哪里是地平线或者山峦。渐渐地，入梦的雪，缓缓移动着，幻变成五光十色的冰川，仿佛安徒生笔下的童话世界里，跑来一只白雪狗狗，还有长满眼睛的月蚀兽，而从前的猎人已放下长枪，裹着白雪的披风，在冰川世界里，演绎着一个关于爱的故事。于是，冰川敞开山崖之门，伸出双臂汇流成美丽绝尘的然乌湖，并将人们轻拥入怀……

梦中的山野

——再见丹玛摩崖石刻

从烟多镇去往仁达村丹玛摩崖处大概有 160 多千米，道路一直沿着曲麦河蜿蜒在纵深的山谷中。和我们同行的是烟多镇文物管理局的几位干部，他们带了电子秤和长焦距的照相机等，准备进山去完成对仁达殿里的文物登记。

路过一片田野时，我们的车停下来，文物局的干部举起相机对河对岸的一片小村子拍照，并介绍说，单独立在村子右边的那一幢土夯的小楼，就是察雅烟多寺著名的洛登西热活佛转世的出生地。记得在拜访烟多寺时，每位僧人的宿舍里几乎都供有洛登西热的照片，尤其在寺院大殿正中，还留有这位转世的法座和他一米五高的巨幅照片。一位僧人在向我们介绍他时，自豪地说："洛登西热转世现在是德国博恩大学的藏学教授，据说他懂得七个国家的语言……"

清晨的阳光在河对岸简陋的土夯楼宅上洒下了一层柔和的金光，但无论如何，谁能预料到就是在这样一个偏僻的小村庄里，会诞生传承烟多寺法脉的第九世呢？

初春的细雨这时从远山飘来，落在对岸的山岩上，发出奇妙的回响，我便想起关于"察雅"地名由来的传说：在遥远的 17 世纪，相传一位格鲁派僧人在岩石下修行并获得大成就，并在岩窝下修建了察雅寺，从此这片峡谷中的土地便被称为"岩巢"。

冰雪在春雨中温润地融化着，汇流于湍急的麦曲河，一路沿河跌宕，我久久注视着麦曲河激流中一个个深不可测的漩涡，却无法破译它的内涵和久远的记忆。当然，很多时候，我们连自己昨日的梦境也难以分辨。

我们的车飞驰在重重峡谷中，突然驶进一片开阔的山野，我被眼前的景象惊呆了：平缓的草甸，清澈的河流，葱郁的松柏，周围造型奇特的山岭以及扑面而来的甘凉的山风……我的心陡然一动，像是被多年前的一瞬击中，犹如飞鸟与石在空中相遇，我感到自己仿佛在故地重游：这片水草丰美的草滩，我似乎来过啊……然而记忆恍如隔世，虽然强烈地突兀在心里，鲜艳地悬挂在眼前，不过如一幅年代久远斑驳残缺的壁画。

鸟雀这时在山野明朗的阳光中轻鸣低唱，浅流的河滩中，坐落着巨大的岩石，上面竟有葱郁的松柏争相拔长。文物局的干部们已多次来过这里，他们带着一些馒头和饼子去到河的上游喂鱼。我也跑过去看，只见清浅的河流里果真有很多鱼儿，我们扔进去的食物，很快被鱼儿们活蹦乱跳地吃光了。我暗自回望这片似曾相识的山谷草滩，心想，我和水里的鱼儿，我们曾经的生命怎么才能找寻踪迹？好在这片山野隽永的历史早已在千年前，刻在了岩壁上。

我们来到仁达山野时，曾经的仁达寺已拆了，正在重建。两位仁达寺的僧人驻守在这里，他们带我们穿过重建中的石头殿，来到著名的丹玛山崖前。于是，距今一千多年的摩崖大日如来佛雕豁然出现在眼前。所有的人一时间似乎都语塞了：是因摩崖佛像出乎想象还是一路曲折颠簸得瞬间失忆了？哈，当然都不是！

依山雕凿的大日如来佛像，约1.9米高，头戴"山"字形花冠，双手作禅定印，结跏趺坐于圆形仰覆莲狮子座上。椭圆形背光上浮雕有花卉、珠宝、莲花等图案。但整个佛像的颜色，显然是被僧人们于近年涂上了鲜艳的色彩，面容也涂上了金粉。也不知用的是天然矿物颜料还是丙烯颜料！看上去就和拉萨哲蚌寺后山上的石刻佛雕一样崭新，佛雕袒露的身上还挂着哈达，但那并非过去蚕丝所织，而是现在的化纤材料，所以在我们大家的要求下，健壮的僧人用长长的棍子从大日如来佛像上小心取下了哈达。但佛像却难以恢复从前的神秘素颜了。

文物局的干部们跪下来从不同角度边拍照片，边惊叹透过镜头的新发现。原来除了大日如来佛左右两边头戴山字花冠的八大弟子像外，在最上方的左右两朵祥云里还雕刻有两位飞天仙女；接着在佛像的左下方，我们又看到一尊浅雕的龙女。

大家因各自的新发现十分喜悦，话语也多了起来。我们又上到重建中的仁达殿的二层，近距离地瞻仰摩崖佛雕。然而面对被涂上了红色颜料的长篇古藏文，我们一个个眼神迷茫，下方的一些繁体汉字，也残缺和模糊得难以辨认了。

一千多年前的古人，何故来到这片山野？他们在这丹玛山崖上刻下佛雕和文字，又是怎样的意图呢？

就像手机断了信号，我们无法穿越时空连接古人的世界。

也许因此，诸如考古学家、历史学家等才得以诞生吧？回到昌都市的第二天，我联系到了著名藏族学者土呷先生，他在十多年前，曾三次徒步前往察雅县仁达地方考察，并得以阐释主供佛下面石刻古藏文的要义。

拜读完土呷先生提供的关于丹玛摩崖石刻的珍贵资料才得知，原来，察雅仁达摩崖造像刻于公元804年，石刻上的古藏文记载的是吐蕃赤德松赞时期的铭文，藏文部分百分之九十五的文字很清楚，汉文部分除"匠浑天""同料僧阴""大蕃国"等以外，大多已漫漶不清。

而通过土呷先生翻译的铭文的内容，我对吐蕃时期在丹玛石崖上雕刻大日如来佛的用意似乎恍然明了：铭文大致分三段，有两层要义。第一段刻的是《普贤行愿品》经文。主要是宣讲佛法。第二段更像是政府诏令，颁布政教合一的有关事宜和与唐朝和盟的政策以及雕刻摩崖石刻佛像的意图和具体分工：

猴年夏，赞普赤德松赞时，宣布比丘参加政教大诏令，赐给金以下告身，王妃琛莎莱莫赞等，众君民入解脱之道。诏令比丘阐卡云丹及洛顿当，大论尚没庐赤苏昂夏、内论赤孙新多赞等参政。初与唐会盟时，亲教师郭益西央、比丘达洛添德、格朗嘎宁波央等，为愿赞普之功德与众生之福德，书此佛像与祷文。安居总执事为窝额比丘朗却热、色桑布贝等，工头为比丘西舍、比丘松巴辛和恩当艾等；

勒石者为乌色涅哲夏及雪拉公、顿玛岗和汉人黄崩增父子、华豪景等。

日后对此赞同者也同获福泽。

益西央在玉、隆、蚌、勒、堡乌等地亦广等，者为比丘仁多吉。

第三段：若对此佛像及誓言顶礼供养者，无论祈愿，何事皆可如愿，后世也往生于天界；若恶语戏骂，即得疾病等诸恶果，永坠恶途；法律也对反佛者，从其祖先亲属起施行……故无论任何人均不得望骂讥讽！

这第三段铭文读到最后，感觉很是复杂：似乎已不再是单纯弘法，而是显示出一种权威。特别是最后几句铭文：若恶语戏骂，即得疾病等诸恶果，永坠恶途；法律也对反佛者，从其祖先亲属起施行……故无论任何人均不得妄骂讥讽！

据说赞普赤德松赞时，佛教僧侣不仅是宗教上的主持者，而且还封授有政事大论（宰相），掌有政治大权。

仁达那片美丽的山野随着这段铭文，在我心里突然变得沉重起来。我仿佛看到，千百年前，当政权与宗教结合时，湍急的河面突然布满了漩涡；丹玛摩崖如来佛像的眼里，是否也曾盈满了刀光剑影……

175

生命的礼赞

——邂逅野生马鹿群

①

在西藏，藏族人可谓会走路就会跳舞，会说话就会唱歌。其实，生活在西藏的其他生灵也无一例外，它们在山峦密林以及江河旷野无时无刻不在高歌低鸣。细细聆听，犹如天籁弥漫、群星聚集，又似波澜壮阔，那么美妙细微。

记得我们在昌都市八宿县林卡乡尼巴村那个几乎与世隔绝的村落工作和生活的日子，每天都会被来自山岭深处大自然的歌声所萦绕。

尼巴村是一个在地图上还没有标注的小村落。这个村庄实在太小了，深藏在重重大山的臂弯中，从村里海拔2900米的小河谷，向阴坡峡谷走，走到最后一户人家为止，不足五千米，全村所处位置海拔最高处3500米（这不包括更高的原始林区）。东西方向最宽处也就一千米多一点。全村有23户人家，164口人。如今实际居住的只有14户，其他九户，已举家迁入八宿县城白马镇居住。因此尼巴村每天都静得出奇，只有花香猛烈，只有蜂鸣鸟唱，尤其到了夜晚，远山兽类的长啸，像是奏响了宏大的交响曲。那样的夜晚，满月如水，我屏息聆听，万分沉醉。

收割季节到来时，白天的歌声更加多样。田间地头农人们一面拔青稞，一面挥汗高歌；下山来偷青稞的猴子、黄鼠狼、狐狸、旱獭歌声各异，也纷纷出动了，仿佛要与农人们一起欢庆丰收。

那天，我们被人与兽的合唱所吸引，也跑去地里拔青稞。采花蜜的蜂群始终盘旋歌唱着，田间水流中，也有青蛙和蚂蚱在跳跃着，以它们特有的音色，打击着节奏。蚂蚁无语，却以搬运青稞粒的队形，表达着心灵的歌舞。快到下午四点钟时，烈日高照，忽然，东面山峰之上响起咿咿呀呀的"小合唱"，正在埋头拔青稞、大汗淋漓的村女嘎松措姆听到那远山之歌，抬头远眺，突然变得像个欢喜的小孩般手舞足蹈起来："宙、宙、宙（康巴藏语猴子的发音）……"我们顺着她目光和手指的方向，也忙掏出相机连连拍摄漫山的猴群。

那是一群短尾猴，每到青稞成熟时，它们就会从山上的森林里下来，分享村民丰收的果实。它们成群结队地来到青稞地里，敏捷灵巧地蹦来跳去，捡拾落在地里的青稞穗，然后在手中搓揉，把麦芒全部搓揉干净了，才津津有味地吃起来。它们大多在黄昏时分下来地里，白天在山头远远眺望，等待村民们离去。村子里没人想要驱赶它们，听到它们在山巅跃动欢跳，村民们总是格外高兴，发出长声呼唤猴群，要他们不要害怕，请它们下来美餐。可惜猴群听不懂人类的语言。

有时我想，也许因为村庄远僻，猴群的到来使村庄变得热闹，人们在大山中，也少了些许生命的孤独吧！那段时间，尼巴村民们拔青稞时，会不时抬头远眺，希望能看到猴群。其实尼巴村因地处山区，开垦出的青稞地人均不足半亩，窄小的梯田，土层薄且砾石参半，每年的收成只够一年的口粮，即使如此，村民中也没人因猴子偷食青稞而迁怒和伤害猴子。所以，在尼巴村，我们每天都身处鸟雀、野兽等组成的生活空间里，倾听着各类生命合唱的凯歌。

也许正因为这样的民风民俗和对生命的认知，当我们奔驰在峰峦起伏的藏东大地，才得以遇见众多的生命形态，并邂逅美丽的野生马鹿群。

②

那是 2015 年 5 月，当藏东红铜铸就的群山如孔雀开屏，我们一行来到被誉为"小瑞士"的类乌齐，前往长毛岭马鹿国家级自然保护区。

1993 年类乌齐长毛岭马鹿自然保护区成立，2005 年晋升为国家级自然保护区。保护区总面积 120614.6 公顷。初夏，只见长毛岭马鹿保护区里，高山草甸一望无际，念青唐古拉山余脉伯舒拉岭、他念他翁山在遥远的地平线上温柔地伸展着双臂，大约上千只马鹿，在开满格桑花的草甸上奔跑或憩息。澜沧江的支流吉曲、柴曲和格曲河像洁白的哈达，由西北向东南飘舞着。通过望远镜，我们看到一群小马鹿跟着爸爸妈妈正在哈达萦绕中沐浴和饮水。这时，太阳好极了，每当马鹿摇动它们美丽的鹿角，就听见阳光哗哗流淌的声音，好似仙境中弥漫的奇光幻影。我们趴在草地上，远远观看着，惊喜得不敢相信自己的眼睛。而据相关资料统计，保护区内除了马鹿，还有脊椎动物 180 种，分属于 4 纲 13 目 47 科。其中鱼类 1 目 2 科 3 种，种数占总种数的 1.7%；两栖类 1 目 3 科 4 种，占 2.2%；哺乳类 5 目 13 科 39 种，占 21.7%；鸟类 6 目 29 科 134 种，占 74.4%。国家一级保护野生动物有 10 种，二级保护野生动物有 34 种。马鹿属哺乳纲，鹿亚科，鹿属。野生马鹿是大型珍兽，属国家和自治区二级重点保护野生动物。

"你们可以走到他们中间去拍照。"一位五十多岁的大姐走过来，说完，将背上背着的一麻袋苇根在草地上撒成长长的半圆形，我们刚好在弧形之内，顿时，成百上千的马鹿飞奔而来，沿着苇根把我们围在了中央。当它们欢喜地享用苇根时，我们终于能够近距离凝视它们了。

原来，马鹿是仅次于驼鹿的大型鹿类，体型颇似一匹匹小骏马。雌性马鹿看上去个头比雄性马鹿小，长长的头，有一对温柔的大眼睛，睫毛长长地闪烁着太阳的光影，还长着一对可爱的圆锥形的大耳朵。鼻端裸露，湿漉漉的唇是纯褐色的，额部和头顶则为深褐色，面颊泛着浅浅的褐晕；脖颈和四肢修长，蹄子看上去结实有力，尾巴则短小。而雄性马鹿头上则顶着花枝般的巨大鹿角，跑动时，头顶的鹿角像海底一丛丛奇美的珊瑚花，又像招展的春天在呼唤缤纷的花朵。

我捡起一块芜根慢慢走近一头雌鹿，它抬起一双清澈的眼睛怯怯地望着我，我每向前走一步，它就优雅地向后退一步。

"它们怕生人，不会吃的。"刚才给马鹿喂芜根的大姐笑道："你们靠后一点，看我的。"说着，她朝马鹿群里呼唤了几声，立刻跑来三头马鹿，一头是雌马鹿，另外两头是顶着美丽花枝的雄马鹿，它们吃着大姐手心里的芜根，任她抚摸和喃喃低语，那情景，令我们怔然和深深地感动。

"那两头雄马鹿是雌马鹿的孩子。"大姐和马鹿们亲昵一番后，坐回到草地上，遥望漫山遍野的马鹿群，给我们讲述了她和马鹿最初的故事。

③

故事发生在40多年前。大姐名叫向秋拉姆，那时还是一个十六七岁的少女。一天，她在类乌齐草原放牧时，遭遇暴风雪，她立刻赶着羊群躲到一个山窝里，却看见两头刚出生的马鹿依偎着已死去的母鹿瑟瑟发抖。向秋拉姆把小马鹿抱回家，嘴对嘴地喂它们糌粑粥和牛奶，晚上怕它们冷，又抱它们睡一个被窝。在她的精心照料下，小马鹿终于活了下来，并渐渐地长大，而且一听到向秋拉姆的声音就像孩子般跑来她的怀里。后来，向秋拉姆放牧时也带上它们，看见它们特别喜欢钻到灌木丛里，也看到远处许多的马鹿，在默默眺望。终于有一天，两头马鹿朝山上的马鹿群奔去。向秋拉姆流着泪望着它们远去的身影，以为再也见不到它们了，没想到在一个下雪的冬天，两只马鹿中的一只雌马鹿踏雪归来，还怀有身孕。向秋拉姆格外欣喜，在她的精心呵护下，马鹿妈妈顺利产下三只小马鹿。开春时，马鹿妈妈带着三只幼崽，一步一回头，回返山野。后来，每年冬雪来临，都会有成群的马鹿下山，等待向秋拉姆和村民们给它们喂食糌粑、芫根和干草料。就这样，向秋拉姆和马鹿结下了深厚的情谊。

1993年，类乌齐马鹿自然保护区成立，向秋拉姆成为保护区的第一个工作人员。当饥饿的马鹿三三两两在大雪纷飞的冬季胆怯地下山，靠近村庄觅食时，向秋拉姆都会把它们引到土墙垒起的保护区的围栏中，整整一个冬天，当地的农牧民也会把自家储藏的饲草料送来保护区，给马鹿们提供充足的饲料，使马鹿们安全过冬。等到次年冬天，那些从保护区回到山岭的马鹿竟又带来了更多的母鹿和小鹿，而且年年递增。

"度过了寒冬，它们过几天要上山去了。你们若再晚来半个月，就看不到这么多马鹿了。"向秋拉姆对我们说时，已从四十年前的美丽少女，变成了一位慈祥的"马鹿妈妈"。这时，远远地又走来两位扛着两麻袋芫根的男子。年老一些的叫扎噶，是向秋拉姆的丈夫；另一位叫旺青多吉。他们都是马鹿保护区的工作人员。向秋拉姆和丈夫扎噶，因马鹿结缘，已在保护区工作了二十多年。如今，类乌齐长毛岭马鹿自然保护区的马鹿已发展到上千头。

④

在我们依依不舍告别美丽的马鹿和慈祥的"马鹿阿妈"向秋拉姆时，又传来喜讯：昌都地区开展第二次野生动物资源调查取得重大发现，新发现雪豹、鸮、棕尾鵟、灰背隼、云雀和喜马拉雅斑羚等多个野生物种。

其中，自治区林业调查规划研究院院长朱雪林介绍说，雪豹当时潜伏在海拔4600米左右陡峰处的杜鹃灌丛中，调查组工作人员通过影像分析得知，这只雪豹体长80~100厘米、尾长70~80厘米、体重40~60公斤，是一只3~5岁的成年雪豹。雪豹善于伪装、生性机警、动作迅速，为进一步了解昌都区域雪豹活动情况，调查小组已选择合适控制点，架设了多台先进的红外线自动数码照相机，希望获取更多有关雪豹活动的信息。近年来，雪豹种群数量恢复较快，而且日趋活跃，在珠穆朗玛峰国家级自然保护区、羌塘国家级自然保护区、山南地区等地都发现过雪豹的足迹。为了解喜马拉雅雪豹生存状况，珠峰国家级自然保护区管理局于今年5月成立了雪豹保护中心，专门从事雪豹保护工作。雪豹是国家一级保护动物，因常在雪线附近和雪地间活动，被称为"雪山之王"。根据《西藏第二次陆生野生动物资源调查工作方案》和《西藏第二次陆生野生动物资源调查技术细则》要求，自治区林业调查规划研究院与国家林业和草原局中南调查规划设计院组织专业技术人员，于2015年5月，分成多个调查小组分赴昌都地区3个常规调查地理单元、12个调查样区，展开为期4个月的雪豹等珍稀濒危物种专项调查和鸟类常规补充调查。与此同时，相关调查还显示，地处横断山脉和澜沧江、怒江、金沙江三江流域的昌都市，是西藏第二大林区，森林覆盖率达31.7%，原始森林植被多样，天然沼泽湿地保存完好，野生动物种类约占西藏野生动物种类的80%，其中珍稀动物约占40%。其中被国家列为一级、二级重点保护动物的就有71种，其中芒康红拉山自然保护区内国家一级保护动物滇金丝猴数量从500多只上升到700多只。目前，昌都地区已建立38个自然保护区，保护区总面积697007公顷，占昌都市总面积的6.3%。

在离开类乌齐马鹿自然保护区的路上，飞鸟、岩羊、獐子和猴群时常从公路两旁的灌木林里蹿出来，好奇地望着过往的车辆，一转眼又消失在山岭丛林。茫茫夜色中，我们还听到了狼的长啸，猫头鹰的"咕咕"

声以及夜莺的歌唱——这片神奇的土地,不愧为动物学家赞誉的"雉类王国"。王国中,人与动物和谐相处,自由徜徉在大自然的怀抱。

夜雨潇潇,马鹿们安详地睡了,但更多的生命却在夜雨中醒来,在夜的狂澜中,千姿百态,唱响生命的礼赞。

月光之坛

——记昌都市日通藏药厂

在拉萨，每逢藏历十五明月当空，我的爷爷奶奶和父母总喜欢服用一颗珍珠七十以保健；相传在满月之夜，明月华光将会赐予珍珠七十神秘的祝福。而珍珠七十除了治疗心脑血管疾病，也具有活血安神的保健作用。后来，当十五的月光与千年秘传的"灵丹"相遇的那一夜，我也要小心捧服日通藏药独具传承的珍珠七十，内心总会被一种感激和喜悦激荡着。

2015年6月，在我遍游昌都逐一采访中，终于来到那满载着月光和往昔记忆的出品珍珠七十的昌都市日通藏医院。我见到了那位仿佛只在传说中才存在的藏医药大师章松先生。据说每一粒珍珠七十，都是经由他手配制的。

那天，赶到章松先生家时，刚好是午餐时间，章松先生在他家宽敞的厨房里接待了我。厨房差不多有30个平方，厨房里的铁炉和一排排铜质灶具擦得锃亮，非常漂亮。当我正赞叹时，章松先生从厨房靠窗的卡垫上起身过来与我握手，他双目炯炯，脸色红润，举手投足间格外沉稳。我拿出准备好的问题，谨慎地坐在他的对面，心里想着该怎样去了解藏医藏药中古老神秘的水银冶炼技术以及最后对制作完的药物施以祈福的仪式……

不等我提问，章松先生的夫人为我和随行司机端来午餐：是一盘蔬菜和土豆片，以及满满一钵诱人的肥瘦相间的风干牛肉、浓香的酥油茶、白花花的酸奶……章松先生走去另一张长条小餐桌前，微笑着对我点点头，示意我先用午餐。

我一边默默享用着面前丰盛的食物，一边偷偷地看几眼章松先生。他吃的和我们不一样，只有糌粑和茶。他动作熟练而利落地搋着糌粑，若有所思，并不与我们交谈。

窗外的阳光格外温煦。身着昌都康巴传统服饰的章松夫人给我们添过茶后，坐到院子里的长条木椅上手捧经书，轻声诵读着。午间变得安详而宁静。

十多分钟后，章松先生用过简单的午餐，起身要去医院办理事务，要我稍作等候。风影婆娑，目送章松先生远去的背影，我暗自感叹他那不凡的气度。

"您好，久等了！我叫洛松。"等候章松先生回来期间，当我正请章松夫人和我合影留念时，一个中等个头的小伙子笑容灿烂地走了过来。

原来，章松先生找来他的儿子洛松协助采访。洛松出生于80年代，毕业于西藏昌都地区卫生学校（中专）和西藏藏医学院（大专）。之后，跟随父亲进一步系统学习了藏医理论知识及临床实践。

2015年，洛松已成长为第九代藏医药传人，协助章松承担起发展藏医药事业的重担，肩负西藏昌都日通民办藏医院院长及西藏昌都日通藏医药研制中心有限责任公司法人的职责。

80后的洛松和善健谈，他还给我提供了非常全面的关于日通藏药的文字记载。根据这些资料，我了解到，日通藏药的起源和发展可追溯到1711年，般龙藏医康珠活佛根噶登增将秘诀药书流传给藏医大师白玛扎西之后，以代传方式由白玛扎西到现在的传人章松先生已是第八代。章松先生于1952年出生于昌都市一个藏医世家。他6岁开始随父亲学习藏医药，12岁父亲去世后，于1966年拜藏医大师昂旺曲增为师，以后又在措如次郎及帕巴洛桑等藏医名师的指导下，系统地学习了藏医理论知识并进行大量的临床实践，通过数年的刻苦钻研和不懈努力，终于成长为具有突出贡献的藏医副主任医师。1995年，章松先生在原有家传藏医药研制院的基础上与日通乡卫生院合并正式扩建藏医药研制中心，成为西藏昌都市第一家集科研、教学、生产、临床为一体的综合性药品生产民营企业，成立了植物药、动物药、矿物药等7个科研室，系统开展对各类药材、药理、药性的分析和研究，先后研制出了多种新藏药，如多种珍珠丸、玛瑙四十七味、水银二十一味等，并新研制出了治疗类风湿、皮肤病、骨质增生及用于促进新陈代谢的"药蒸"配方等；开辟了一个占地30多亩的药材种植基地。2001年，着手对药厂进行GMP改造，共累计投入资金1800余万元。2003年8月，日通藏药厂GMP改造工程全部完工，具备年生产水丸720万粒、散剂360万袋的能力。同年10月底顺利通过了国家药监局的现场检查，并拿到了GMP认证书。2004年3月，成立"西藏昌都日通藏医药研制中心藏药厂销售中心"，全权负责藏药厂产品的销售工作并进一步筹建和完善了日通藏药博物馆。

目前，日通藏药厂已可生产藏药产品200余种，有15个品种获国药批准文号，其中，"二十五味珍珠丸""二十五味松石丸""二十五味珊瑚丸"等三个品种被列为国家二级中药保护品种，另有"二十五味马宝丸""二十五味珊瑚丸"两个品种被评为自治区区级名优产品。2003年，日通藏药研制中心注册使用的"日通商标"被自治区评为著名商标；2004年，该中心生产的"日通"牌系列藏成药荣获西藏自治区首届科技成果展示会优秀展览奖，药厂被自治区乡企局评为"先进集体"。1999年9月，被国家民族事务委员会和国务院授予"民族团结进步模范单位"荣誉称号……

洛松的介绍虽然流畅而清晰，但在走访日通藏药厂各处时，整个藏药厂的建设还在进行中。在藏药教学楼的施工现场，我们遇见章松先生。只见他手拿施工图纸，与楼盘设计人商议着每一间窗户的大小和朝向……在杂乱的工地，面对似乎有些混乱的设计材料，他看上去并不急躁，只是表情凝重，完全没注意到我们的出现。

"您父亲可真是操心呀！"我对洛松感叹道，"幸好有你当助手。"

洛松腼腆地笑道："父亲很辛苦，每天只睡五个小时，早晨五点就要起床，除了出诊看病，他还要负责教学和采药制药以及医院的建设等行政事务，一天到晚很少有时间回家……"

说话间，我们来到了章松先生以毕生心血建立起来的藏医药博物馆。出现在眼前的是一栋藏式石楼。走廊的地面都是用整张整张的薄铜板铺成的，我们的脚刚一踏上去，就发出了闷雷般的回响。看到我惊讶的样子，洛松笑道："这是父亲为了防范盗贼想出的办法：踩上去就会发出很大声音……博物馆里的收藏很珍贵，很多都是家族秘传的……"

正说着，我们已推开博物馆的木门，迎面而来的是一座以七十味药物摆设出的珍珠七十的坛城。

我终于可亲见每一味的来源了。在围绕坛城一一观仰时，我心里很是激动，看到那闪耀着深海之光泽的珍珠、来自大地之本真的晶莹的水晶，以及传说中的九眼石和珍稀的西红花、檀香、降香、丁香、余甘子、草莓、高山党参、甘草、牛黄、麝香……七十种物质互相渗透、互相融合、转化、蜕变，奇妙的过程何等激越和神秘啊！那既是科学的谜题，也是文学最绚烂的遐思。章松先生却把这些自然之精华集合在一起奉为生命的坛城，是要让我们感悟哲学意义上的生命之究竟吗？

"这是父亲收藏的苯教医典《崩西医学》。"当我围绕珍珠七十的坛城正在感慨时，洛松指着博物馆玻璃柜里古老的经书对我说。我走过去隔着玻璃仔细看，以金汁书写的古象雄文散发着隽永之气，以及博物馆内收藏的大量珍贵的藏医药历史文物、藏医药典籍、藏医药唐卡挂图和各种藏药实物……一时间令我目不暇接。

"日通藏医药经过伏藏传承、弟子传承和口耳相传三者兼有的独特传承方式代代秘传，积累祖传秘方数百种。在昌都，最出名的莫过于昌都般龙（日通）藏医及丁青苯教藏医。"洛松指着一件件古老的制药器具，向我们解释其使用功能和年代："传说公元749年前，莲花生祖师和他的弟子来到日通地方的雕鹏岩洞，对当地的植物、矿物、草药等进行了研究，并写成秘诀药书，制成药丸藏于雕鹏岩洞，以惠后人。在《莲花生大师传》中也有文字记载。1711年至1714年，康珠活佛根噶登增来到了雕鹏岩洞，找到了伏藏药典，流传给木龙仓医师白玛扎西。距今300多年前，在日通地方有一户人家称般龙仓，现在还可见般龙蓝色城堡遗址，因其在墙头盖有蓝色琉璃瓦，故称蓝色城堡。白玛扎西便是出生在这户人家，他也是历史上有名的藏医祖师，他培养藏医人才，继承、发展了前人的藏医药理论和实践成果。从白玛扎西（1681–1756年）到现在我的父亲章松已经传了八代人，历史上称为般龙藏医药传代。般龙藏医形成的地域处在澜沧江流域，后人也称澜沧江流域藏医药。"在藏医药博物馆珍奇药具及散发着药植物的芳香中，洛松缓缓地介绍说："现在日通藏药承上启下，在研制珍贵藏药和药浴治疗、热炼水银和冷炼水银等方面具有独特的技术。同时，除传统藏医的基本方法（望、问、闻、切）外，主要还有除针眼和骨折接骨疗法等，其中除针眼法是家传秘法，先用药物调理后让患者目视盆中的清水，再用七粒青稞加以治疗口诀即成。接骨法主要是通过对四肢骨折进行药物调理和临床处理，需要较丰富的临床经验和真传医术。此二法都有比较方便的治疗手法和良好的治疗效果。"

听完洛松的介绍，从藏医博物馆出来，洛松又带我们来到了现代化的制药厂房外参观。透过玻璃窗，我看到在无菌车间里，巨大的机器在旋转，一粒粒药丸从流水线上依序而出，展示着远古智慧与现代科技完美的结合。

"现在医院的占地总面积为8107平方米，建筑面积5145平方米，其中门诊建筑面积118.8平方米，住院部使用面积356.4平方米，生产用房1543.5平方米，辅助用房面积354.7方米，生活用房面积480平方米……"洛松还在如数家珍般滔滔不绝地讲述着日通藏药厂的状况："医院现有职工58人，4个职能部门；有外治科、药浴药蒸中心、肝胆科等3个特色科室，总编制床位25张，实际开放床位25张，其中内科14张、外科1张、妇科1张、儿科1张、药浴药蒸中心3张，开设有内科、儿科、外科、外治科、五官科、妇科、急诊科、药浴药蒸中心等一级科室，以及放射科、B超室、心电图室、检验科、药剂科、消毒供应室等医技科室，同时还开设有病案室、统计室、图书室、展览室等。"我边点头聆听，边和洛松漫步在日通藏药厂，看到前来就诊的大多是身着藏袍的农牧民。

"我们医院从1978年至今，免费救治当地群众和免费发放藏药价值达800多万元，每天都有两百多人从数百里外赶来就医。父亲章松还收养了10多名孤儿，为他们提供住宿和生活学习必需品，并安排40多名贫困农牧民在藏药厂就业。同时我院承担起藏医药教学和研究任务，是藏医药人才的培养基地，培养了上百名藏医药人才。日通藏药厂的药材主要是从当地的嘎果布山采集而来的。嘎果布山海拔5000多米，据统计，该山上有制作石药、土药、水药、动植物药等900余个品种的药材。由于此山海拔高、昼夜温差大、紫外线强、无任何污染，这些得天独厚的条件决定了其药物的特殊性，也决定了藏药独特的疗效。"洛松遥指远处的大山，正兴致勃勃地介绍时，有人送来口信，章松先生请我们去参观他的私人收藏。

我忙和洛松赶往章松先生的私人书房。

章松先生的私人书房有20多平米，在一张宽大的桌子上，章松先生小心地打开一个金色布底的箱子，只见里面装满了各种白银和黄金镀就的医疗器械。

"我们的藏医,包括了开刀、手术、穿刺等等外科技术……"章松先生小心地拿出一件件器械让我看,并详细地解释它们的用途。说到动情处,遗憾地感叹道:"可惜后来,藏医药的外科技术被封存、停滞,没有得到再发展……"

章松先生说时,我看到他书房墙上远古医典的挂图中,对卵子和精子结合的过程以及孕育的每个阶段,都有着具体形象的描绘。无法理解当时在没有任何现代透视技术的情况下,古人是如何得知和看见的。藏医药学距今已有近4000年的历史,其中般龙藏医药经过伏藏传、弟子传承、口耳相传等三种传播方式代代秘传,迄今也有1300多年的历史,已形成自己独特的理论体系和诊疗风格,积累了数百种祖传秘方。如今,53岁的章松先生,这位被誉为回春圣手的藏医药传人和开拓者,在漫长的临床实践中,在风湿性关节炎、皮肤病、精神类疾病等病种中探索钻研,再获突破,其中药浴康复中心,有蒸室、药泡室、物理治疗室、作业治疗等四个治疗室,并增加了汗蒸药浴散、强身药浴、神经类药浴散、减肥药浴散、补肾药浴散、曲层门隆、皮肤病药浴散、舒筋药浴散、锐隆、硫磺药浴散、玛买欧隆等11个品种。当章松先生名声远扬,前来就诊的患者越来越多时,医院一度不得不搭建露天帐篷接待病人。

"现在医院的条件好多了!"不善言谈的章松先生欣慰地对我说,"医院设备齐全,新的藏医药人才也后继有人。"说话间,章松先生合上古老的皮箱,含着笑意看向自己的长子洛松。父子俩四目相对,眸子里散射出的光,让我再次想到日通藏药的珍珠七十那"月光之坛"的光辉。

生命的原乡

——随记卡若遗址和玉龙铜矿

①

进入藏东横断山区重重山脉中，我们变得微小如蚂蚁，时而陷于纵深的峡谷，时而悬于峭壁，而夜以继日，似乎难觅生命的踪迹。能够回顾的，在《智者喜宴》《嘛尼宝训》等藏文古籍中，都披着神话的外衣，讲述着远离我们现世经验的故事。因此，当我们盘绕在一座又一座海拔5000多米的山口，各自的意境便越发陷入不可知的神秘。

这就是昌都。为此，科学家纷沓而至，以各种证据结论说，在八九亿年前，青藏高原如渴望光明的母亲，时而南行浮出水面，时而北还沉潜回海。直到距今两亿年时，终突破特提斯古海覆盖下的漫长黑夜，在今日藏北和藏东形成陆地，获得太阳的爱浴，从此，生命在地球广阔而丰腴的母腹孕育。而北起类乌齐、南至芒康的"古昌都湖"，好比母亲的血液和胎水，摇曳滋养着森林、鸟虫和恐龙……后来，拥有众多地球生命的母亲变得雍容华贵，具有了更强大的自我塑造力，她的年轮经过侏罗纪、白垩纪又经过南来印度板块的俯冲和挤压，朝南向北地二度奔驰向上，两次回落夷平，距今三百六十万年前，以近千米的速度，在缓缓展开延续至今的"青藏运动"中再度隆起……这时，横断山脉身披铜色衣袍，头顶冰雪桂冠；怒江、澜沧江、金沙江、雅砻江、大渡河等好似奔腾的血脉……杜鹃花在为母亲歌唱，五千种植物从山谷河畔向着母亲的山峰生长；恐龙留下巨大的脚印在母亲的记忆中沉睡着，鲲鹏展翅，十万八千多平方千米的山群大地，一次次飞舞扭转，环抱南北的双翼凝固在金色的夕阳中。于是，时间已至，在科学所言的"第四纪冰期"的青藏高原上，慢慢出现人类的足迹。

②

今天，我们一行在这样的高度，迷茫的内心似乎渐渐开朗，却又感到自己不过从一只微小的蚂蚁，变成了一只欢喜的蜜蜂，飞旋在铜莲绽放的山间。

这时，远古人类的遗址，就好比大地母亲曾经的花蜜。

那个遗址被称作"卡若"。位于西藏昌都县城东南约12千米的加卡若村。东靠澜沧江，南临卡若水，海拔3100米。据说鉴于它西距昌都市加卡区的卡若村仅400米，即用"卡若"命名。

"卡若"，藏语意为"城堡"。但城堡里曾经人类生命的痕迹已被层层覆盖，这个西藏首次发掘出来的规模较大的一处新石器时代的遗址，占地面积约为一万平方米，据说被考古界和古人类学研究者公认为西藏的三大原始文化遗址之一。

此遗址是于1977年由昌都水泥厂工人在施工中发现的。我们到的那天，在卡若遗址空旷的山坡台地上，有几辆挖掘机正在施工，据说昌都市已把卡若遗址列入了旅游规划，计划恢复卡若遗址四千年前人类生活的原貌。四处眺望中，我们见到了看护卡若遗址的工人热旺。

热旺穿着蓝布外衣，个子一米七五左右，脸庞窄瘦。我仔细地打量他，想要透过他在这片遗址上二十多年的日夜看守，得知一些隐藏的秘密。

热旺原是昌都水泥厂工人，在水泥厂建设施工挖掘到六七十米的地下时，一些土陶罐、石器、骨器等出现了。1978年，西藏自治区文管会在此进行了首次试掘。1979年5月至8月，自治区文管会邀请国家考古研究所、四川大学历史系、云南省博物馆的同志联合组成了卡若遗址考古队，进行了正式发掘。迄今为止，共揭露遗址面积1800平方米左右，发现房屋遗迹31座，石墙3段，圆石台两座，石围圈3座，灰坑4处。出土文物数万件，包括石器7978件，骨器368件，陶片200多块（其中可复原者46件），装饰品50件等。由此得出结论：卡若遗址的时代，应属5300~4300年前的人类新石器时期。在这个时期，人类物质文化的主要特征是学会了磨制石器，发明了陶器，开始了各种植物的种植和动物的饲养。

放眼望去，空旷的遗址了无人烟。

"这里在建水泥厂之前，没有人住吗？"我问热旺。

"有一户农民，你看，他们的房子就在那棵树下，但后来因水泥厂的建设需要，他们搬迁了。"

越过满目尘土，我看到在遗址的上方，果然有一株藏柳，枝繁叶茂，在微风中摇摆着舞姿，显得神秘而沧桑。但眼前，除了挖掘后的大土坑，一无所有。陪同我们的昌都文物局的朋友见我两眼空虚，忙拿出一沓资料介绍说：卡若遗址的地层堆积，主要为昌都红土层，底部泥质较多，以杂色页岩为主。上部为红色砂岩，红层中因断屑和褶皱关系，有时显露出三叠纪及保罗纪地层。卡若遗址的全新地层堆积分为南北两部分。南部厚2米，有二期文化堆积；北部厚2.5米，有三期文化堆积。遗址中出土的石器有打制石器也有磨光石器，种类也较多。计有铲类、锄类、切割器、投掷器、尖状器、砍砸器、敲砸器、刮削器、碎磨器、石砧等，还有石镞、石矛等细石器，有的石器，特别是磨光石器有的采用玉石制作，打磨得极为精细。出土的骨器有骨钻、骨针等。各种各样的骨针，制作精细，说明当时生产和工具制作的技能都已达到了相当高的水准。还有烧制有各种花纹的陶器，其中以一种双体陶罐最为突出。出土的装饰品中，有用玉、石、骨等制作的环、珠、镯等，说明卡若遗址的主人已经产生了美的观念，知道打扮自己了。但遗址中出土的玉器和海贝是卡若居民与其他地区的居民相互交换而来的。卡若遗址的房屋建筑，据初步分析，大体可分为两种类型：第一类是木结构的草泥墙建筑。以草拌泥筑墙可以增强坚固性能，使其不开裂缝。居住面用土垫平，然后夯实或烘烤，使其坚固耐用，房屋中央有石头砌成的炉灶。室内和房子四周较均匀地分布有柱洞。第二类为半地穴式的卵石墙建筑，居住面规整而坚硬。墙壁用石块靠穴壁垒砌，黄泥抹缝，多为方形，从村落布局看，当时人们居住的区域已有一定规律。房屋遗迹像是打破了叠压关系，比较复杂，可以分为3期遗存，至少延续了500年。原始村落布局除房屋外，还发现有石铺路、石墙建筑、窖穴等，说明居住者在努力改善居住条件。卡若遗址还出土了大量的粟粒和谷灰，这说明早在4000多年前，西藏就有了原始的种植业。同时，人们已经知道选择适应性能良好、抗逆性很强的粟来种植。据考古学家发现，粟这种粮食作物在我国已有7000年以上的种植历史。这里出土的粟粒和谷灰同西安半坡遗址窖穴中的粟粒和谷灰情形基本上是一致的。因此可以推断，卡若遗址的先民当时是以农业为其生活的主要来源，狩猎和采集则是不可缺少的辅助手段。

听着文物局朋友的介绍，我感觉就像梦境一样。四五千年前的人类，是如何在这澜沧江畔、川、滇、藏三地的枢纽地带，在地球生命的原乡，建设起自己的村落，在炊烟袅袅的生活中，世代繁衍。他们的故事、爱情以及生离死别，又是如何消失的？

据说北京市文物建筑保护设计所于2005年11月中旬也曾对卡若遗址进行实地勘察、环境调研等。四川大学考古系在2000年至2003年间先后四次对卡若遗址进行了实地勘察、考古发掘、田野测绘、环境调研等，使这一中国重点文物保护单位得到永久性整体保护。然而，这些科学性的保护措施和论证，怎能满足我们对远古先民生命历程的探求？

我想知道的是，究竟发生了什么？人类在此诞生，之后又为何山崩地陷，洪流滚滚，这片村落上的人们，瞬间被永久地掩埋了，难道无一人幸存？没有一个后裔的血脉，延续到了今天吗？

后来住到卡若遗址的那家农户，对远古那场灭绝人寰的灾难一无所知。他在古人遗骸养育出的沃土上耕耘着，是否有一线信息能穿越时空，告诉他一些未来呢？我四处张望，只见远古卡若遗址中那些地球母亲夭折的孩子，仿佛早已回归母亲的怀抱，曾经惊骇的记忆也已消隐。今天的人们，还在吮吸着母亲的热血，逐水草而居，在江河两岸继续着鲜为人知的山地生活。

  我们在母亲的阵痛中诞生
  也在母亲山崩地裂的痉挛中夭折
  茫茫宇宙
  孤独的母亲
  却从未放弃浓郁的梦
  在赤道火焰般驰舞
  在南极和北极磁流般长歌
  在海洋深处往返劳作
  让我们的天空
  满是美丽的云朵
  突破暗夜
  隆起珠穆朗玛峰
  从此我们诞生在世界的至高

在飞旋的时空中

触摸到了银河

③

一切还是依稀不明。"我们从哪里来？将去往哪里？"哲人古老的问询像发自母腹，使我们离真相越近，却越远。

这时，我们的路程转而南上，在越来越高的藏东之北，来到了江达县青泥洞乡觉拥村境内海拔4569~5118米的山野。

曾看到相关资料说，藏东昌都位于"三江"特提斯成矿带北中段，是我国著名的有色金属成矿带和海相火山沉积铁带。其中藏东之北的玉龙至芒康成矿带，主要成矿期为燕山至喜马拉雅期，在浅成、超浅成的花岗斑岩或二长花岗斑岩中，形成规模宏大的斑岩铜多金属矿带；同时在接触带矽卡岩中也有铜铁多金属矿床。而著名的玉龙成矿带，除了铜金属外，还伴生大量钼、金、银等，其中钼10余万吨、铁矿储量达8000多万吨、金约26吨；成矿带上还有多霞松多、马拉松多、莽宗等大中型铜矿。

天刚蒙蒙亮时，在这片神秘的藏东之北的成矿带，只见湿漉漉的矿山上，忽而阳光飘忽，忽而细雨霏霏，侧耳细听，大山像是在与太阳轻歌低语；忽而欢笑，忽而又飘飞起多愁善感的眼泪。而极目远眺，矿山似乎披了件绿色丝绒编织的晨衣，在相约黎明的路上，越是登上高海拔，伸延的臂膀越是平缓而从容。而在浑圆而深情的顶峰，却形成一处处柔软的心窝，仿佛在与太阳忘情地交融。

这一片，就是著名的玉龙铜矿开采带。据西藏昌都玉龙铜业股份有限公司的专家介绍：这一山带是一个特大型斑岩和接触交代混合型的铜矿床。矿区海拔高度4560~5118米，矿区共有三个主要矿体，分别为Ⅰ

号矿体、Ⅱ号矿体和Ⅴ号矿体，矿权范围内总资源量为10.27亿吨矿石量，铜金属量658万吨，钼金属量40万吨。该矿区矿体埋藏浅，资源量大，品位高，矿体的赋存条件和水文地质条件简单。

听着专家的介绍，我看到已将矿山整体挖掘留下的深坑，我诗人多情的目光不由黯然，似乎看见了大地的一场殇。当然，金汁、铜液并没有消逝，而是在轰隆的机房里急速转化；玉龙铜矿以大规模的露天开采，先后于2013年以选矿系统磨矿工艺、脱水工艺两部分投入调试运行；2013年6月选矿浮选工艺系统全流程调试运行，各项选矿工艺技术指标达到甚至超过设计指标。2013年11月，全搅拌浸出系统建成并开始调试运行，至12月15日第一批阴极铜下线，品质达到一级，含铜99.95%以上，解决了搅拌浸出工艺的主要难题"固液分离"和搅拌浸出工艺与萃取电积工艺的衔接通畅，使得玉龙铜业湿法冶炼成为我国唯一海拔最高、防腐要求最严并采用大规模搅拌浸出的工艺。

开采铜矿的高科技成果，使位于这片矿山区的觉拥村及昌都市受益。而仰望茫茫矿山，好似向着太阳，向着缔造万物的光和爱绽放的金莲，其中的一切矿藏，仿佛母亲奇彩的舍利，又像母亲的骨骼和精髓，蕴藏着母亲的魂。

④

我不由缅怀法国伟大的民族主义和浪漫主义历史学家儒勒·米什莱的著作。记得在她的《山》一书中，有这样一段美妙的文字："地球最初创造一个花岗岩世界，隆起的高山呈现一种浑圆的顶端，显示出一种温和和庄严，那是乳房形状的斑岩，地球在倾吐情感时，打开了这些圆谷，那是她在雄峻的花岗岩山中的美妙天堂……是她内心深处绽放的花朵，是她天真的抒发中向天公献上的花萼……她一直怀念，永世向往的太阳，使她能不惜一切，施展全部：机械方法、化学结合、渗透、磨碎、膨胀、喷发、发酵，这些都超越了矿物的范畴，使她以强大的能量，从地核中升起，她的灵魂已满负荷各种未知的磁与电流，并渗入我们的体内，化为我们的血液；那是母亲的血液，她为我们张开了静脉……"

这些年来，儒勒·米什莱的文字已在我内心幻化成流动的花岗岩。当我仰望藏东，就看见山川江河皆闪耀着孔雀羽蓝或者黄金红铜的炫彩，又如万千物种高耸的生命的丰碑。

秘　门

——雍仲苯教唐卡绘画大师罗布玉加的故事

①

罗布玉加穿上崭新的藏袍，手捧一大摞获奖证书，面对相机的神情却显得有点懵懂。他是雍仲苯教唐卡东派绘画大师，在我们去他办的唐卡学校拜访时，他一边给我们讲述东派唐卡绘画的相关历史，一边疑惑地问："你们是作家？那么回到拉萨可以帮助我申请非物质文化遗产吗？"

我们肯定地点头告知他我们一定努力，说着，他带我们来到刚画完的大幅唐卡面前，又问："那么你们要写的是什么样的书呢？"

"我们会在书里写您学校的状况，讲述您绘画唐卡的故事。"话音刚落，眼前巨幅黑唐卡令我望而惊叹！黑唐卡是指以黑色为基底，用纯金色勾勒，点缀少量色彩或象征性晕染出人物和景物的主要结构及明暗，是一种与彩绘唐卡一脉相承，而又自成一体的雍仲苯教象雄派唐卡绘画形式。

罗布玉加绘制的这幅黑唐卡格外精美，金翅鸟舒展双翅，挺拔屹立在海水中升起的莲座之上，头顶佛身，口含两条蛇，爪踏两条人面龙身的龙，背光由火焰纹组成，周边群山环绕，祥云飘飘，莲座下有一鲜红色的"琉璃心"。

相传古象雄人以大鹏鸟为图腾,"象雄"一词里的"象"在藏语中称为"恰",即"鸟"之意;"雄"在藏语中称为"琼",意为"大鹏"。"象雄",即为大鹏鸟所居之地。象雄早在公元五世纪前,就曾创造了古代文明,并创造了最早的象雄文字。

我们久久仰望画幅,仿佛感受到了古象雄的夜晚,那时,大鹏鸟展开金色的翅羽,翱翔于古老王国的灿烂星空,是怎样的一种美轮美奂的情境……

想着,我们转身又看到挂在墙上的罗布玉加画师的全家照。照片上四代古象雄的后裔共十七口人,他们聚焦的目光,似乎还闪耀着古老国度的神秘光芒。

"您的母亲和父亲看上去真是健康慈祥啊!"我感叹道。照片里罗布玉加的母亲尤其雍容,父亲和罗布玉加一样,留着两撇极富个性的八字胡。

罗布玉加连连点头笑道:"妈妈和叔叔身体很好,现还住在村子里,我为了办学,搬到了丁青县城。"

原来,罗布玉加生于丁青县丁青镇茶龙村的霍康家族。霍康家族于十八至十九世纪曾诞生一位雍仲苯教绘画大师强巴祖爷。随后世代传承,罗布玉加的爷爷霍康扎西和父亲以及弟弟丹巴尼玛和罗布玉加都成为霍康家族的著名唐卡画师。而罗布玉加的母亲,则是丁青雍仲苯教东路派唐卡世家的女儿。外公次仁杨培即是著名的东路派唐卡大师。当罗布玉加的母亲嫁到霍康家族,罗布玉加格外幸运地获得了霍康和东派唐卡两种传承,他从小跟随父亲学习唐卡绘画,小学毕业后又正式拜外公次仁杨培为师,离开父母,专心跟随外公学习唐卡绘画。

和他一起在外公家学习的还有罗布玉加的两个表兄弟。外公家的房间不大,三个孩子白天学习唐卡度量经,晚上就挤在一起睡。除了起早贪黑地练习唐卡绘画的基础技能，在外公家小小的院落里，三个孩子还学会了种菜和种花。那是罗布玉加最开心的时候，夏天，当向日葵长得比自己还高时，地里的蔬菜也成熟了。三个男孩自己拔菜洗菜，自己做饭吃，从小就练就了独立生活能力。而外公喜欢每晚喝一点酒，为此，罗布玉加带着两个表兄弟，还从外公处学会了用青稞酿制醇美的青稞酒。那时，罗布玉加对一切新鲜事物充满了好奇。尤其在学习唐卡时，只要每天能绘制新的图案，对他来说就是最快乐的事情。在学习的间隙，活泼的罗布玉加还喜欢打篮球。驻县部队官兵那时经常在外公家大院里的篮球场上比赛篮球，罗布玉加就跑去参加。一整天伏案绘画唐卡的少年，在篮球场上舒展身姿，轻飞如燕。

但唐卡绘画的学习是一个极其艰难和漫长的过程，仅是学习度量经和绘制底线，罗布玉加就学了七年。七年后，外公带着罗布玉加和其他两个学徒，终于走出院门，开始前往寺院一边实践一边继续学习。那年，他们前往江达县的一所雍仲苯教寺院夏寺，到达德堆乡后，徒步翻过一座大山，再骑马，一路颠簸，四天后才抵达。在寺院半年的时间里，在外公次仁杨培为寺院绘制壁画的现场，罗布玉加开始学习上色和雍仲苯教历史，以更好地理解和把握壁画及唐卡中的场景及佛、菩萨造型及度量尺的意义。随后的五年，罗布玉加分别跟随外公和爷爷漫游藏地，先后应邀前往丁青孜珠寺、日喀则雍仲林寺和昌都地区雍仲苯教的大小格寺，一边继续学习和实践唐卡绘画，一边在寺院学习藏文和经书。25岁时，罗布玉加经过12年的苦学和实践，已熟练掌握了绘制唐卡的技能，完全能够独立"出道"了。

然而进入20世纪90年代，西方各种思潮与艺术流派冲击国内，也席卷西藏大地，使得唐卡这种传统绘画门类一时间成为一种边缘艺术和个体行为。而藏地众多的寺院，那时也不再大规模邀请唐卡画师绘制唐卡了。罗布玉加感到了一种被冷落的沮丧，他有些后悔，他想，假如当初不去学唐卡绘画而是出家为僧，十年之后也可能学成通过考试成为一位受尊重的堪布；如果读书，也已大学毕业，能够找到一份好工作。

但情况并不像罗布玉加感受到的那么糟。霍康唐卡世家的大画师扎西和东派唐卡世家的大画师次仁杨培都还在世，虽已年迈，再不能辅佐罗布玉加，但作为爷爷和外公他们的期望和鼓励仍像一盏明灯，照耀着罗布玉加的路途。两位老人技艺远近闻名，常得到一些邀请，便推荐罗布玉加去完成。而在罗布玉加单独完成唐卡绘制后，为了鼓励罗布玉加，除了寺院发给罗布玉加的奖金外，两位老人还会奖励他。一次，外公拿出自己不多的积蓄，专门买了一对漂亮的日喀则羊毛卡垫送给孙儿罗布玉加。那一对卡垫，成为了外公送给他的最后的馈赠和遗物。每每抚摸柔软的卡垫，罗布玉加都不禁泪湿双眼，难忘外公多年来为培养自己付诸的心血……而在丁青县，人们怀念两位唐卡大师，但也没有忘记他们的传承人罗布玉加。首先是著名的雍仲苯教藏医传承人桑达益西大师，向罗布玉加发出了绘制唐卡的邀请。在他前往绘制唐卡的时间里，给予他无微不至的照顾和鼓励，当唐卡终于绘完的那天，桑达益西大师为唐卡画师们专门设宴招待，以表感谢之意，又送给各位唐卡画师各种物品。宴会上，人们给画师一再敬献哈达，载歌载舞表达着对唐卡画师的尊敬。罗布玉加被如此的盛情感动了。爷爷、外公和父辈的教导又回响在耳畔——罗布玉加为自己一时的彷徨和迷茫而暗自惭愧。当藏医大师为他捧来绘制唐卡的津贴时，罗布玉加婉言拒绝了。因为这时，他已明确唐卡人的价值。

从藏医大师家里出来，罗布玉加去市场给母亲买了一件粉紫色的衬衣和彩虹般的七色氆氇围裙，他想念母亲，母亲一生盼望的，就是他能继承雍仲苯教唐卡传承，希望他早日成为一代唐卡大师，他想自己该是承担起家族重任，不负母亲期望的时刻了……

这时，霍康家族远在尼泊尔的亲戚、雍仲苯教经师丹增朗格也一直

201

关注着罗布玉加，得知罗布玉加的状况后，丹增朗格与丁青县政协和统战部以及教育局联系，希望通过自己的资助，帮助侄儿罗布玉加开办唐卡学校，广收门徒，使得雍仲苯教唐卡绘画的传承得以弘扬。在丁青县政府和县教育局的鼓励下，2003年，罗布玉加在丁青县职业中学开设了唐卡绘画专业，任教六届，先后培养200多名学生。但职业技术学校学制只有三年。对一名唐卡画师来说，三年的学习只是刚刚入门。许多学生毕业后，都希望能继续就读，却苦于没有去处。而这时的罗布玉加，在几年的教学当中，已有了一定的管理经验，萌发了自己创立一所严格按照传统教学的东路派唐卡学校的想法，并得到家族和政府的支持。2016年，罗布玉加成立了丁青县藏式绘画技能培训基地暨琼象雄唐卡艺术传播有限公司。

②

我们前去拜访时，刚好是五月丁青虫草季节。罗布玉加的学生们都上山挖虫草去了，只有罗布玉加和他的弟弟霍康家族另一位唐卡传承人丹巴尼玛在学校忙碌着。刚修建起来的校园诸如学生食堂及卧具等很多细节还没有整理好，但教室已经很规范了。整齐的卡垫床，床前挂着白布绷制好的唐卡画框；教室的前方是讲台，后墙上贴满了各位学员的照片。罗布玉加介绍说，自己开办的这所东路派唐卡绘画学校，目前招收了50多名学员，多数是丁青县职业技术学校唐卡班的中专毕业生，也有高考落榜生和辍学少年。开设有藏文课、素描课、唐卡绘画课和汉文课。学生的学习用具和每月的生活补贴都是由经师丹增朗格资助。

说着，罗布玉加带我们继续参观他的画室，除了先前看到的近年刚完成的巨幅黑唐卡大鹏金翅鸟，我们有幸近距离欣赏到他绘制的《千咒圣母》。这是一幅雍仲苯教独有的护法本尊图，神秘而奇幻的画幅瞬间颠覆了我对圣母的想象。罗布玉加说画幅上的圣母有100个头，一千只手和一千个法器。我们仔细看，越是细微处，越是出其不意，意象万千。我倒吸了一口气。如此精细、严密和宏大的构图，在如今的唐卡绘画中非常少见。这样一幅唐卡，呕心沥血从不间断地绘画至少也要画上一年啊！

我不由重新审视面前这位头发竖立、留着两撇八字胡的"小伙子"。事实上他有四十多岁了，但看上去不过三十出头。看不出这样一个有些直愣的男子，绘制的唐卡竟如此细微。而《千咒圣母》实则罕见，他能把如此超乎常人想象的每个细节描绘再现，聚精会神之中，一定独具禅念，别有传承。

在学校展示厅里，我们看到这些年罗布玉加获得的多种奖项，其中有 2011 年由西藏自治区工艺美术协会和西藏唐卡艺术博览会组委会联合颁发的西藏一级唐卡画师资格证书和唐卡《皈依境》一等奖获奖证书。而面前的《千咒圣母》在首届中国唐卡艺术节精品展上荣获铜奖。

见我们啧啧赞叹，罗布玉加很是高兴，突然提出要带我们去丁青镇茶龙村家里的密室，看看霍康家很少示外的珍藏唐卡和壁画。

③

丁青镇茶龙村距离丁青县城 500 多公里路程，但崎岖蜿蜒，加之一段河沟正在修建小型桥梁，道路十分难行。但罗布玉加在颠簸的车路上，一直兴奋地对我们讲述着即将展示的珍宝。

不久，一个宁静的小村庄在我们眼前徐徐显现，村庄坐落在一片丘陵之上，对面是一座气势威猛的铜色大山。远远地，只见罗布玉加的母亲和叔叔已在门口迎候我们了。

罗布玉加的母亲有 67 岁了，叔叔 57 岁，父亲已去世。叔叔现留在家里照顾罗布玉加的母亲和二十亩耕地。家里还有六十多头牲畜，由罗布玉加的哥哥和妻子照看。哥哥和妻子夏天就住在夏季牧场，冬天才回村庄，四个孩子在丁青县城上学，主要由罗布玉加和弟弟负责照顾……我们进到三层高的将近有三百年建筑历史的房子里，听罗布玉加介绍霍康唐卡世家的家庭结构时，看见火炉里火苗正旺，罗布玉加的母亲已为我们烧好了滚烫的牦牛奶茶。

家里到处可见古老的器皿，罗布玉加的母亲摇着转经筒，坐在一旁笑吟吟地望着我们。

我们喝着鲜美的奶茶，吃着罗布玉加自家的风干肉，心里美滋滋的。这个家族厚重的历史和温暖的氛围，令我们敬慕。当然，我们没有忘记罗布玉加此行带我们来到霍康之家的承诺：他将打开秘门，请我们观看霍康家族珍藏的画作。

喝过热茶，又和慈祥的阿妈啦合影拍照，罗布玉加拿来一长串古旧的白铜雕制的钥匙，我们跟他上到了三层。罗布玉加的神色变得凝重起来，告诉我们说，三层是霍康家族的经堂，曾祖父、祖父扎西和爷爷都曾在经堂里留下画作，从没有给外人看过。

木质彩绘镶有铜饰的木门被罗布玉加轻轻推开，一道阳光照了进去，我们的眼前，曾经的时光似乎扑面而来。

罗布玉加恭敬地手心向上让我们看经堂四壁上的壁画，说那就是爷爷的绘画作品。在"文化大革命"期间，村委会占了霍康家的整栋楼房，为了保护壁画，爷爷用白灰刷墙，掩盖壁画，才得以保存至今。

经堂里光线很暗，暗红色调的壁画上，描绘着天界的景象，一尊尊菩萨造像，似乎穿越时光，每一笔，在最细微处都似乎无限延伸，示现着多重空间里的奇妙世界。

"这柜子上面的绘画是我祖辈和父辈们先后绘制的。"柜子很高，一直抵到屋顶。上面的一把小锁，仿佛锁住了祖辈曾经的故事。

罗布玉加从柜子里拿出一本古藏文经书给我们看，上面书写的文字是古梵文。这时罗布玉加又拿出一幅爷爷画的唐卡给我们看，因小经堂光线太暗，我们请他拿到屋外。唐卡绘制的是雍仲苯教的一幅《皈依境》图，据说是罗布玉加的爷爷绘制的，距今已有72年了。正说着，我们从三楼的玻璃窗里，看到了底层的厨房。那是一间保存完好的老厨房，黑墙上画满了白色吉祥图，过去的炉灶和茶壶、铜具完好地摆放在炉灶上。罗布玉加见我们很是新奇，又带我们下到底层，一时间，我们仿佛从霍康家族精神的层面来到了生活当中，打开又一扇秘门，令我们嗅到了百年唐卡世家曾经的茶香。

霍康家族据说原是羌塘草原巴青地区霍地王的亲族，后迁移到丁青鹏鸟的故乡，并获得雍仲苯教唐卡绘画传承。

告别罗布玉加和他的小村庄出来，我们再回首，感到村庄之上，那个山坡上的小屋，好比一座家族博物馆，而民间深藏的传承，令古象雄文化不再遥远。

寻访呼图克图

——类乌齐寺札记

①

有这样一首民谣："先去拉萨朝圣再去查杰玛为好，如果先朝圣查杰玛，就会觉得，已经朝圣了查杰玛，何必再去拉萨……"虽有些绕口，但民谣所要表达的对类乌齐寺查杰玛大殿堪比大昭寺的意思，令我们此行对昌都历史上四大"呼图克图"诞生地之一的类乌齐寺充满了想象。

"呼图克图"原为藏语"朱古"之蒙语音译，意为"转世"。是清政府授予蒙古族、藏族地区大活佛的尊号。只有得到清政府的册封和承认，才能称为呼图克图。而经由清政府册封的呼图克图要在清朝专门管理少数民族地区事务的机构——理藩院正式注册，由政府发给印信。到清朝末年，在理藩院注册的呼图克图达243位。其中西藏昌都地区有四位转世活佛得到了清中央政府册府的呼图克图的尊号。这四位呼图克图分别是当时昌都强巴林寺格鲁派帕巴拉活佛、察雅寺四世切仓罗桑朗结活佛、类乌齐寺帕确活佛和八宿县桑珠德青岭寺达察活佛。

因诸多因缘，在昌都地区四大呼图克图曾经的驻锡寺中，我们选择了一路前往美丽的类乌齐县探寻历史的踪迹。

②

类乌齐县位于昌都地区北部，地处念青唐古拉山余脉伯舒拉岭西北，他念他翁山东南端。一路上，我们穿越春雪覆盖的山岭，在怒江、金河、昂曲河交织的原野上，看到一片片灌木林仿佛在婀娜起舞，像是表达着风的语言，又似风儿凝固的雕塑，每一株姿态各异，风情万千，令我们从类乌齐县前往类乌齐寺的路上，心情激越，仿佛渐入春天。

据说类乌齐最美的时节是盛夏，素有"西藏后花园"之称。海拔虽在3850米以上，夏季却繁花盛开，芳香弥漫；金色的色曲河满载着杜鹃花的倒影，从上游的纳衣塘河坝滚滚湍流。那里，德钦颇章山岩峰突兀，直入云端，半坡却被松涛环绕，幽静而空灵。由达隆噶举派高僧桑吉温于1277年创建的类乌齐寺，就矗立在那大山的怀抱中。

类乌齐寺距县城大约30千米，地处曾为茶马古道的原类乌齐古镇，是藏、滇、青三省214国道必经之地。相传创建类乌齐寺的达隆噶举是藏传佛教塔布噶举的一个支系，由噶斯家族的塘巴扎西白（1142-1210年）创建于拉萨以北澎波的达隆地方（今林周县境内）。从塘巴扎西白任法台起，到第四任法台桑吉温（1251-1296年）时，改由玛庞衮波扎西喇嘛继任达隆法台，为第五世法王。后桑吉温来到康区，在类乌齐（意为"大山"）一带创建了扬贡寺和萨玛大殿，并首任法台。之后乌坚贡布法台于1326年又建成独具特色的查杰玛大殿。此时达隆噶举出现了两大传承系统：人们将澎波的达隆噶举称为"达隆亚塘"，意为"上部达隆"；康区类乌齐寺所传的达隆噶举称为"达隆玛塘"，即"下部达隆"。两寺创始人均出自噶斯家族，并以"温举"（家族子侄继承）方式传承。从噶斯·桑吉温开始至现任寺主登江嘉措，已传承二十三代。至第十二世法台时形成了活佛转世系统。共有"吉仲""帕确"和"夏仲"三大活佛系统。

活佛转世制度，据说是由藏传佛教噶玛噶举教派第二世噶玛巴·拔希（1204-1283年）开创的，后在藏传佛教各个教派中沿用。1723年（雍正元年），清朝册封类乌齐寺第一世帕曲·阿旺扎巴称勒为"诺门罕"名号。1731年（雍正九年），清朝政府封帕确为呼图克图，并封类乌齐为其采邑。在扬贡拉让下面有一个称为"吉苏康"的办事机构。清朝册封呼图克图转世，是沿袭元代以来对西藏地区的管理措施。

沿着历史的足迹，在民谣的歌唱中，2015年4月，我们来到了类乌齐寺的查杰玛大殿。

春雨刚过，查杰玛大殿焕然一新，那藏地独具一格的建筑风格，令我们惊诧不已。只见大殿坐西朝东，总建筑面积3334.64平方米。建筑主体呈四方形，有48米多高，外墙用红、白、黑三色颜料涂抹竖型纹饰，每道竖条有一米多宽，这种寺墙装饰，在西藏绝无仅有，格外醒目，而红殿白殿飞檐金顶直指苍穹，气势非凡。

据说，"查杰玛"在藏语中意为"花色殿"。大殿外墙上的三色象征三怙主，白色代表观世音，红色代表文殊菩萨，黑色代表金刚手。相传查杰玛大殿历时6年才修建完成。为了把大殿建造得雄伟壮观，当时还特意从尼泊尔和其他地区聘请工匠，参与了设计和建造。

环绕在大殿外的转经筒也很独特，都是羊皮包裹，上面绘有经文和花饰。只是很多都已老旧脱色，有些开线露出了里面装藏的经文。大殿里光线有些昏暗。二十来名僧人正在诵经。

"古修啦，扎西德勒！"一位健壮的僧人走过来，我向他问好道。

"听口音你是拉萨来的？"古修啦问。

"是呀。"我说。

"殿堂正在维修中，不太方便，我带你们参观吧！"说着，古修啦叫来几名僧人，拿过一大把钥匙并自我介绍说："我叫诺布坚赞，是类乌齐寺的民管会主任。我们寺是县级编制，有263位在编僧人，还有很多不在编僧人也在这里寄宿学习。"

我们边听边参加，只见一层"条花殿"内，大都用黄金、紫金、白银、朱砂等作为原料书写的8万余册经书竖起的巨型经墙，有些因为大殿正在维修，堆放在墙角。

"大殿2013年由哈达集团开始维修，还没完工，墙体全部是新建的，回廊地板也是新铺的，挑梁、斗拱也是全新的，脱落的壁画也要重新绘制。"

古修啦诺布坚赞给我们介绍时，我数了数，高矗于大殿中有180根柱子，其中64根大柱高约15米，差不多两人才能合抱。这些林立的柱子将殿中的天窗托起，阳光如灰色丝线，铺满了殿堂。环目眺望，殿堂为条花殿、红殿和白殿共三层。二层的红殿和白殿逐渐向里收分，饰有飞檐金顶，藏式、汉式和尼泊尔风格相融合，颜色对比上富有层次和立体感。

这时，古修啦诺布坚赞带我们来到二层著名的释迦牟尼水影佛像前，这尊佛像历史悠久，相传是根据释迦牟尼生前在水中的倒影所塑，古修啦诺布坚赞要我们仔细瞻仰，说出这尊佛像的特点。

只见释迦牟尼佛跏趺坐于莲花之上，无其他装饰，造型简洁，在藏地其他寺院还没有见过。

"这尊释迦牟尼佛像距今有2500年以上了，因为根据释迦牟尼的真身在水里的倒影所塑，所以脖子部位要比其他释迦牟尼佛像的比例短。"

相传当时的工匠因不便直视释迦牟尼，便从水中的倒影中观瞻，雕塑出来的造像便名曰"水影佛"。得知这段传说，再仔细看，似乎看到释迦牟尼的真身当时在水中金光漫溢，而因细水微澜，脖子的部位看上去要宽和短一些，面部也似乎比其他造像丰满，双眼里似乎有水光微漾。在释迦牟尼水影佛像的左右，还有许多珍贵佛像以及珍贵的纯银佛塔。

我们跟着古修啦上到大殿第三层的白殿。"这里面珍藏有镇寺之宝：有相传为桑吉温在建寺时从上部达隆带来的释迦牟尼佛紫金像，据说是当年在制作大昭寺释迦牟尼12岁等身像时，是用剩下的材料做成的。佛像内藏有佛陀的舍利和一节指骨。另外，这里还藏有元、明、清时期的唐卡精品54幅，其中历经一千多年的有12幅，其余的至少有七百多年的历史，另有两幅大型丝绣唐卡。还有用金汁、银汁书写的经书，其中有九百多年历史的在靛青纸上用纯金汁抄写的佛经5部。还有许多珍贵的文物，有据说是用龙泥塑造的印度菩提伽耶塔像1尊，已有二千四百年历史；有用乌铜造的"嘎丹塔"3座，据说已有一千多年的历史；有清代雍正皇帝赐赠的缎子座后屏1件、象牙碗1只、象牙狮1只、象牙桌面1块；有第五世达赖（阿旺罗桑嘉措）的金银镶嵌茶壶1只、大象牙1只；有格萨尔王的镀金马鞍1套和他手下大将德玛、兴巴、囊俄的马鞍具及大将江色等人的宝剑两把；还有大型银塔3座、铁质三角剑两柄、铁质金刚杵1支等。这些珍宝一般不轻易示人。"僧人诺布坚赞指着铁栏杆内，因为大殿维修而集中存放着的众多珍贵文物滔滔不绝像是在背诵经书一般讲述着，一群栖息在殿内的鸟雀和野鸽子扑扇着翅膀，从他的头顶飞逃而过。

查杰玛大殿到此就要考察完了。我们小心地踩踏着寺顶多处已龟裂的阿嘎地，忍不住问僧人诺布坚赞："大殿什么时候能维修完呢？"僧人诺布坚赞和随他一起上到殿顶的几位僧人互相看了看，又望着我们，似乎无从说起。

从查杰玛大殿出来，我们见到了如今的"呼图克图"。

③

据说类乌齐寺第二十五代法台帕确呼图克图于1996年入寺，2005年坐床，法名帕确·阿旺·嘎松尼玛。他生于1981年，父亲巴登系察瓦岗曲龙本仓（官家）之子，母亲次仁德吉的父亲是六世帕确和四世夏促的兄长。

1980年，六世帕确圆寂后，曾有神通圆光术的卡察扎巴预言昌都雍仲氏中的雍仲本嘎将诞生第七世帕确转世。

相传，嘎松尼玛从小就能确认出六世帕确身边的人，誉满上康区的大成就者喇嘛次久喇根初见嘎松尼玛时，便格外欢喜，确信他是第七世帕确转世，赐法名为嘎松尼玛。1994年，当达隆孜珠土邓工村仁波切前来类乌齐寺讲经诵法时，为嘎松尼玛削发授予家戒，赐法名为阿旺洛桑吉美扎巴白桑布，亦称阿旺丁增曲吉扎巴。2004年10月22日，在类乌齐寺隆重举行了七世帕确阿旺嘎松尼玛坐床典礼，并委任为类乌齐寺第二十五代法台。

④

穿过堆满木材的院落和矮屋，类乌齐寺第七世帕确就住在一栋旧楼房的二层。从昏暗窄小的楼梯上去，最里面那间屋子，就是他的宿舍。

不足十五平米的小屋里，有一扇不大的窗户透进些许阳光。小屋里很冷，烧着柴火炉子，一排简单的佛龛前供奉着酥油灯，靠窗的位置有一张一米宽的矮木卡垫床，帕确盘坐在矮木床的卡垫上，微笑着向我们问好。

"扎西德勒！"我向他问候道。

"免礼免礼，听说你们是来自拉萨的作家？"帕确用流畅的普通话对我们说，要我们坐下，不必拘束。

"相传元朝泰定帝在位时，玛卡太后前往藏地朝圣路过类乌齐寺，供奉了大量珍贵文物，后来类乌齐寺还珍藏有大量明、清文物，但'文革'期间流失严重，现在法国卢浮宫内还藏有类乌齐寺流失的珍贵唐卡。"据说帕确今年有34岁了，他戴着黑边眼镜，透过镜片，开始给我们介绍寺院的历史，我吃惊地听着，暗暗感叹帕确的普通话讲得真好。

"可以这么说。"帕确微笑道："当初我小学毕业时，得知自己要出家，非常高兴。以为再也不用写作业，不用考试了，但没想到后来学佛学更艰难。但在我的上师登真堪布耐心教诲和鼓励下，渐渐树立起全新的世界观、价值观和对宇宙生命的认识。"

我认真地聆听着。

"在跟随登增堪布学习期间，我在类乌齐讲学班得以系统学习了经律论诸部，逐渐通晓了新旧各读部，后在讲学班担任了复诵师。期间，我也一直坚持学习国家通用语言文字。"

远山风过，帕确的话语在我们耳畔流淌："上师将自己毕生所接受的传承法脉与自身所取出的伏藏法，全数传给了我们。他9岁来到类乌齐寺，被第六世帕确活佛认定为诺那活佛转世，10岁时被类乌齐北伏藏寺认证为第五世登真活佛转世灵童。13岁时在第六世帕确活佛跟前受沙弥戒，并于同年进入类乌齐寺讲学班学习6年，当选为讲学班的金刚上师。1982年国家批准类乌齐寺恢复宗教场所，上师带领信众修建类乌齐寺的查杰玛大殿和其他等等。1983年上师受比丘戒，并恢复了类乌齐吉祥布萨和长净。大昭寺举办第一次祈愿大法会时，在十世班禅喇嘛和噶登赤巴等众多的学者前，上师考取了格西拉让巴。从此上师的威望传播到整个藏族地区，登真活佛的名称也变成了'康卓格西'。1987年时，十世班禅要求上师做他的秘书。1988年，上师回到类乌齐寺，将讲学班改建成讲经院，类乌齐寺圆满恢复讲经院。1992，查杰玛大殿恢复圆满，上师和加纳法王共同举行开光典礼。同年，上师和加纳法王也在昌都地区藏医院第一次担任修持珍珠丸的主法上师。"

我曾拜读过帕确在登增堪布圆寂后写下的祷文。帕确对上师的怀念之情，十分感人。

⑤

从帕确的房间出来，正午灿烂的阳光令远处的僧舍和寺院变得格外奇幻。早上那位高大的古修啦诺布坚赞远远地在寺院食堂门口朝我们招手。

"你们见到帕确仁波切了吗？"他显得很激动，"帕确仁波切明天就要开始为期六个月的闭关修行了，今天你们机缘很好。"他说时，一位气质飘逸的僧人走来。

"这位是堪布西热江措，他刚从大山上闭关出来。"见我们好奇地探望，僧人诺布坚赞热情地介绍道。

我们就地坐下来，询问这位堪布有关闭关的感受。

"您这次闭关以后，还会再闭关吗？"我问。

"是的，除了应信众请求到查杰玛大殿做法事，我们都喜欢去闭关。接下来我还要闭关修行，这一世修、下一世再修，生生世世修行。"堪布西热江措平静而坚定地说，双眼闪烁出的光芒，令我有些沮丧，因为我突然意识到，那种内心的力量，与我们现世中现实而具体的民生是无关的，我不禁暗暗打了个寒战。

这时，我看到三三两两的僧人向后面的旧楼房走去，还有一些进到了一间简易房里，我们便跟过去看。原来他们是类乌齐寺讲经院的学僧，要开始上课学习了。在一栋阴冷昏暗的旧石楼的一层,我们来到讲经院的教室,教室里一无所有,只有众学僧围坐在一位老师身旁,依稀的阳光,透过一扇小窗洒在众僧红褐色的僧袍上。我们又去到石楼外面的简易房,这里光线很好,教室里除铺了一张化纤旧地毯外,没有任何教学用具,学僧们围坐在经师身旁,正在学经。

⑥

这天下午,我们搭寺院的车,来到了类乌齐寺背靠的大山上。只见白雪覆盖的松柏林,掩映着一间一间闭关的房舍,静谧的山林间,似乎弥漫着一种不可见的能量,我情不自禁地伸开双臂,深深呼吸着大山松林中甘凉的空气,身心倍感恬静和舒缓。

"真想留在松柏林深处,回归内心,也去尝试闭关……"同行的朋友遥望着雪岭山川,背诵着帕确今天送给他的箴言:"不必为过去遗憾,因为过去的一去不返;也不必为明天担忧,明天和死亡哪个先到来谁都无法预知。做好今天的事业,才是未来的希望。"

"你还是好好采写报道吧,不是让你做好今天的事业吗?"我笑道:"再说你闭关肚子问题谁来解决?"

大山幽静,松柏挺拔,山坡上,既有远古近乎倒塌的闭关房,也有在今天的阳光中鲜艳醒目新修建的讲修院日光殿。一些学僧们朝大山高处走去,望着他们在松林间闪烁的背影,我突然想:光阴流逝,类乌齐寺虽承载着历史的记忆,但今天的"呼图克图",已不能是我们精神和生活的统领。

桃 花 盐

①

外婆在世时，我们家一直吃的是外婆的表弟尼玛舅爷从盐井带来的食盐。听外婆说，和平解放前尼玛舅爷是行走在茶马古道上的马帮人。和平解放后公路修通了，尼玛舅爷就坐货运车，从云南奔子栏出发，继续做些小买卖，每年都会来到拉萨。

记得尼玛舅爷性格沉默，不怎么搭理我们小孩，只和外婆聊天，他吸着长烟管，用我只能听懂一半的康巴方言给外婆讲述着茶马古道上驮盐的传奇故事。

那些年，尼玛舅爷除了带来盐井的盐巴，还会带来一小罐盐井的葡萄酒和一些奔子栏的木碗等土特产。听说他是从云南奔子栏沿着澜沧江途经德庆来到昌都地区的盐井，再从盐井到芒康、左贡、邦达、八宿后进入工布地区的波密、林芝，行程近一千多千米。据说这在过去，马帮翻山越岭要走六十多天，但滇藏公路修通后，尼玛舅爷坐着货运车，六七天就能到达拉萨。

一路风尘，尼玛舅爷带来的东西里，我们小孩最喜欢的是盐井洁白的盐，看上去好像童话世界里的雪，捧在手里，又像一颗颗透亮的水晶。最高兴的是，外婆升起炉火，用新盐给我们做好吃的。而加入盐井盐的菜肴，吃起来除了格外鲜美，还在我心里埋下了一份对遥远盐井的美好憧憬。

②

多年后的一个春天,我终于有机会从西藏昌都地区芒康县南下,去到纳西乡盐井村。

那是一个奇妙的村落。我们沿公路盘旋而下时,只见落在深谷中的澜沧江犹如一条蜿蜒的巨蟒,它的两旁,只要有一方坡坝和台地,就有炊烟袅袅。这些犹如星辰散落在澜沧江谷底两岸的村庄,就是盐井村。

听父亲说,春季正是产"桃花盐"的时节,我才注意到四面山谷里盛开的桃花,正纷飞在澜沧江猛烈的春风中。

到达盐井的当天,我就急不可耐地奔向了澜沧江斜坡上的古盐田。只见蓝天白云之下,一块块盐田由林立的木柱子支撑着,依着悬崖峭壁高低错落,那景象,恍如回到了远古的神话境界。

空气里弥漫着桃花的芳香,江风拂面,带来盐田的咸味;我顺着崎岖小径,快速上到盐田,只见有的盐农在打扫刚收过的空盐田;有的盐田里注满了澜沧江畔盐井里自然涌出的卤水;还有的盐田里结晶的白盐已浮出了绿水,有的盐田已晒成熟了厚厚的盐,盐农将最上面一层轻轻刮下来,收到盐田边上,高高放在一旁的草筐里单独晾晒,以待食用。然后再把盐田里下面两层盐刮起来,在盐田里堆成一朵朵花瓣的形状,继续晾晒……这时,远山千年野桃花树,在春风激情的摇撼中,粉色的桃花瓣被吹扬在空中,顺着澜沧江飘落在盐田里,于是,花香入盐,成为一年四季中最为著名的"桃花盐"。

③

陪同我们来到纳西乡的曲宗,是一位美丽的盐井姑娘,她的家就在下盐井。当我们得知她家有十三块盐田，嫂子每天还要去盐田劳作时，我们非常兴奋。第二天一早，我们便去往曲宗家。

我们的汽车开到下盐井村外停下来时，刚好遇到一队骡帮驮着盐从村子里出来，每匹骡马背上都驮着两麻袋盐，估计有两百斤重。和平解放前这些骡马就是这样身负重荷，翻山越岭，给人们送去食盐的……想着，我心里对眼前的骡马和赶着骡马的驮盐人敬佩不已。当然，这一对驮盐的骡马再也不用跋涉远行了，把盐从盐田里驮到上盐井村，就会有货车来收盐、运销到外地。

虽然眼下交通便利，但却有另一个消息，令我心中暗暗吃惊：据说和平解放前，盐井盐田产的一斤食盐价格是现在的十五元人民币，驮到四川甘孜，一斤盐可以换到九斤青稞，并供不应求，而现在一户盐农如果一年只收产三千斤盐，也只能卖掉一半，并且一斤盐只卖得到一元钱，很多盐农无法再依靠盐田生活，古老的盐田渐渐被荒弃。

④

但具有1300年历史、世界独一无二的古盐田及其制盐技术，仍然吸引着世人奔赴盐井。走进下盐井村，村庄依然被田野环抱，保持着原有的自然风貌。家家户户修建的小楼房雕梁画栋，每家都通了电和自来水，装有太阳能洗澡设备，水泥硬化路也修到了家门口，很多农户都在自家开有农家乐，为前来观赏古盐田的游客提供食宿。桃花盛开的村庄里，没有修建高楼大厦阻挡阳光和视野，没有车驰人往的喧嚣和浮躁，甘美的江风拂面，湿润而富氧的空气中，太阳犹如一颗颗钻石闪着光。

据了解，盐井井盐晒制技艺在2008年被列入国家级非物质文化遗产名录，盐井的村落因此才被保护得如此完整吧！我不由感叹：那些从澜沧江地质深处涌出的千年不竭的神奇的盐汁盐田，是养育世代盐井人的福田啊！

曲宗的家就坐落在下盐井美丽的村落里。推开曲宗家的院门，只见院子里有一个三十平米的牛圈，圈养着六七头牛，再往里走，是她家三层的藏式小楼。一层光线有些暗，很是清凉，放着各种机械农具和风干的琵琶肉，中间有一个木楼梯，一只小狗趴在楼梯口，听到我们的脚步声，热情地起身摇着尾巴。

"桑珠……"曲宗呼唤着它，上前把它抱在怀里，这时我才看清小狗狗两只眼睛都瞎了，曲宗说是它太顽皮，跟着大哥到上盐井村卖盐，在马路上乱跑时被车撞了……正说着，曲宗的父亲掀开门帘走了出来。

曲宗介绍我们时，老人请我们到客厅入座。客厅很大，尤其客厅里只有曲宗父母两人，就显得更大了。黑火炉、红铜水缸、卡垫床和长条藏式茶几等，家里的摆设传统而温馨。这在几代以前，一定是人丁兴旺的盐户，不过现在，儿孙满堂的家里人口虽没有减少，传统的生活方式却悄然改变了，除了一个儿子和媳妇留在家里继续当盐农，曲宗和其他七个兄妹以及下一代都已离开盐田，外出工作和上学了。从前的家庭结构正在瓦解。如今在盐井，村庄里留下来的大多是老人。比如曲宗的父亲，72岁的老人登增曲培，曲宗75岁的母亲，她那双在盐田中几乎浸泡了一辈子的双脚，到了75岁的晚年，依然健硕有力……

登增曲培翻出曾经驮盐时用的钱袋给我们看，真是一个白铜雕制的精美的手工艺术品，想当年登增曲培驮盐穿越风雪，走过云南德钦、中甸、德荣、甘孜理塘、巴塘、昌都芒康、贡觉、工布、察隅等地，跨越澜沧江、金沙江、怒江……腰上系着这个沉甸甸的钱包，里面装着用盐换来的银圆和藏币，浩浩荡荡返回盐井时，盐井村民一定犹如欢迎英雄归来一般热烈。那个年代，登增曲培说，村里一队驮盐的马帮一般由25匹骡马组成，由5个人跟着出发，一头骡子要驮差不多180多斤重的盐巴长途跋涉，驮盐路上有时找不到柴火，就只好用牛皮袋子、骡子和马的马鞍当柴来烧茶。一年沿茶马古道两次出行驮盐卖盐，往返最快也得一个月时间。

"我还记得上小学四年级时的情景。"也许是被父亲的回忆感染，曲宗也开始讲起了自己童年关于盐的记忆："妈妈、姐姐去盐田收盐时，学校放假，我有时也会去送饭，我有一个小小的背盐的木桶，不到一米高，也背过几次。但最好玩的是那些外地来的买盐的商贩，为了收换盐，把很多商品直接摆到了盐田边上，有丝袜、有漂亮的头绳，很诱人。"

一直在看电视的曲宗母亲终于回头，和我们说起话来："那个时候我们一年四季光着脚在盐田里劳动，刚开始脚上会长满水泡，冬天又被冻裂，双脚都失去知觉，走在砂石上也不感觉痛。我十八岁嫁过来，春夏秋冬一年四季天天在盐田里背盐、晒盐和收盐。腰上虽然系着棉布做的驮桶的枕袋，但还是被卤水浸透、被卤水桶磨烂皮肉，我们盐农腰上都有伤疤，腰都变成了黑青色了。"

原来壮美的盐田背后，浸透着晒盐妇女的艰辛和汗水啊！

"那你们在盐田里劳动时会唱许多关于盐的歌谣吧？"我问。我想象她们系着鲜艳的头巾，像西藏泽当、日喀则等地的农区妇女一样，在盐田里欢快地劳作和唱着动听的歌。

"哈哈……"曲宗的母亲次仁卓玛开心地笑了起来，"怎么有空唱歌呀！我们光着脚，要抢卤水呀！等在盐井旁，等着卤水慢慢升上来，赶快去提卤水，再背上盐田。要跑得很快，要多打卤水，没空唱歌！"次仁卓玛面色红润，脸上泛着健康的光泽，穿着漂亮的盐井妇女的传统藏袍，戴着头饰，很是安详和雍容华贵，难以与当年脱去长袍、光着双脚在盐田里辛苦劳作的女子联系在一起。

"记得那年我怀了龙凤胎，肚子很大，但也没休息过一天，直到临产的那天上午，还往返在去盐田的路上……"次仁卓玛说着，眼睛里满是自豪。

听着两位老人的叙述，我满怀崇敬地看着他们。

"冬天也光脚在盐田里劳作,那有没有风湿性关节炎呢?"我问。

"没有没有。"曲宗和她母亲异口同声地说道。

"也许盐对身体很好?一辈子浸泡在盐田里,什么病也没有。"曲宗笑道。

"看你妈妈皮肤那么好,说不定盐井的盐还有美容的效果呢!"我望着次仁卓玛阿妈说,她的脸上真是没什么皱纹。

"对呀,现在流行盐浴什么的,说不定我们盐井的盐有特效呢!"曲宗眼睛亮起来。

⑤

曲宗的嫂子玉珍从地里回来了。她推门进来,带来一股春天泥土和桃花盐的味道。玉珍脸上的汗水未干,她洗洗手,一进门就给公公婆婆添茶,又笑盈盈地向我们问好和添茶。

曲宗说家里现有的八亩青稞地和十三块盐田全部由嫂子一人打理,她的丈夫、曲宗的二哥买了货车,主要在外跑运输,出去时带一些盐卖,回来时主要拉水泥、建筑材料等。

这是西藏康巴地区男女之间清楚的分工,男主外,女主内。这种传统使康巴妇女看上去格外勤劳本分,而且孝敬老人和长辈,任劳任怨地呵护着全家老少。康巴男人则勇猛而多谋,成为家庭里的顶梁柱。

玉珍坐下来喝了两杯茶,休息片刻,准备去盐田收盐,我终于等到这个时刻了。

从曲宗家到盐田差不多有四公里的山路。玉珍和曲宗的父母显得很担心,怕我走不动。曲宗说,去年她的大哥带了一个拉萨小伙子去看盐田,在走到澜沧江悬崖峭壁的羊肠小道时,那个拉萨小伙子吓得双腿发软,不敢朝前迈步,她大哥只好把小伙子背到了盐田。曲宗说着,玉珍和两位老人不停地笑着点头。但想到桃花漫飞美丽盐田，我还是坚持要跟玉珍去。

太阳很烈，道路弯曲，一会儿翻坡，一会儿下到青稞地里，惊起成群的红嘴乌鸦。这样走了半个小时，终于进入了澜沧江畔的礁石滩。玉珍指着礁石滩中间的小径说，那是今年刚挖出来的路，过去一年四季盐农们去往盐田，得翻越成群的礁石。

我被太阳晒得出汗，环顾四周巨大的黑色礁石，感觉自己来到了古海滩，这一片在远古一定是从海洋中升起来的陆地吧？但无法想象采盐的妇女们那灵巧的身姿，如何在艰险的礁石上攀爬跳跃，往返在沙砾、烈日和狂风中。

穿过澜沧江畔的礁石滩，不足一米宽的小径开始向上盘旋，直抵澜沧江畔的悬崖顶上，只见江水在眼底咆哮，江风猛烈吹来，我还真有点怕。但一抬头，层层盐田突然出现在眼前，那壮美之景令我心醉。

玉珍这时已跨到盐田里开始劳作了。

春风从四面的山谷吹来，我们有些站不稳，玉珍则麻利地拿起铲刀，弯腰稳稳地刮着盐。随风飘来的桃花的花瓣，落到盐田里，令我浮想联翩。我也借来一把铲子，挽起裤腿下到地里，学着玉珍开始铲盐。我一步步跟着她，踩在盐田上，能感觉到脚下盐棚土木的弹性。但接下来飘着桃花的白盐可不像我想象得那么柔美：盐层非常硬，并要会使巧劲才能不把底层的土一起刮起来。

玉珍熟练而轻巧地把盐田最上面一层薄薄的结晶体刮起来，很快装满了一簸箕，盐田里只剩下第二层和第三层盐了，因为有泥土混杂，最底下的第三层收来是喂牲口的，中间第二层用来腌制泡菜、琵琶肉或者用来浸泡野生毛桃，曲宗说，稍稍泡一下，就可以将小毛桃上的毛质清洁干净。

生硬的盐巴紧贴着泥土，我学着玉珍用铁制的刮刀用力刮十下左右，再把刮松了的盐朝上推成一小堆继续晒。不久我的两眼就被白盐的强烈反光刺得生痛，而澜沧江上空越发猛烈的春风把我吹得快摔倒了，哪里还能弯腰刮盐？我只好和曲宗靠在盐田旁等着玉珍大嫂，心里当然也不敢嗔怪春风。没有如此强烈的风和太阳，一田的卤水怎么能一天之内风晒成盐呢！

玉珍收堆好一块盐田，又去收另外一块盐田，江风中她稳稳地来回挑盐，不知是汗水还是盐水，淌满在她的脸上。

而这时，什么也没干的曲宗靠在盐田的矮墙上疲惫得昏昏欲睡，她已经不能像嫂子玉珍一样当一个盐家妇女了。她的成长经历和我很像：在盐井读完小学、去到南昌读中学、在北京西藏中学读高中，再后来考到上海商学院。从小到大，人生的十多年从未离开过学校。所以，即使在盐田上站着，我们都感到难以承受盐田上的骄阳和狂风。

其实，所谓盐田，是盐农们依江搭建的一个个高悬的木平台，为支柱式木棚结构：以木头支撑起一块块木质平顶，在平顶上铺盖碎的草本植物，再铺上旧盐田里挖出的泥土，人工建造成小块盐田。晒出来的盐，来自澜沧江畔天然涌出的卤水。现在，妇女们不必再靠人力背卤水倒在盐田里晒盐了，而是用电动抽水机把卤水直接抽到盐田里灌满，省去了很多劳力。但玉珍说，她每天早晨还是得五点钟起来，头上戴着照明灯，赶到盐田来抽卤水和晒盐。说着，她往盐田下面走去，去收抽卤水的塑料管子。我忙跟着她下到盐棚底下，只见棚顶流淌下来的卤水结晶成一柱柱钟乳盐，美极了。玉珍躬腰快速走在下面拐来绕去的弯道上，我远远地落在了她身后。棚子下面到处滴着盐水，流进我的脖子和背上，我才想到，采盐的妇女浑身上下、一年四季恐怕都被盐水打湿着，这感觉可不是太妙呀！

不过昏暗的盐棚下面，仿佛另一个世界。亮晶晶的盐结晶缀满了棚顶。玉珍说这些钟乳盐年代久远，因对盐棚具有堵塞的保护作用，盐农会小心不碰碎它们，也不会取下来食用。而棚底的柱子因多年浸透了盐水，在更换时，要把旧柱子再泡回到卤水里，晒出每一粒珍贵的盐。

终于下到了澜沧江畔，只见一洼洼碧绿的卤水静静地涌成盐井，有些靠近江水的卤水源，已被人们用砖石围筑成了高达十几米的深井。

玉珍把抽卤水的管子收拾好装进了盐棚下的一个大箱子，又很熟练地给抽卤水的机器灌上些机油。盐有很强的腐蚀性，这些抽卤水的管子和工具如果不每天护理，玉珍说很容易坏掉。这时我还看到，为了抽卤水，盐田上下到处拉着电线，在这样潮湿的环境里，看着很是有漏电和碰线的危险。

玉珍回到盐田，还要继续收盐，我和曲宗感到江风带着咸盐吹拂到嘴里、眼睛里和脸上，再经烈日一晒，真是火辣辣地疼，我俩只好告别玉珍先往回走了。

回来的路上，我回忆着格萨尔王的故事《姜岭之战》中一百八十多万士兵为了抢夺盐田的战争以及汉文史料《盐井民国志》中的记载：盐井盐田，系澜沧江两岸下有底泉，以石砌坎，就山坡架木为畦，上铺寸厚之黄土，以人汲水倾于畦内，见风成盐。每日一人可晒净盐三十余斤。盐呈红黄两色，食之味浓。不由问曲宗：你嫂子和你母亲她们那样辛苦地制盐，如今盐井的盐，究竟和现在的生活还有多大关联呢？

⑥

再回到下盐井村时，有一位叫索朗吉村的老人拉着曲宗的手，说很久没见，热情地邀请我们去家里喝茶。据说盐井原住居民只有一万人左右，所以一半以上曲宗都认识。

老人的房子和院落非常漂亮，不过也是"空巢"。除了老伴央宗在家，儿女和孙子们都外出工作和读书了。看到央宗奶奶长着大脖子，像患有甲状腺疾病，喝茶的时候，我便问盐井产的盐是否含有充足的碘。

央宗奶奶笑着说，除了爬坡时有点喘气，大脖子病并没给自己带来什么不适。因此从没看过医生。说着，担心我误解，又强调说："整个盐井像她这样得大脖子病的还没见过有其他人。"

索朗吉村也忙说："和盐没有关系的。记得1959年从昆明请专家来盐井监测，在卤水井和盐田里抽样检验时，检测到卤水倒到盐田里后，碘含量比原来卤水井里的含量更高，说有可能垫在盐田里的草也含有碘。"说着，老人拿来一捧盐让我看："你看，澜沧江东岸的盐白，南岸的红一些，成都质检的也来检测过，发现盐里面含铁量也高于一般的盐。"

索朗吉村说着，央宗奶奶和曲宗充满感情地点着头。

"我们只吃我们自产的盐，还用来腌制琵琶肉，琵琶肉只能用我们盐井的盐腌制才行。"

琵琶肉是用云南、芒康地区特有的一种腌肉的工艺制作出来的。腌制出来的肉切成片是透明的，非常好吃，油而不腻。据说是要用一整头猪，开膛取出内脏后，再用盐井的盐填满，再缝起来风干后就制成了。但关键是要用盐井的盐巴才能腌制成功。

"你们这代盐井的年轻人，没想过在盐井开办盐制品加工厂或者发展与盐田有关的行业吗？这样你们就不必离家在外谋生了吧？"我问。这几天，我的手机微信响个不停，都是天南海北的朋友看了我关于盐井的图文，要求购买盐井的盐巴的信息。有做美容行业的朋友要求常年订购以用来做盐浴，有食品加工行业的朋友也要求大量订购以做腌制食品，还有做保健食品的朋友想开发盐井的盐以用来洗涤蔬果。

"哈，运输成本好高，盐巴太重了……再说盐井还没有一家物流公司。"曲宗笑着说。

回到曲宗家，两位老人已经给我们做好了非常有名的家家面，手擀的面条、盐井盐腌制的琵琶肉和腌菜，我一连吃了21碗。吃完后，我背上一大袋盐井的盐巴，踏上了回返拉萨的路。

天主教村庄——上盐井

①

题记： 盐井天主教堂是西藏唯一的天主教堂，位于西藏昌都芒康县纳西乡上盐井村，国道214线旁，占地面积6000多平方米。由邓德亮神父和比神父于1865年至1949年历经17年创建。

很小的时候我就从来自盐井的益西叔叔家见到过《圣经》，益西叔叔住在我家隔壁，是我父亲的同事。每到用餐时，我们会爬上墙头，好奇地看益西叔叔一家人低声祷告的情景。虽然餐前祈祷不足为奇，但我们发现益西叔叔一家祈祷的手势和我们不一样，祷词里有我们陌生的耶和华。

作为一个藏族孩子，那是我对天主教最初的接触，觉得信仰天主教的益西叔叔一家其实和我们没什么两样，但对未曾见过的神父，还是充满了天真的想象。

80年代初，来拉萨旅游的一位朋友，给我带来一本藏文版的《圣经》，印刷精美，里面的文字和故事像一部史诗，我很是喜欢。而这年，当我来到位于西藏自治区昌都市芒康县纳西民族乡上盐井村，远远看到群山环抱中，具有浓郁的藏族建筑风格的天主教堂时，童年的想象不禁浮现于眼前。

那是一个涂有我熟悉的西藏绿松石色的塔楼式建筑。尤其是教堂顶墙上巨大的十字架，完全是绿松石色；教堂大门门楣和屋檐，和西藏的房屋一样，装饰有彩绘的"喇嘛坨坨"和鲜艳图案。远远望去，在高原强烈的阳光中，教堂似乎只是比其他民居高，外貌与藏地建筑没有太大区别。

这般融合了西藏建筑风格的教堂也许在全世界也是独有吧，我感到十分亲切。而此时，三月的桃花、梨树簇拥在教堂四周，花开缤纷，让我更是感觉到它矗立在盐井人的生活之中，而不是之外。

但我并未能马上见到神父。随曲宗走进美丽的上盐井小街时，迎面走来的是一位肤色白皙的姑娘。

"嘎达丽娜！"曲宗高兴地叫道。

两个女孩互相问候时，我暗自想："嘎达丽娜难道有欧洲人的血统吗？高高的鼻子，微黄的发质。"

"不是的，我们家是藏族人。"嘎达丽娜对我笑道："我们的名字是神父赐的。"

原来，嘎达丽娜的母亲，是曲宗嫂子玉珍的姐姐。嘎达丽娜年芳二十三，是昌都市分配到上盐井的驻村公务员。

"家里人都在盖房子，随我去拿钥匙再回家喝茶吧！"嘎达丽娜的笑容，和村子里梨花花瓣上的阳光一般清亮。

"她弟弟长得更像外国人！"听曲宗这么说，我忙建议去工地上看当地人怎么建房子。

嘎达丽娜的父亲、弟弟以及曲宗的二哥等全部在工地上劳动，见我举起相机对着嘎达丽娜的弟弟德林拍照，德林有些害羞，但一会儿就忘记了，露出顽皮快乐的本性，和曲宗的哥哥打斗嬉闹起来。

德林19岁，是嘎达丽娜的二弟，留在家里务农，他的面貌的确比嘎达丽娜更像欧洲人，难道内心的信仰，会改变人的外貌和血脉吗？

像上盐井村所有的天主教家庭一样，嘎达丽娜家也把耶和华和圣母玛利亚的圣像供奉在木雕的佛龛里。

嘎达丽娜的爷爷杨培，那位颇有绅士风度的老者，见我把目光投向佛龛，忙起身拉亮了佛龛前的供灯，在霓虹灯温暖的光芒中，杨培爷爷崇敬地仰望着圣母圣父，眼神里流露出满足和虔诚。

盐井是西藏迄今唯一有天主教堂和信徒的地方。村里一半以上的村民信仰天主教。那么他们在这个横断山脉的峡谷古镇里，是怎样与藏传佛教信徒共同生活的呢？

曲宗笑着说，自己的嫂子玉珍信仰佛教，玉珍的姐姐则信仰天主教，一个家庭里有两种信仰，在这里很自然。嘎达丽娜也连连点头说这种情况在村里很多的，并没有因此带来任何矛盾。

"只是有些戒律和禁忌不同。"杨培爷爷声音低宏，语速沉稳，在窗外太阳光的照耀中，鼻梁显得格外笔直和高挺。

"比如鱼的问题、蛇的问题，各自的教义都有不同的阐释。但在具体生活中，我们都能相互尊重。"

"藏历年或者圣诞节天主教堂和寺院都会互相邀请参加庆典活动，双方信众也会共同联欢，跳弦子舞、唱歌庆祝，非常热闹的。"嘎达丽娜说着，我的眼前却展现出另一种景象：在远古横断山脉流域，一片片坪坝和坡地散落在澜沧江两岸，勇敢的人类在这些土地上开垦农田，在古老的江畔以盐卤水晒盐，世代生存繁衍下来，到了吐蕃时期，这里已成为闻名遐迩的通往南诏的要道以及滇茶运往西藏的必经之路。有谚语说：条条道路通罗马。果然，这个雪域高原大山深处的村庄，似乎独有着通向天主的秘径，在距今100多年前，天主教从察瓦博木嘎地方开始传入了盐井。而相传早在1847年，西方传教士罗勒拿便装扮成商贩千里迢迢来到了昌都地区传教。在被昌都当地官员押回四川后，1850年，传教士罗勒拿和潇法日改道云南，从离盐井颇近的云南维西地区进入当时属噶厦辖区的察瓦博木噶，在此建立了天主教第一个传教点，并招收到极少的信徒。后多次于1861年6月、1862年6月先后三次从察瓦博木噶出发，经扎那、门孔、碧土、扎玉等澜沧江与怒江间的察瓦岗诸地由南向北来到芒康、昌都等，1865年9~10月，察瓦博木噶、门孔等地发动反天主教运动，使法国传教士被迫离开察瓦博木噶，来到了盐井。在遥远的中世纪，有传说说喜马拉雅山以北有个约翰长老的王国，因此天主传教士们先后翻越喜马拉雅山，终于来到这个天主教传说中"失落的王国"盐井传播福音。据说第一个来到盐井的传教士是毕天祥神父（BietFelix）。毕天祥神父一面传教，一面为村民看病，获得村民信任后，很快就有几位村民跟随他成为天主教徒，这也是盐井的第一批天主教徒。1850年至1860年，相传邓德亮神父和比两位传教士经过长途跋涉，翻山越岭从云南南贡山的朋卡来到现在盐井的根拉村。机智的邓德亮神父向贡格喇嘛购买土地，提出只购买"一张牛皮大的土地"，得到允许。但邓德亮神父将一张牛皮剪成细牛皮绳，圈下的土地面积大大超过了一张牛皮，贡格喇嘛无奈，只好兑现承诺。邓德亮神父在这片智取的土地上建起了西藏第一个天主教堂，开始发展天主教；并开设药房、为村民行医治病、开办文化学校、带来了法国葡萄的种子、教会村民葡萄酒酿造技术。与此同时，与巴黎教会区域的教士取得联系，得到当时四川甘孜康定、道孚、卢霍、巴塘等地属于巴黎教会的传教区同道来自人员和物质上的帮助，把这几个地区的教堂融合为一个教区，教区设立在巴塘，后搬到康定。教区专门设立了藏文学校，让传教士学习藏文，以便更好地在藏地传教。这时，上盐井教堂第四位本堂神父尼德龙，他学习藏文成绩显著，不仅翻译了大量的藏文经书，而且设立了夜校，聘请本地的老师为信徒授课，教信徒认字，自己翻译藏文经书，然而，教派之争在大山深处仍在所难免，1940年就曾发生多次摩擦和冲突，其间有几任神父也因此遇害。

②

如今,三月的春风从岁月的深处缓缓拂来,一切似乎已经远去。在洒满阳光的土地上,盐井天主教堂上的十字架,已安然矗立在蓝天白云下。

"鲁仁弟神父回来了。"村里人捎来口信说。

鲁仁弟是西藏第一任藏族天主教神父。这个出生在六七十年代的男孩,因为当时的盐井天主教堂被毁,并没有像我想象的那样:赤裸着一双童真的脚,步入庄严的教堂,在圣父圣母面前接受崇高的洗礼或者以他童稚而纯洁的声音,唱起圣经里的诗句。追随天主的道路,对于鲁仁弟,从一开始就是那么曲折和蜿蜒:他出生在一个祖辈四代信仰天主教的家庭里,从小面貌俊美,一头乌黑的头发,一双聪慧的大眼睛、高高的鼻梁,他看到村里的教堂被拆毁,一片残垣断壁,从前的神父已不见踪影,但爷爷握着他的小手,带着村里的信徒悄悄开展宗教活动,大家聚集在一起祷告,念诵圣经……这些在他幼小的心灵里,仿佛感知到了一种召唤。而鲁仁弟的父亲和修女阿妮,也经常为鲁仁弟宣讲圣经故事,鼓励懵懂的鲁仁弟,学习天主教知识。

1992年,春回大地,21岁的鲁仁弟,被送往北京天主教神哲学院学习;1996年在西安天主教教堂晋升为神父。从此,他返回上盐井教堂,任该教堂的第一位藏族神父。

教堂亟待维修,又因为一场地震,教堂里的柱子裂开、拱梁弯曲,教堂院子里的生活住宅楼也已垮塌……但这时的鲁仁弟在天主教神学院的同学和当地政府支持下,开始维修教堂,盐井教堂修缮工作很快顺利完工。于是每个礼拜日,从上盐井天主教堂里,重又传来信徒们的祈祷和清唱。虽然没有钢琴伴奏,但信徒们依照藏族古老的四线谱同声合唱,歌声飘扬在上盐井湛蓝的天空。

③

2014年3月，我来到上盐井村，拾级而上，推开教堂的门，我并没有看到想象中身着黑色长袍的神父，而是一位谦和的中年康巴男子在等候着我们。

清晨的教堂里弥漫着一种诗意的宁静。阳光闪烁着的梨花的光影，从教堂拱顶的窗扉里飞进来，在鲁仁弟饱满的额头上跃动着。

"我在2003年去了法国，与法国天主教会组织建立了联系，同时从去年开始，我在盐井组织教徒开办封闭式学习班，邀请外省教友来讲座，并开办了藏文夜校班等，主要教导信徒们深入了解和学习天主教教义和学习藏文，并结合生活教导大家思考如何做人等。经过观察，我看到我们的村民中基本没有人酗酒、打架斗殴、赌博等，家庭和睦，乡村具有了良好的社会风尚。"

倾听着鲁仁弟回旋在静静教堂里的洪亮声音，我眼前再次浮现出盐井人和善的笑容，以及干净、美丽的小村庄。

"天主教念珠和佛教念珠有什么不同吗？"我好奇地问。

"哦，是这样的。"鲁仁弟把手中的念珠举到我眼前笑道，"天主教念珠有59颗，念诵的是玫瑰经；大颗念诵天主经，小颗念诵圣母经，分五段分别念诵。"

"玫瑰经"，多么芬芳的经文名字啊，我一边感叹，一边跟随鲁仁弟来到天主教堂旁的钟楼。举目仰望，只见三口铜钟依次垂悬在高高的钟楼里。

"这三口铜钟最大的重达1720公斤，中间那口重达1150公斤，最上面那口重达980公斤，均产自法国，是我通过日本传教士辗转香港、昆明运来盐井的。又和盐井教徒一起修筑钟楼，用人力架梯子等终于悬起了这三口铜钟。"鲁仁弟说着，眼睛里洋溢出喜悦的光芒，仿佛沉浸在对修筑钟楼那美好时光的缅怀中。

④

盐井之行就要结束了，即将告别的这天，天空祥云飞腾，山谷桃花漫飞，千古的澜沧江水深藏着岁月的记忆湍流不息；田野和山峦环抱中的盐井天主教堂，仿佛在春的洗礼中焕然一新，格外庄严和漂亮。这时，我的耳畔不禁回想起鲁仁弟这位曾经的神父的话语："我于2007年还俗，上盐井村天主教堂现由康定地区天主教堂神父代管。我虽然不当神父了，但我终生都将是天主教虔诚的修士。"

春雨如一条条彩色丝带，从天空飘落下来。彩虹般的雨雾中，上盐井村天主教堂的钟声敲响了，仿佛孔雀开屏，群山在铜钟的回荡声中，抖落寒冬的冰雪，春花烂漫，神父鲁仁弟身着庄严的圣袍，带领着信徒唱起赞美天主的诗歌；一对新婚的藏族男女，缓缓走向神父，以爱的结合，在教堂里向鲁仁弟神父宣誓……于是，往昔的一幕幕，永远铭刻在村庄和历史的记忆中。

皮鞭下的雕刻

——记昌都江达县波罗乡冲桑村木刻大师朗加

①

12岁这年,朗加的童年突然结束了。而窗外,青稞麦田在夏日的微风中恣意摇曳着,像有一百个顽童在麦芒下捉迷藏;山巅上,黑牦牛也在嬉戏角逐,朗加却只能整日盘坐于卡垫上,左手捧着木刻板,右手握着刻经刀,再也不能出去玩耍。他一脸委屈,连日来的练习,令他腰酸背痛,尤其是一双小膝盖盘坐一整天,完全失去了知觉,脖子因低头太久,已变得僵硬又生痛,还有握着刻刀的小掌心,打起的水泡磨破了皮,灌了脓,一直不愈合,只要稍稍用力,就疼得钻心。但父亲并不在意小小儿子全身的疼痛,也不给他溃烂已久的掌心上药,只是满不在乎地说,刻经人都会经历,慢慢就会好。当他看到朗加冲洗木刻板时,将水错倒在了反面,他就会立刻大怒,取来马鞭抽打儿子的屁股,朗加哇哇大哭起来,朗加的母亲在门外含泪看着,却不敢进去劝阻。

小朗加的屁股被父亲的马鞭抽得红肿了,加上全身各处的伤痛,他晚上哭泣着入睡,一觉醒来天已大亮。母亲把早茶和糌粑端到他的小床前,喂他吃过早餐。母亲刚一出去,朗加又迷迷糊糊睡着了,直到父亲大吼着进来把他从被窝里揪出来,又是一顿痛打。

小朗加流着眼泪，赶紧穿衣起床，开始一天的藏文书法学习和木刻练习。他满心沮丧，不明白父亲为什么要他学习这门手艺，但父母之命不可违，他暗暗盼望农忙季节快点到来，自己就可以离开家，去田野里奔跑，去割青稞，去砍柴或者放牧……只要不用学习木刻，再重的活路，他都甘愿去做。

母亲看出了儿子的心思。这天，母亲又给儿子端来他最爱吃的牛肉饼和他最爱喝的奶茶，温婉地劝儿子说，学好木刻，亲手雕刻《甘珠尔》的人，是累世得来的福报，而朗加已是家里第四代木刻传承人，要好好珍惜。

朗加一边吃着妈妈做得香喷喷的牛肉饼，一边乖巧地点头答应着。虽然妈妈的话他不完全懂，但妈妈的爱怜却愈合着他身体的疼痛。吃过午餐，朗加要妈妈取下高高挂在柱子上的马鞭，母子俩开心地把马鞭藏起来，朗加才盘腿坐好，开始练习木刻。

望着瘦小的儿子，母亲心疼地抚摸着他的头，但看见他一刀一刀灵巧刻出的经文，又含泪笑了。朗加擦去母亲脸颊上的泪水，安慰母亲说，自己刻的经文，终有一天会藏入德格印经院中。

朗加是个听话的孩子，但每每刻错了字，父亲的马鞭就会抽打他。五个月、半年、一年，光阴流逝，小朗加渐渐长大了。他握雕刻刀的右手心里长出了茧子，脖子不再酸痛了，盘坐一整日的双膝也完全适应，伸曲自如。虽个子没长多高，但他起早贪黑地勤奋练习，性格变得格外安静和专一。

终于，三年后，聪慧的朗加年满十五岁时，已写得一手漂亮的藏文书法，并能将各种藏文字体刻在木板上。父亲十分满意地收起马鞭，他带着小朗加开始了四处游学和实践。

②

  第一站是前往四川色达的寺院去雕刻印经版。波罗乡一行七人，系着乡亲们敬献的哈达，骑马出发了。在蜿蜒的羊肠小道上，他们翻山越岭，经过一天的马背颠簸，来到江达时，几匹马都有些瘸了，好在终于有了公路，他们搭上了一辆东风卡车。朗加的父亲坐在驾驶室里，朗加和另外五个学徒，爬上大车顶，一路迎风高歌，两天的车程抵达康定的炉霍时，几名少年的嗓子也唱哑了。少年们和朗加一样，都是波罗乡人，从小各自拜师，苦学木雕多年，也是第一次出远门。然而少年们很快就尝到了游学的艰辛。从炉霍租来一辆拖拉机继续前行没多久，拖拉机的挂挡就坏了。一路上人烟稀少，更不可能有修理站，大家只好徒步。中午骄阳似火，大家就在路边垒起"三石灶"烧茶吃糌粑、休息，到了下午六点半太阳偏西时，再赶路到晚上十点才休息。第二天凌晨四点半又继续赶路。这样差不多走了三天，常年盘坐在室内的木刻少年们，白皙的皮肤被晒得黑红脱皮，每个人脚上都打起了水泡，朗加的个子最小，身体单薄，走成了一匹"瘸马"。这时，远远地，色达寺的僧人赶着牦牛来接他们了。但波罗乡以农耕为主，少年们都没骑过牦牛，大家紧抓牦牛背上的鞍子，一路惊叫、嬉笑，格外开心。两天后，漫漫行程终于到了终点，色达寺到了。

  这次的游学是在色达寺雕刻大藏经《甘珠儿》。朗加梦寐已久的愿望就要实现了。他和五个少年在父亲及寺院老师的带领下，起早贪黑，全身心投入在每天的雕刻中，经过七个月零二十八天的埋头工作，终于出色地完成了雕刻。而波罗木刻在藏地闻名遐迩，寺院为此不仅给波罗木刻艺人们每日提供美食，还给每人发了一个月120元的高薪。少年们面面相觑，吃惊之余，深深感受到了波罗木刻人的一份尊严。

③

第二年夏天，朗加和波罗乡的13名木刻艺人又启程了，他们将前往金沙江对岸白玉县的寺院雕刻印经版。朗加的父亲没有一同前往，这令朗加忐忑不安。第一次离开父亲，单独去刻经，他非常担心自己是否有能力圆满完成雕刻经文的重任。但朗加还来不及犹豫，只见金沙江激流滚滚，大家乘上牛皮船，在咆哮的江水中随着漩涡打转，又被暗礁撞得飞腾起来，大家紧抓船沿，吓得说不出话来。等到终于上岸，像是经历了一场生死，朗加的双腿还在发抖。

17岁那年，是朗加永生难忘的一年。他和村里七名木刻师前往四川石渠县的寺院刻印经版，寺院的住持是一位宁玛派堪布，叫西热门巴。西热门巴看上去有40岁左右，相貌俊美但脾气暴躁。在寺院历时四年的刻经中，他每天监督左右，要求非常严格，只要朗加他们刻的经文没有达到要求，西热门巴就会对他们大打出手，通常是手里拿到什么就顺手打上来。朗加刻的经文也难过关，最初的几年，他每天都会被西热门巴打，有时，西热门巴看见朗加刻出的经文不符合要求，还会气愤地当场端起桌上盛有热茶的杯子猛地扣到朗加头上，要他重新雕刻；有时会拿钢钎抽打他，如果朗加捂着头敢跑，西热门巴更是气得发狂，会从院子里拔起支撑帐篷的木柱子，一路追打。如此，几个年轻人天天挨打，刻经时总是胆战心惊，不敢有半点疏忽，心里十分憎恨西热门巴，私下里骂西热门巴是"疯僧"。一次，当西热门巴又狠狠揍了他们时，朗加和几个年轻人从后窗跳出来，跑到寺院的后山躲起来，不想再回寺刻经文。但到了夜里，几个年轻人又冷又饿，而回波罗乡的路途遥远，即使回去了，没完成寺院刻经，也会遭家人打骂，在波罗乡里抬不起头……

想着，朗加和几个年轻人挤在一起互相取暖，心里充满了无限悲愁。这时，远远地，月光下只见矮小残疾的师母，一瘸一拐给他们送来了滚烫的酥油茶和牛肉包子。师母看着朗加和几个年轻人狼吞虎咽，并不责怪他们，等他们吃完，像什么也没发生，领着他们回到了寺院。自从刻经师们到来，在早餐、午餐和晚餐中间，师母还要给他们另外加餐两次。牛肉包子、热酥油汁蘸牛肉、酸奶、奶茶、饼子和萝卜、牛肉面疙瘩以及酥油人生果米饭等。西热门巴虽时时出手打人，刻经师们却在师母的悉心照顾下变得又白又胖。同时，刻经师们也不得不承认，西热门巴学识过人，每个人在他严厉的鞭子下，日日都在进步。并且，西热门巴打是打，却给每个经师每月300元的酬劳，这在20世纪80年代初，已高出了一般国家干部每月工资的一倍还要多。而除了分秒不离地监督每个人刻经外，西热门巴每天还会给他们教授藏文、佛学、历史文化等课程。西热门巴的佛学造诣及精湛的藏文水平，也令朗加和刻经师们心生敬佩。想到如此种种，朗加和几个年轻人心中的郁闷及委屈渐渐舒展。他们决心留下来，不当逃兵，完成波罗乡刻经人的使命。

四年的时间，当朗加和小伙伴们在西热门巴棍棒的历练下，终于完成了寺院印经版的刻制时，他们已脱胎换骨，成长为技艺超群的新一代波罗乡刻经师。离别的那天，朗加跪拜在恩师西热门巴堪布的脚下，感谢恩师的悉心教导。从此，朗加和波罗村木刻技艺也开始名传四方，不断地接到来自青海、四川、云南等地寺院的多方邀请。朗加亲手雕刻的《甘珠尔》，也被收藏在德格印经院，实现了他少时对母亲的承诺。其间，前往拉萨刻经时，朗加还参加了色拉寺和甘丹寺联合举办的藏文书法大赛，在133位决赛选手中脱颖而出，荣获第一名。

④

2015年5月的一天，我们慕名前往西藏自治区级非遗传承人木刻艺术家朗加的家乡——昌都市江达县波罗乡冲桑村。

沿着昌都多曲河自北而南前行，翻越山岭，放眼望去，波罗峡谷草滩、森林和雪山如雕刻一般生动且格外隽美。据说这里人杰地灵，自古以来木刻艺人辈出，全国重点文物保护单位"德格印经院"中80%以上的印经版都出自波罗刻匠之手。

波罗木刻雕版技艺历史悠久，迄今已有上百年的历史。2008年6月，文化部正式公布的第二批国家级非物质文化遗产名录中，波罗木刻雕版制作技艺名列其中。波罗古泽木刻雕版起源于1676年，据说它的兴起和发展，与德格土司有关，历史上四川德格、白玉以及西藏江达县的部分治区曾隶属德格土司管辖。由于佛教的昌盛，用来印制佛教经文及图案的木版雕刻工艺得到了空前发展，加上波罗地区森林资源丰富，盛产适合雕刻的优质木材，为发展雕刻技艺提供了条件。土司等投入大量人力、物力，用刻版印刷方法，兼收并蓄各种学科、文献典籍，促进木刻雕版技术的发展，因此波罗刻版技艺日趋精湛，传承至今。

波罗木刻雕版做工精细、产品精美，属于藏地木刻雕版中的上乘之品。其制作过程有严格的工序，流程可细分为裁纸、撰写、内文校对、印刷、临摹雕刻、经文校对、进油、晾晒、兑制朱砂、上色、防护、分页、核对、捆扎包装等近二十道工序。通常的程序是先由一位享有盛名的藏文书法家把刻版内文写在纸上，经过多人仔细校对后，用特殊液体把文字印在木板上，拿到阳光下晒干，再由雕版艺人按照原文临摹刻制。成品再经十余次校对，确认无误后刷上酥油汤晾晒，待晒干后再涂上朱砂颜料，然后用一种能防虫蛀的植物熬成水，将成品浸泡、清洗，最后交付工人印刷即成。

木刻雕版按内容可分为雕刻经文内容的经书版，雕刻佛像、风马旗等图案的佛像版，以及美术版三种。在种类繁多的波罗木刻雕版中，尤其以《丹珠尔》和《甘珠尔》的经文刻版最为著名,两部经书用朱砂颜料印刷,堪称经典印版。

森林环抱中的冲桑村,雕版艺术家云集。在一处藏东风格、红木二层的楼房里,我们找到了朗加的家。

朗加已经有四十多岁了。见我们到来,他热情地迎上来,步伐灵敏、精神抖擞,看不出一丝岁月的痕迹。

"这就是您的工作室吗?"我们好奇地四处看。工作室更准确地说是家庭木刻作坊。作坊里除了两张卡垫外,没有任何家具,小桌子上放有写书法的纸笔,地上放着木版雕刻用的剃刀、刷子、磨石、牛皮护膝等四十余种工具。

"刻经版和木雕的工艺流程都在这里制作吗?"我问。

朗加笑道:"我一会儿带你们一一看,但请先到屋里喝茶吧,都准备好了。"说着,他掀开隔壁大房间的门帘,请我们入座。

房间的正中靠着墙是一个大铁炉,铁炉上铜锅、铁壶等擦得锃亮,旁边藏柜上摆放着巨大的古色古香的藏式陶器。藏式卡垫矮木床围放一圈,在长条小木桌上,朗加的儿媳妇已经为我们摆放好了丰盛的食品:有滚烫的牛奶、雪白的酸奶,还有冬小麦和热酥油汁做的"帕孜莫古"(酥油面疙瘩)、酥油人生果等,每人面前各摆了四份。为了表示感谢和尊重,我们努力将各自的美食吃干净,朗加露出满意的笑容,又要给我们添加,我连忙双手捂住面前的四个碗,连声道谢。朗加又去给觉罗添酸奶,他的儿子和儿媳则分别要给我和司机再添奶茶。高热量醇美的食物令我们昏昏欲睡,见我们三人都婉言谢绝,朗加和儿子及媳妇显得有些担心。

"你们拉萨来的,吃不惯吗?"朗加问。

"不不,很好吃。"我解释道。在藏族人家做客,客人吃得越多,表示对主人的招待越满意,但我们"肚量"太小了。真难以想象当初朗加去西热门巴堪布的寺院刻经时，一天怎么能吃五餐，还吃牦牛肉蘸酥油热汁！那是高热量格外油腻的。

"我能拍照吗？"还是觉罗聪明，他端起相机，连连拍摄美食，有效地分散了热情的主人的注意力。

我看到房子中间的梁柱上挂着一个铜雕的小佛龛，佛龛里有一位喇嘛的照片。

"那是西热门巴吗？"

"是的。"朗加取下来给我看，"恩师已经圆寂了。"

我接着问道："那次离开西热门巴后，您还见过他吗？"

"我每年都要去拜见他，他给我的教诲恩重如山。"

"他当初那样打你们，还真是下手很重啊！"我说，"您现在教儿子刻经，也会打他吗？"

朗加笑而不答。索朗群培和妻子对视着笑了一下，有点害羞地挠着头说："我九岁就开始跟父亲学习藏文书法和木雕了。父亲有一条爷爷传下来的马鞭，常常抽打我。"

"哇！鞭打中的木刻世家呀！"我看着朗加笑道。

"我带你们到楼下看印经版制作工艺吧！"朗加不好意思地低垂着头笑道。他看上去身材小巧、性情和善，没想到也会举鞭抽人。

"楼下是一个仓库。"朗加站起来往楼下走，像是不好意思再谈鞭子的事情。

推开一楼仓门，木料的清香扑鼻而来。"刻经版用的木料很是讲究，一般选用不易裂纹的桦胶树，选取直而无疤树段，分割、除水分后，放在畜粪堆中浸泡一年，再拿出来熏烘、刨平，就成了版坯。"朗加边说边拿出板材和制作好的经版给我们看。

突然有一叠纸从架子上滑下来，上面分别写着：藏香、藏纸、木雕、藏陶、藏装等工艺名称。

"哦，我们以后想办工厂，想做这些。我父亲全部会。"一起跟来的索朗群培骄傲地说。

朗加自信地笑着带我们来到院子里："我们想在这里建一个六百多平米的手工艺工厂。"

我连连点头，仿佛看到他们父子满怀热忱，在未来的民族手工艺工厂中，精雕细刻，众多的学徒成长如波罗乡漫山的森林。

"能教我一点点木刻吗？能刻一个我的藏文名字送我吗？"我满怀崇敬地向朗加师傅请求道。

"好的好的。"朗加满面喜悦地答应着，几步上楼，回到木刻室，抄起他的木雕宝刀，埋头为我们示范和雕刻起来。

不一会儿，朗加以他略有些沧桑的字体，给我刻了一个带手柄的、经版样式的精美的藏文木制印章。

我欢喜地捧着这份珍贵的礼物连连道谢。索朗群培笑道："现在我们家一年可以刻上百个木刻经版，销往四川德格印经院和石渠县，以及西藏的安多等地。除传统木刻雕版外，也刻些小版作为旅游纪念品。还有人专程上门定制，刻完后电话通知来取货。你们以后需要就加我微信，通知我们就好。"

"太好了，我也想要定制。"觉罗边拍照边高兴地说道。

⑤

告别朗加师傅出来，桑冲村一洗如碧的天空中，日月遥相呼应，一阵风过，漫山松林涛声阵阵，仿佛在为木刻雕版的"鼻祖"之乡波罗乡而轻歌。我手捧朗加师傅的亲手木刻印章，一时间，也沉醉在波罗乡工艺人美妙、深邃的刀工技艺之中。